Tanja Stern
Dem Urlaubsmord entgegen

Tanja Stern

# Dem Urlaubsmord entgegen

Zum geheimen Todesfall
auf der "Völkerfreundschaft"
1983

Stern, Tanja, Dem Urlaubsmord entgegen; Zum geheimen Todesfall auf der "Völkerfreundschaft" 1983
Überarbeitete Auflage 2020
ISBN 978-3-938105-40-5
Copyright © by Tanja Stern 2018
Alle Rechte vorbehalten
https://tanja-stern.de
Satz und Covergestaltung: Tanja Stern
(unter Verwendung des Bildes 183-71206-0001,
BArchBot, Commons: Bundesarchiv, ADN)
Landkarten: Google Maps

# Vorwort der Herausgeberin

Als ich vom Tod Dr. Fechners erfuhr, hielt meine Erschütterung sich in Grenzen. Der alte Herr hatte es immerhin auf stolze 87 Jahre gebracht, und sein Leben war denkbar erfolgreich verlaufen: Als Spezialist für Hochleistungstransformatoren genoss er hohes berufliches Ansehen, erst in der DDR und später auch im Westen, wo er, obwohl schon damals nicht mehr der Jüngste, bei einer renommierten Firma in Zürich eine zweite Karriere startete. Damals gründete er auch eine neue Familie, mit einer Schweizerin, erheblich jünger als er, und wurde noch einmal Vater, als er schon im Großvateralter stand. Das letzte Mal sah ich ihn an seinem achtzigsten Geburtstag. Da saß er wie ein klassischer Patriarch an der Frontseite einer langen Tafel, und rings um ihn blühte üppig der Nachwuchs: Da war die Tochter aus seiner ersten Ehe, da waren die Söhne aus der ersten Ehe seiner Frau, da war der gemeinsame Sohn mit Freundin, da waren Enkel und Urenkel – mit einem Wort, eine Patchwork-Großfamilie ganz wie aus dem Bilderbuch. Die Feier fand in einer geräumigen Eigentumswohnung in Erkner statt; es schien weder an Geld noch an Liebe zu fehlen. Die Sonne strahlte durchs Panoramafenster, Kinder lärmten, Handyauslöser klickten, Nachbarn und Freunde ergingen sich im Garten... So müsste man alt werden, dachte ich neiderfüllt.

Dr. Fechner war ein Freund meiner Eltern gewesen, und mit den Jahren hatte es sich ergeben, dass ich in die Freundschaft einbezogen wurde. Ich fand den Mann immer sehr angenehm: Er verband die diskrete, etwas steife Höflichkeit der alten Schule mit der sachlichen Intelligenz des Technikers und der Warmherzigkeit eines lebhaft fühlenden und vielseitig interessierten Menschen. Bei einem Projekt hatte ich sogar intensiv mit ihm zusammengearbeitet; es ging um die Geschichte des Transformatorenwerks, dem er lange Jahre verbunden war. Auch nach dem Tod meines Vaters gab es eine Zeit, in der ich viel Kontakt mit Dr. Fechner hatte. Wenn er mich aus Zürich anrief, um über Alltägliches zu plaudern oder um meine Meinung zu einem aktuellen Ereignis einzuholen, tat es mir schon wohl, nur seine Stimme zu hören. In diesen Anrufen lebte mein Vater weiter.

Aber während der letzten Jahre wurden die Kontakte spärlicher und beschränkten sich bald nur noch auf den Austausch von Weihnachts- und Geburtstagsgrüßen. Vielleicht lag es daran, dass ich irgendwann keinen Vaterersatz mehr brauchte; doch wir hatten auch beide immer viel um die Ohren. Obwohl Dr. Fechner nach der Pensionierung mit seiner Familie wieder nach Deutschland zurückgezogen war und sogar ganz in meiner Nähe wohnte, fanden kaum noch persönliche Treffen statt. Nur zu seinen runden Geburtstagen wurde ich weiterhin eingeladen, und als er starb, erhielt ich eine Trauerkarte.

Bei der Beerdigungsfeier kam ich mit einer Dame ins Gespräch, die ich zuvor schon zwei-, dreimal auf den Gesellschaften der Fechners getroffen hatte; und die verriet mir hinter vorgehaltener Hand, dass das Familienidyll, von dem ich immer so entzückt war, an mehr als einer Stelle bröckelte. Es gebe böse Erbstreitigkeiten zwischen Bea, der Schweizer Gattin, und Monika, der Tochter aus erster Ehe. Die feudale Eigentumswohnung in Erkner sei erst zur Hälfte abbezahlt, und den Sohn hätte man kürzlich mit Drogen erwischt, worauf er beinahe exmatrikuliert worden wäre. Insbesondere an Bea ließ meine Informantin kein gutes Haar: Sie sei hinter dem Geld her wie der Teufel hinter der armen Seele, und sie hätte, zumindest in früheren Jahren, den „armen Jan" wiederholt betrogen – na ja, man kenne das, alter Mann, junge Frau.

Mit Bedauern vernahm ich diese Enthüllungen, die mein bisher fast makelloses Bild von der Familie Fechner trübten und sogar die Erinnerung an den Verstorbenen zu beschmutzen schienen. Ich ahnte nicht, dass ich schon bald persönlich mit dem Erbe Dr. Fechners zu tun bekommen würde. Zwei Wochen nach der Beerdigung erhielt ich unverhofft einen Brief von Beatrix Fechner, zu der ich bisher in einem freundlich neutralen Verhältnis gestanden hatte. Umso mehr überraschte mich ihr Schreiben, in dem sie eisigen Tones erklärte, ich möge mir keine Hoffnungen machen, die Wertpapiere zu behalten, die ihr verstorbener Mann an mich gesendet hätte, sie seien und blieben Familieneigentum, und falls ich sie nicht umgehend und vollständig zurückerstatte, werde ich von ihrem Anwalt hören.

Ich war verblüfft – was meinte die Frau? Am nächsten Tag, während ich noch überlegte, wie ich reagieren sollte, traf des Rätsels Lösung ein, und zwar in Form eines eingeschriebenen Pakets, das einen umfangreichen, in grobes braunes Papier gewickelten Packen enthielt. Der Absender war ein Notar aus Erkner, der mich im Begleitschreiben wissen ließ, sein Mandant Dr. Jan Fechner habe vor einigen Jahren die beiliegende Sendung bei ihm hinterlegt und dabei verfügt, dass sie mir nach seinem Tod ungeöffnet auszuhändigen sei. Voller Spannung knüpfte ich das Band auf, das den Packen umschloss. Hatte Dr. Fechner mir tatsächlich Wertpapiere hinterlassen? Für einen Moment sah ich mich als Erbin eines umstrittenen Vermögens, sah mich im Clinch mit Bea vor Gericht... Doch schon beim ersten Blick auf den Inhalt zerstob die dramatische Vision: Da waren keine Wertpapiere. Da war nur ein umfangreiches Manuskript von mehreren hundert Seiten, alle auf der Schreibmaschine getippt – an den Computer konnte sich Dr. Fechner zeit seines Lebens nicht mehr gewöhnen – und mit handschriftlichen, schier unleserlichen Korrekturen übersät. Dr. Fechner hatte das, was man in meiner Jugend eine „Doktorschrift" nannte; selbst seine Weihnachtskarten waren nur mit Mühe zu entziffern.

Ich raffte mich auf, den ersten Satz zu lesen: *In diesen Aufzeichnungen will ich niederlegen, was ich während meiner Reise auf der Völkerfreundschaft im Herbst 1983 erlebte.*

*Völkerfreundschaft* – ich war im Bilde: Dort hatten sie einander kennengelernt, meine Eltern und Dr. Fechner, bei einer sogenannten „Auszeichnungsreise" auf dem Vorzeigeschiff der DDR. Und nun hatte Dr. Fechner offenbar ein Buch darüber geschrieben und es mir zukommen lassen in der Hoffnung, dass ich es las und drucken ließ – denn Bea würde wohl kaum bereit sein, Geld und Mühe in die Veröffentlichung eines Buches zu investieren, das völlig neben jedem Trend lag.

Ich gestehe, auch ich war nicht begeistert. Reiseberichte mochte ich noch nie. Die Schilderung von Städten oder Landschaften erfüllt mich mit Ungeduld und Langeweile; ich vermisse die Konflikte, das menschliche Drama. Musste ich mich jetzt durch eine endlos lange historische Reisebeschreibung quälen und dabei auch noch Dr. Fechners Hieroglyphen deuten? Ja, ich musste es wohl, das war ich dem Andenken meines alten Freundes schuldig. Aber ich würde mich nicht überschlagen.

Nun, ich habe mich nicht überschlagen. Erst Wochen später nahm ich das Manuskript in Angriff wie eine Festung, die es zu erstürmen gilt. Glücklicherweise fand ich dann bald Interesse und Gefallen an dem Projekt, wozu auch beitrug, dass es dabei keineswegs um eine bloße Reisebeschreibung ging. Zwar anstrengend blieb die Arbeit bis zuletzt – das Manuskript musste nicht nur abgeschrieben, sondern auch in Form gebracht und nicht unerheblich redigiert werden. Doch diese Festung lohnte es, erstürmt zu werden – was hoffentlich auch der Leser findet, dem ich hiermit das Ergebnis meiner Bemühungen präsentiere.

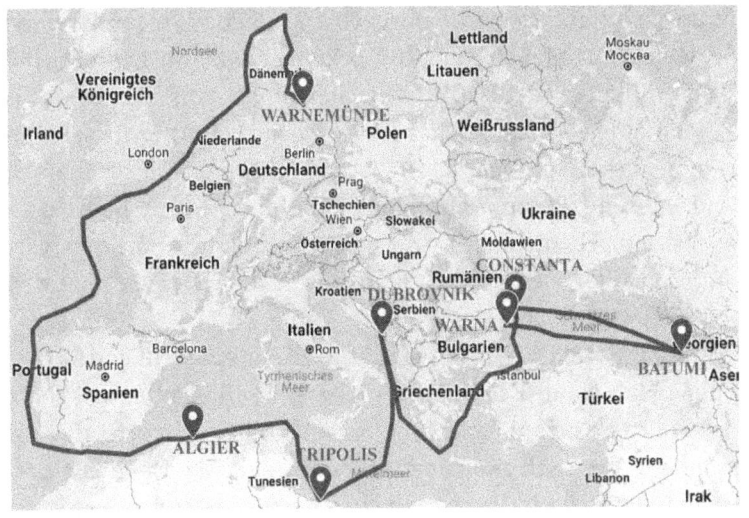

# I.
# Vor der Reise

In diesen Aufzeichnungen will ich niederlegen, was ich während meiner Reise auf der *Völkerfreundschaft* im Herbst 1983 erlebte. Doch zuvor ist eine Erklärung nötig, wie ich überhaupt zu dieser Reise kam, einer sogenannten „Auszeichnungsreise", wie sie damals bekanntlich nur an ganz wenige Auserwählte vergeben wurden.

Um die Mitte der 1970-er Jahre arbeitete ich mit einem Ingenieur der Zürcher Firma Macrofol zusammen. Die Schweizer hatten ein Verfahren entwickelt, mit dem man die Trocknungszeit für Großtransformatoren durch den Einsatz von Kerosindampf signifikant verkürzen konnte. Dieses Verfahren wollten wir in unserem Betrieb etablieren und erwarben von Macrofol das Patent. Zu Herrn Blatter, der uns bei der Einführung des Verfahrens anleitete, hatte ich sofort einen guten Draht. Ich mochte die sachliche und zugleich sehr offene und gewinnende Art, wie er uns in die schwierige Materie einwies. Und ich mochte seinen Schweizer Dialekt – für uns abgeschottete DDR-Bürger hatte damals wohl fast jeder westliche Dialekt etwas Anziehendes.

Nach einer Woche höchst effizienter und harmonischer Zusammenarbeit fuhr ich Herrn Blatter zum Flughafen Schönefeld; und während wir zum Abschied gute Wünsche tauschten, sagte er fast mit Herzlichkeit: „Und wenn Sie sich mal beruflich verändern wollen – einen Fachmann wie Sie könnten wir in Zürich jederzeit gebrauchen."

Erstaunt sah ich ihn an: War das jetzt nur eine höfliche Phrase oder...? Ich glaubte in seinen Augen ein Aufleuchten zu sehen, als wollte er sagen: Ja, ja, du hast mich schon ganz richtig verstanden! Dann hob er ein letztes Mal grüßend die Hand und entschwand durch die Absperrung in eine mir unerreichbare Welt.

Aber seine Worte hallten in mir nach: Wenn Sie sich mal beruflich verändern wollen... Und die Vision, die diese Worte heraufbeschworen, wurde mit jedem Tag verlockender. Ja, ich wollte mich verändern – und wie ich das wollte! Ich war es so leid, gegen die hiesigen Betonköpfe anrennen zu müssen, die mir Knüppel zwischen die Beine warfen. Denen ich immer wieder erklären musste, dass der Kerosindampf, der in dem neuen Trocknungsverfahren zur Anwendung kam, keineswegs das Werk in die Luft sprengen würde. Die sich bei jeder Geldausgabe querstellten und sich ständig auf irgendwelche absurden Weisungen und Planungen beriefen. Und dann noch dieser ganze ideologische Humbug, der so viel Zeit und Nerven fraß!

In Zürich dagegen bei Macrofol, das dürfte ein anderes Arbeiten sein: eine gut bezahlte Stellung in einem modernen, leistungsfähigen Großbetrieb, der einzig nach den Grundsätzen der Vernunft und der Produktivität bewirtschaftet wurde. Kollegen wie Herr Blatter, die weltoffen und frei von ideologischen Scheuklappen waren. Dazu als Lebensrahmen eine schöne und traditionsreiche Stadt, bevölkert mit wohlhabenden, freundlichen Menschen, die in dem biederen, leicht singenden Dialekt von

Herrn Blatter sprachen. Überall die Schweizer Mentalität in ihrer einmaligen Mischung aus Treuherzigkeit und Cleverness. An den Abenden urige Kneipen, wo es Käsefondue zu essen gab. An den Wochenenden Ausflüge zu den idyllischen Schweizer Bergen und Seen... Um diese Zeit stand meine Ehe schon vor dem Aus, obwohl wir vor der Scheidung noch zurückschreckten; und so tauchte in meinen Tagträumen alsbald eine hübsche junge Zürcherin auf, westlich schick frisiert und gekleidet und natürlich auch wieder Schwyzerdütsch redend – wo die Frauen in solch lieblichem Singsang sprachen, konnte es nicht schwer sein, sich in eine von ihnen zu verlieben. Immerhin ging ich schon auf die Fünfzig zu – wenn ich noch einmal neu anfangen wollte, sei es beruflich oder privat, wurde es allerhöchste Zeit.

Damals war unserer Abteilung gerade eine Dienstreise nach Zürich bewilligt worden. Wir wollten uns die dortige Anlage ansehen und bestimmte Details abgleichen, bevor wir unsere eigene in Betrieb nahmen. Zwar hatte man mich bisher noch nie ins westliche Ausland reisen lassen; schließlich war ich nicht in der Partei. Trotzdem glaubte ich, diesmal eine Chance zu haben: Die Kerosindampftrocknung war mein Baby, ich hatte sie initiiert, ich hatte die Berechnungen angeleitet, und ich hatte die Verhandlungen mit Zürich geführt – wer, wenn nicht ich, sollte das Projekt auch dort vor Ort repräsentieren?

Ein paar Wochen lang gab ich mich der Hoffnung hin, dass mein Traum vom herrlichen Schweizer Leben bald Erfüllung finden könnte. Dann aber kam das böse Erwachen: Man ließ mich nicht nach Zürich fahren. Die Wahl fiel auf unseren Abteilungsleiter, einen Mann, der zwar nicht allzu viel von Großtransformatoren verstand, doch desto besser die aktuellen Parteitagsreden memorieren konnte. Aus der Traum vom schönen Zürich. Für den Rest meines Lebens saß ich fest im trauten Käfig DDR.

Eine Zeitlang trug ich mich mit Kündigungsgedanken. Alle bekamen zu spüren, wie verbittert ich war, besonders meine eigene Familie. Jetzt war ich es, der energisch auf die Scheidung drängte, während Jutta gern gewartet hätte, bis unsere Tochter Monika, damals noch Studentin, aus dem Haus gegangen war. Erst als die Scheidung lief und als es mir mit viel Glück gelungen war, eine eigene kleine Wohnung, noch dazu ganz in der Nähe des Betriebes zu finden, verwand ich allmählich die Enttäuschung. Mein Leben lief weiter wie gehabt, und die Schweiz erschien mir nur noch zuweilen als idyllische Fata Morgana im Traum.

Doch Manfred Behnke, unser Werkleiter, ließ die Sache nicht auf sich beruhen. Er schätzte mich, so wie ich ihn; und außerdem vertrat er die Theorie, dass man uns Fachleute hofieren und belohnen müsse, um uns weitere Höchstleistungen zu entlocken. Deshalb setzte er sich diese Völkerfreundschaftsreise in den Kopf, die mich für Zürich entschädigen sollte. Der erste Antrag wurde wiederum abgeschmettert – inzwischen war ich ja nicht nur parteilos, sondern auch noch frisch geschieden. Doch ein Jahr später wurde unserer Abteilung überraschend der Karl-Marx-Orden verliehen, nicht nur, aber auch für die erfolgreiche Einführung des neuen Trocknungsverfahrens, und im Gefolge des immensen Aufsehens, das diese Auszeichnung mit sich brachte, schlug Manfred Behnke dem ZK von Neuem vor, mir eine Auszeichnungsreise zu gewähren. Er ging davon aus, dass die Ordensverleihung bei der Auswahl schwer ins Gewicht fiel und dass meine Aussichten diesmal sehr gut waren.

Doch der Bescheid ließ monatelang auf sich warten, und ich kann gar nicht sagen, mit welcher Spannung, welcher Zerrissenheit ich ihm entgegensah. Natürlich lebte mein Traum von Zürich wieder auf; aber war es mittlerweile nicht zu spät, um ihn zu realisieren? Ich hatte nun die Fünfzig überschritten; meine Tochter würde mich demnächst zum Großvater machen. Den netten Herrn Blatter von Macrofol hatte ich seit drei Jahren nicht mehr gesehen. Wahrscheinlich konnte er sich kaum noch an mich erinnern, geschweige denn an jenes Angebot, von dem ich nicht mal wusste, ob es ernst gemeint und ob er dazu autorisiert war.

Trotzdem lockte die Versuchung unvermindert stark. Ich fühlte mich noch jung und tatkräftig genug, um etwas mehr vom Leben zu verlangen als den immergleichen Alltag. Ich war bereit, den Absprung zu wagen. Und es würde ja ein halbwegs weicher Absprung sein. Schließlich hatte ich nicht vor, die Mauer zu stürmen und mich einem Kugelhagel auszusetzen. Was mir vorschwebte, war ein gemütlicher Landgang in einer geeigneten Hafenstadt, von dem ich einfach nicht zurückkam – die wenigsten Fluchtwilligen hatten es so leicht.

Auch was den Neuanfang im Westen anging, würde ich es leichter haben als andere. Selbst wenn es nicht klappen sollte mit der Stellung bei Macrofol, ich würde kein mittelloser Flüchtling sein, der nur das besaß, was er am Leibe trug. Ich war in der Lage, etwas mitzunehmen, was mich im Notfall eine Zeitlang über Wasser hielt. Kein Geld natürlich – es war klar, dass ich auf diese Reise nicht auffällig viel Geld mitnehmen durfte. Doch in meinem Besitz befand sich ein Schriftstück aus dem Erbe meiner Familie, ein Autograph von keinem Geringeren als Karl Marx, das in historischen Fachkreisen wohl einiges wert war.

Um das zu erklären, muss ich weit zurückgehen: Mein Ururgroßvater Maximilian Fechner war aus Trier gebürtig und in seiner Jugend mit Karl Marx befreundet. Die beiden blieben in Kontakt und wechselten gelegentlich Briefe, die sich im Laufe der Jahrzehnte zu einem ansehnlichen Bündel auswuchsen. Die Marxbriefe wurden, seit ich denken kann, in unserer Familie heilig gehalten, vor allem von meinem Großvater väterlicherseits, der überzeugter Kommunist war. Mein Vater stand zwar dem Marxismus eher skeptisch gegenüber, kalkulierte aber, dass man dieses Erbe – nach Großvaters Tod, versteht sich – sicherlich gut zu Geld machen könnte. Darin sollte er sich täuschen: Unsere Potsdamer Wohnung bekam im Winter 1944 einen Bombenvolltreffer ab, und die Marxbriefe wurden ein Raub der Flammen.

Acht Jahre später starb mein Großvater, und beim Ausräumen seiner Sommerlaube bei Teltow stieß ich zusammen mit meinem Vater auf einen sensationellen Fund: In einem schmuddeligen Nachtschrank zwischen alten Büchern und Papieren lag ein Brief mit dem Signum Karl in der uns so vertrauten, leicht gebogenen Handschrift. Es schien, dass mein Großvater diesen einen Brief bewusst aus dem Bündel herausgenommen hatte, um ihn hier regelrecht zu verstecken; und als wir ihn lasen oder vielmehr mühevoll entzifferten, begriffen wir auch bald, warum. In dem Brief zog Marx vor seinem Jugendfreund in der bösartigsten Weise über einen jüdischen Kaufmann her, einen gemeinsamen Bekannten der beiden, der in Trier durch Pelzhandel reich geworden war; und was dabei zutage trat an Futterneid und Antisemitismus, stellte seinem Verfasser ein denkbar ungünstiges Zeugnis aus.

Wir schrieben das Jahr 1952, steckten also in der Hochzeit des Kalten Krieges und der ideologischen Borniertheit. Unser Fund war nicht nur heikel, sondern geradezu gefährlich: Wäre irgendein Vertreter der DDR-Staatsmacht, die Marx wie einen Heiligen verehrte, auf diesen Brief aufmerksam geworden, so hätte man ihn umgehend verschwinden lassen und unsere Familie womöglich gleich mit. Schon gar nicht durften wir es wagen, den Brief im Westen zu zeigen oder gar zu verkaufen. Der Name Fechner in der Briefadresse hätte uns sofort verraten. Mein Vater drang darauf, dass dieses Dokument fürs Erste unser beider Geheimnis bleiben müsse; nicht mal unsere nächsten Angehörigen und Freunde durften etwas davon erfahren. Später vielleicht, wenn sich die Zeiten änderten, könnten wir neu darüber entscheiden.

Also blieb der Brief in der Schublade, erst in der meines Vaters, dann in meiner. Später, als die Zeiten sich tatsächlich änderten – na ja, nicht wirklich änderten, aber zumindest Raum für eine differenziertere Weltsicht ließen –, überlegte ich oft, was ich mit diesem heiklen Erbstück anfangen sollte. Am liebsten hätte ich es einfach verkauft; besonders in meinen ersten

Berufsjahren als schlecht bezahlter Ingenieur und dazu noch als junger Familienvater wäre mir das Geld sehr zupassgekommen. Doch ein Verkauf in den Westen war nach dem Mauerbau unmöglich geworden, und was den Osten anging, fühlte ich sowas wie Verantwortung vor der Geschichte und mochte nicht riskieren, dass ein Dokument wie dieses irgendwelchen Bonzen in die Hände fiel, die es wegschlossen oder gar vernichteten.

Als ich dann auf jene Dienstreise nach Zürich hoffte, war der Marxbrief natürlich sofort ein fester Bestandteil meines Fluchtplans. In der Schweiz sollte er endlich die ihm gebührende Würdigung finden – abgesehen davon, dass er mir hoffentlich auch viel Geld eintrug, in einer Lebenssituation, da ich wieder ganz von vorn anfangen musste. Und wenn ich jetzt diese Völkerfreundschaftsreise für eine Flucht in den Westen nutzte, wurde der Marxbrief sogar noch wichtiger als mein Plan B, mein Artistennetz, das mich im Fall eines Sturzes abfing.

Doch während ich innerlich unaufhörlich mit der Reise beschäftigt war, stand äußerlich noch nicht einmal fest, ob man sie mir gewähren würde. Schon die Länge der Prüfung verhieß nichts Gutes. Würde ich erneut eine Ablehnung kassieren?

Am Ende war es einfach ein Wutanfall, der mir die Völkerfreundschaftsreise bescherte – zumindest glaube ich, dass er es war. Ich hatte ein Ölfilterungsverfahren entwickelt, mit dem man die elektrische Festigkeit von Trafos um ein Vielfaches steigern konnte. Doch um dieses Verfahren zu etablieren, wären erhebliche Investitionen in der Fertigung vonnöten gewesen, und daran scheiterte das Projekt: Die Kombinatsleitung beschloss nach langem Hin und Her, das Risiko nicht einzugehen.

Als Manfred Behnke mir das sagte, rastete ich aus. Ich schrie ihn an, wofür ich Tag für Tag ins Büro käme, wenn letzten Endes all meine Arbeit umsonst sei – wofür sich dieser Betrieb überhaupt mit einer Forschungsabteilung schmücke, wenn die Idioten von der Kombinatsleitung gar nicht an Forschung interessiert wären! Sollte man doch gleich die Abteilung schließen, dann könnte man außer den Investitionen auch noch unsere Gehälter einsparen, das wäre wenigstens konsequent!

Ich hatte wirklich nichts an diesem Ausbruch kalkuliert, nur meiner Wut freien Lauf gelassen; aber als ich Manfred Behnkes erschrockenen, besorgten Blick sah, schoss mir in einer plötzlichen Gedankenverbindung die Völkerfreundschaftsreise durch den Kopf. Er wird noch mal dran drehen, dachte ich, er wird sie mir als Trostpflaster organisieren. Ich werde nie erfahren, ob es wirklich so lief; aber Fakt ist, dass eine Woche später die Reisebestätigung bei mir eintraf. Die große Privilegiertenkreuzfahrt, für den Normalbürger unerreichbar, hier lag sie vor mir. Ich hatte es geschafft.

Mit einem Gefühl der Beklommenheit, das jede Freude überwog, las ich die beigefügten Informationen. Es war durchaus kein Luxusplatz, den man mir zugewiesen hatte. Meine Kabine lag auf dem untersten Deck, und ich musste sie mit drei anderen Reisenden teilen. Aber die Route war wunderschön. Schon die Ortsnamen zu lesen, weckte Reisefieber. Und es war keine von diesen Pseudoreisen, wo die Passagiere ständig auf dem Schiff saßen und nirgends einen Hafen betreten durften. Hier sollte es etliche Landgänge geben, sogar in Libyen und Algerien, also kapitalistisch regierten Ländern, die für den gemeinen DDR-Bürger tabu waren. Ich musste tatsächlich bloß von Bord gehen, zur bundesdeutschen Botschaft spazieren und mich als DDR-Flüchtling erklären. Hic Rhodos, hic salta! Diese Reise war meine Fahrkarte nach Zürich. Ich würde es tun. Ich musste es tun. Nie wieder bot sich eine solche Chance, dem trauten Käfig DDR zu entkommen.

Doch je näher der Zeitpunkt der Reise rückte, desto stärker hatte ich mit Skrupeln und Anfällen völliger Verzagtheit zu kämpfen. Es ist keine Kleinigkeit, sich von all den Bindungen zu lösen, die man sich über Jahre aufgebaut hat. Die unvollendeten Projekte auf dem Schreibtisch... Und mein Enkel, erst ein halbes Jahr alt – der kleine Kerl hatte gerade begonnen, auf meinen Anblick zu reagieren... Am meisten aber tat es mir leid um die Menschen, denen an meiner Stelle Strafe drohte. Mein Schwiegersohn war Verkaufsstellenleiter – würde er es bleiben, wenn ich mich als Republikflüchtiger erwies? Meine Tochter, konnte sie weiter an ihrer Doktorarbeit schreiben? Und Manfred Behnke, dem ich diese Reise verdankte – was, wenn er als Werkleiter abgesägt wurde, weil er einem Subjekt wie mir den Weg in den Westen geebnet hatte?

Am Abend meines letzten Arbeitstages lud ich ihn zu einem Bier und einem guten Essen ein, als Dankeschön und Urlaubslage. Wir saßen draußen vor unserem Stammlokal, denn der Abend war noch spätsommerlich warm. Natürlich sprachen wir über meine Reise. Manfred Behnke war vor Jahren selbst einmal auf der *Völkerfreundschaft* gereist, ein Erlebnis, von dem er heute noch schwärmte, aber solch eine schöne Route hatten sie damals nicht befahren. Algier! Tripolis! Dubrovnik! Was ich da alles zu sehen bekommen würde!

„Hast du keine Angst", fragte ich leichthin, „dass ich dir durchbrenne mit einer feurigen Algerierin?"

Manfred Behnke lachte ein bisschen über die feurige Algerierin, dann antwortete er gemütlich: „Tu dir meinetwegen keinen Zwang an. Ich geh nächstes Jahr in Rente, dann können die mich alle mal."

Hm. Ob das zu glauben war? Manfred Behnke stand längst im Rentenalter und hatte schon mehrmals angekündigt, sich zur Ruhe setzen zu wollen. Aber er war immer noch da und riss sich den Arsch auf für seinen Betrieb. Auch heute kam er wieder von einem übervollen Arbeitstag. Wie müde er aussah, wie uralt im trüben Licht der Kneipenlaterne! Ich hatte ihn nie als meinen Freund betrachtet. Mit dem Werkdirektor ist man nicht befreundet; bestenfalls kommt man gut mit ihm klar. Doch als ich jetzt in seine abgespannten Züge mit den dunklen Augenringen sah, kam es mir vor, als hätte ich niemals einen besseren Freund gehabt.

# II.
# Warnemünde

Schon im Zug nach Warnemünde lernte ich Elvira Brinkmann kennen. Ich wollte gerade einsteigen, da tippte sie mir von hinten auf die Schulter, eine füllige Blondine um die Fünfzig, und wisperte: „Sie auch? Völkerfreundschaft? Ja?" Verblüfft sah ich erst sie, dann meine Reisetasche an. Tatsächlich, aus dem Seitenfach lugten die Reisepapiere mit dem Logo der Deutschen Seereederei Rostock.

Der Zug war ziemlich voll, doch es gelang uns, benachbarte Plätze zu ergattern. Ab Neustrelitz konnten wir uns sogar direkt gegenübersitzen, was auch besser war, denn wenn Elvira über eine größere Distanz hinweg das Wort *Völkerfreundschaft* erschallen ließ, horchten rings alle Reisenden auf und musterten uns mit befremdeten Blicken. Elvira kümmerte das wenig. Während draußen vor dem Abteilfenster die Mecklenburger Landschaft in ihrer kargen Schönheit an uns vorbeizog, redete und

18

redete sie pausenlos. Bevor wir auch nur bis zur Müritz kamen, wusste ich schon, wofür sie ihre Völkerfreundschaftsreise bekommen hatte. Sie lebte mit ihrem Mann und ihren beiden fast erwachsenen Söhnen in Bautzen, wo sie im dortigen Fernmeldewerk als Plastspritzerin tätig war. Über viele Jahre hinweg hatte sie am Automaten gestanden und die einzelnen Teile der im Werk produzierten Telefone mit schwarzer Plaste gespritzt. Doch eines Tages wurde in ihrem Betrieb eine Initiative ausgerufen, die sich „persönliches Planangebot" nannte. Das bedeutete, jeder Arbeiter sollte eine Verpflichtung übernehmen, mit der die Produktivität am eigenen Arbeitsplatz gesteigert wurde.

„...Und da kamen die dann alle mit Ideen, wie man Strom sparen könnte oder so, bloß mir ist einfach nichts eingefallen. Und der Termin lief ab, und der Meister sagte: Bis morgen musst du irgendeinen Vorschlag bringen. Und ich dachte, was sag ich bloß. Und da ist mir dann diese Sache mit der Mehrmaschinenbedienung eingefallen. Bei uns gibt's Maschinen, die muss man bedienen, es gibt aber auch vollautomatische, da sitzt man einfach nur davor und die gespritzten Teile fallen raus. Und da hab ich mir gedacht, ist doch egal, ob ich jetzt eine Maschine bediene oder drei, da sitz ich wenigstens nicht so viel rum, also hab ich zu dem Meister gesagt: Ich verpflichte mich zur Mehrmaschinenbedienung an den vollautomatischen Maschinen."

Damit begann Elviras Aufstieg zur Aktivistin. Der Meister rechnete aus, dass ihr Vorschlag mehr als dreihundert Arbeitsstunden einsparen würde, und alarmierte den Lokalreporter. Man lichtete Elvira im Arbeitskittel vor ihrer Maschine ab, und schon am nächsten Morgen schmückte das Bild die Titelseite der lokalen Zeitung, gefolgt von einem überschwänglichen Artikel, der die hohe Arbeitsmoral und beispiellose Initiative dieser Frau in den höchsten Tönen pries. Natürlich blieb es nicht bei dem einen Artikel. Die Medien des Landes, stets begierig auf vorzeigbare Arbeitshelden, stürzten sich mit Heißhunger auf Elvira. Bei ihr stimmte einfach alles: ihr Status als Frau, ihr Status als Angehörige der Arbeiterklasse, und jetzt auch noch ihr Status als Initia-torin eines Neuerervorschlags. Eine Zeitlang konnte man fast täglich irgendwo von ihrer Großtat lesen oder hören. Und als dann zu allem Überfluss auch noch das „persönliche Planange-bot", das ursprünglich auf Bautzen beschränkt sein sollte, repu-blikweit ausgedehnt wurde, erhob man Elvira zur Ikone einer regelrechten kleinen Arbeiterbewegung. Man behängte sie mit Orden und Auszeichnungen. Man wählte sie in den Gewerk-schaftsvorstand. Man delegierte sie zu hoch angebundenen Kon-gressen. Und man schenkte ihr die Reise auf der *Völker-freundschaft*, zu der sie just in diesem Zug unterwegs war. Mit Stolz betonte sie, dass sie sogar ihren Mann hätte mitnehmen dürfen, nur leider sei er – hier geriet ihr Redeschwall erstmals ins Stocken – ziemlich krank...

Ich hatte nicht den Eindruck, dass Elvira begriff, in welchem Ausmaß sie benutzt und instrumentalisiert worden war. Sie ge-noss ganz einfach die Privilegien, die ihr in den Schoß gefallen waren. Und sie freute sich unbändig auf die Völkerfreund-schaftsreise, auf das luxuriös ausgestattete Schiff, auf das exqui-site Essen, von dem sie hatte reden hören, auf die edlen Getränke an der Bar. Und dann die Bordunterhaltung! Horst Köbbert reiste mit, der Entertainer von „Klock acht, achtern Strom"! Und Gabi Munk und Ingo Krähmer, das Sängerpaar mit den schönen Duetten! Elvira konnte es kaum erwarten, diese hochberühmten Künstler, die sie aus dem Fernsehen und Radio kannte, so richtig Auge in Auge zu sehen. Sie würde jeden Abend Sekt trinken, das stand fest! Und sie würde jeden Abend tanzen!

Zu meinem Erstaunen stellte ich fest, dass mir Elviras Geplap-per guttat. Ich hatte die Reise am Morgen in der übelsten Ver-fassung angetreten. Zwar trug ich den Marxbrief im Gepäck und schwankte nicht in meiner Entscheidung; aber die Verzagtheit, die mich schon in den letzten Wochen anfallsweise gepeinigt hatte, schlug nun endgültig über mir zusammen. Ich fühlte eine uferlose Verlorenheit und Einsamkeit, als hätte mein Aufbruch alle Fäden durchtrennt, die mich mit der menschlichen Gesellschaft verbanden. Elviras ungehemmte Reisefreude war genau das Gegengift, das ich jetzt brauchte. Aus ihrem Redeschwall schlug mir die Verheißung eines aufregenden Urlaubs entgegen, mit Sonnenuntergängen über dem Meer, mit Sektkelchen, die klingend aneinanderstießen... Auch ich war unterwegs in ein Abenteuer, tiefer und spannender, als es eine bloße Schiffsreise bieten könnte.

„Na, und Sie?", fragte Elvira munter. „Sie sind wohl ein ganz großer Schweiger, wie?"

„Ich bin Techniker", erwiderte ich. „Wir reden nicht viel, aber wir finden Lösungen."

Doch als ich sah, wie ihre Augen kurz aufleuchteten, bereute ich die zweideutige Bemerkung. Diese Frau mit ihrem frischen Aktivistenruhm und ihrem kranken Mann daheim suchte Bekanntschaften, das spürte man sofort. Und ich, nein, ich war nicht interessiert. Ich fand Elvira äußerlich nicht unattraktiv, doch vom Typ her sprach sie mich gar nicht an: zu redselig, zu stark geschminkt, zu – irdisch eben. Und dazu noch in meinem Alter, womöglich sogar darüber hinaus. Da regte sich bei mir überhaupt nichts. Je älter ich wurde, desto jünger waren die Frauen, die mir gefielen.

Zum Glück verloren wir uns, am Hafen angekommen, schon in der Hektik des Eincheckens aus den Augen. In der Abfertigungshalle herrschte ein Gewühl, dass man Platzangst bekommen konnte. Hunderte von Passagieren drängten sich mit ihren Koffern vor den Schaltern. Schlangestehen war angesagt. Erst gegen eins trat ich hinaus auf den Kai, wo direkt vor mir gewaltig das Schiff aufragte. Vor dem Hintergrund des sonnigen Tages und der weiten Hafenanlage bot es einen imposanten Anblick; doch als ich an Bord ging, war das Gedränge womöglich noch schlimmer als in der Halle. Auf den schmalen Gängen quetschten sich die Menschen, von denen viele auch noch Koffer schleppten, oft nur mühsam aneinander vorbei. Wie alt und hässlich sie alle waren! Ich sah unter den Passagieren nicht ein einziges junges Gesicht, dafür aber viele ausgesprochen unangenehme Physiognomien, aus denen Selbstgefälligkeit, Machtdünkel und Borniertheit sprachen. Das also war sie, die berühmte *Völkerfreundschaft*, mit der zu reisen der feuchte Traum jedes ehrgeizigen DDR-Bürgers war? Was für eine Aussicht, auf diesem engen Schiff mit einer Horde von Bonzenrentnern und ihren fetten Weibern eingepfercht zu sein!

Erst nach längerem Suchen fand ich meine Kabine. Sie lag ganz unten im Bauch des Schiffes, durchwärmt vom nahen Maschinenraum. Als ich die Kabinentür öffnete, schlug mir der Gestank von Schweiß und abgestandener Luft entgegen. In der engen, mit zwei Doppelstockbetten ausgestatteten Kabine waren drei, wie mir schien, uralte Männer mit dem Auspacken ihrer Koffer beschäftigt. Wir stellten uns gegenseitig vor: Meine Zimmergenossen waren ein pensionierter Teppichwerkdirektor aus dem Vogtland, ein pensionierter Gewerkschaftsmann und ein Angestellter im Zentralkomitee, der zwar noch aktiv, doch dem Aussehen nach auch nicht mehr allzu weit vom wohlverdienten Ruhestand entfernt war.

Vorerst blieb uns zum Kennenlernen keine Zeit: Schon Minuten nach meiner Ankunft ertönte über den Bordfunk die Melodie „Wo die Ostseewellen schlagen an den Strand", das Signal, das uns hier zum Essen rief. Wir gingen hinauf zum Bordrestaurant, wo man uns die Tische zuwies, an denen wir für die Dauer der Reise unsere Mahlzeiten einnehmen sollten. Ich wurde an einem Sechsertisch platziert, zusammen mit zwei Ehepaaren und dem Teppichwerkdirektor aus meiner Kabine.

Die erste Abfütterung ging ziemlich hektisch vonstatten, und gleich danach rief man uns zu einer sogenannten „Seenotübung" an Deck, und zwar in voller Montur mit unseren Rettungswesten. Also eilten wir zurück in die Kabine, suchten und fanden unsere Westen und kletterten, orangefarben eingekleidet, wieder hinauf zum Verandadeck. Abermals herrschte auf den Gängen und Treppen ein schier atemberaubendes Gedränge, und als wir endlich oben waren, dauerte es ewig, bis wir uns in Reih und Glied vor dem Verandacafé aufgestellt hatten, um die vorgeschriebenen Notfallinstruktionen über uns ergehen zu lassen. Dazu spielte nervtötend eine Kapelle, die Erinnerungen an die *Titanic* weckte, nur dass hier statt frommer Choräle Kampf- und Arbeiterlieder ertönten. Gerade hörten wir „Dem Morgenrot entgegen", obwohl die Reise eindeutig gen Westen ging; und noch bevor sie richtig begonnen hatte, sehnte ich schon ihr Ende herbei.

Um vier Uhr nachmittags legten wir ab. Es war ein sonniger Spätsommertag, und fast alle Passagiere fanden sich auf den oberen Decks ein, um den großen Augenblick mitzuerleben. Auch ich stand an der Reling, halb eingequetscht von rufenden, winkenden, aufgekratzten Menschen, und sah zu, wie sich das Schiff langsam vom Ufer entfernte. Noch immer empfand ich das laute Gewühl um mich her als belästigend, doch in dem Maße, wie die Anspannung des Eincheckens nachließ, gewann ich allmählich einen Blick für die bunte maritime Szenerie, die mich umgab. Matrosen liefen geschäftig hin und her, am Ufer standen winkende Menschen, Fahnen flatterten im Wind, und der gewaltige Überseehafen entfaltete sein Panorama. Es war die erste Seereise meines Lebens. Die Blaskapelle spielte „Muss i denn, muss i denn zum Städtele hinaus", das fröhlichste aller Abschiedslieder, und mein Herz zog sich zusammen in einem Mischgefühl aus Hoffnung, Beklommenheit und Abschiedsschmerz. Ja, nun fuhr ich zum Städtele hinaus, fuhr in eine ungewisse Zukunft, und der Schatz meiner Erinnerungen blieb hier. Immer mehr gewann das Schiff an Fahrt, immer kleiner wurden die Häuser am Ufer. Ich war unterwegs. Es gab kein Zurück. Wenn alles so lief wie geplant, sah ich diese Küste niemals wieder.

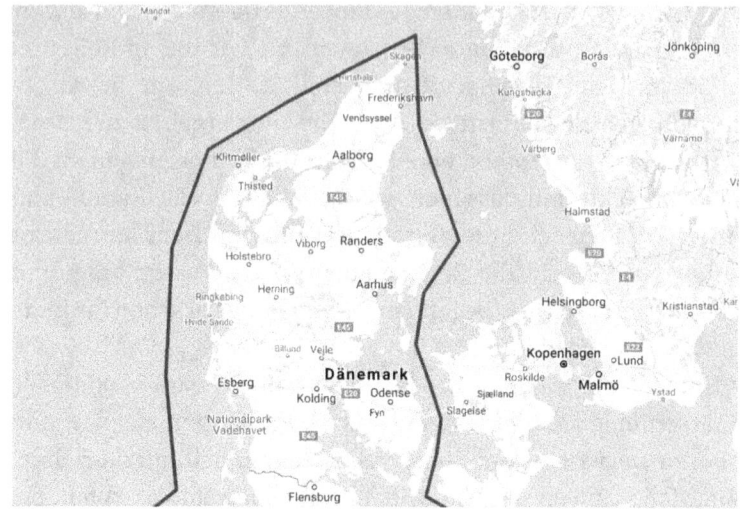

# III.
# Ostsee/Nordsee

Die erste Nacht an Bord war das schiere Grauen. Der ehemalige Direktor schnarchte wie ein Sägewerk, und der ZK-Angestellte hatte sich offenbar die Blase verkühlt. Alle halbe Stunde mindestens kletterte er aus seinem Bett und tastete sich im Dunkeln aufs Klo, wobei er regelmäßig mit Getöse etwas umstieß oder über etwas stolperte. Und als wir gegen Morgen endlich eingeduselt waren, hatte in der Nachbarkabine jemand einen Alptraum und schrie so heftig, dass alles auf dem Gang zusammenlief. Auch an morgendliches Ausschlafen war nicht zu denken: Pünktlich um sieben Uhr ertönte die glockenreine Stimme von Nana Mouskouri, die uns mit dem Lied „Schön ist der Morgen" weckte. Gleich am ersten Tag hätte ich dem Weib den Hals umdrehen mögen, nur um diese durchdringende, wohlgelaunte Stimme nicht mehr hören zu müssen, die verzückt den Morgen pries. Bloß gut, dass ich die Reise abzukürzen gedachte. Wie konnten Menschen sich darum reißen, drei Wochen unter solchen Bedingungen zu leben? Wäre ich nicht schon mit einem Fluchtplan gekommen, nach dieser Nacht hätte ich einen geschmiedet.

Doch wir fanden Abhilfe für unsere Probleme: Werner Kraushaar mit der Konfirmandenblase tauschte mit mir das Bett und lag nun dort, wo er dem Bad von uns allen am nächsten war. Am dritten Abend trieben wir sogar eine Taschenlampe für ihn auf. Und was das Schnarchen anbetraf, so verriet uns Hansjörg Sabczynski, der Teppichwerkdirektor, den Trick seiner Frau: Wenn er gar zu rasselnd schnarchte, zupfte sie vorsichtig an seiner Decke, bis er sich mit einem letzten Grunzer auf die andere Seite drehte und eine Weile schnarchfrei weiterschlief. Das probierten wir aus, und es klappte ganz gut.

Überhaupt fand ich die Gesellschaft, in die mich der Zufall verschlagen hatte, bei näherer Bekanntschaft doch ganz nett. Das gemeinsame nächtliche Leid war eine Basis, die uns überraschend schnell zu Solidarität und Vertrautheit führte. Schon ab der zweiten Nacht duzten wir uns und quatschten vor dem Einschlafen wie kleine Jungs im Ferienlager. Thema Nummer Eins waren die Frauen an Bord, wobei es nicht an Herrenwitzchen und schlüpfrigen Bemerkungen fehlte. Aber auch über Fußball, Wohnungsprobleme oder frühere Reisen wurde ausgiebig geplaudert.

Am besten gefiel mir Hansjörg Sabczynski, der trotz vorgerückten Alters und stattlicher Leibesfülle noch vital, beweglich und begeisterungsfähig war. Niemand lachte so schallend über jeden Witz, und niemand konnte sich so ungehemmt wie er über einen verschossenen Elfmeter ereifern. Gegen ihn wirkte Harald Schmittke, der ehemalige Gewerkschaftsmann, der sich von uns Harry nennen ließ, nachgerade fahl und farblos in seiner knorrigen, kurz angebundenen Art; doch was er sagte, zeugte von gesunder Vernunft und mitunter auch von einem überraschend trockenen und bissigen Humor.

Allein Werner Kraushaar erschien problematisch. Nicht nur, dass er ständig an allen möglichen Wehwehchen litt – außer der empfindlichen Blase hatte er noch eine chronische Gastritis und irgendeine Schilddrüsenkrankheit zu bieten –, er übte auch eine seltsame Zurückhaltung, wenn es um Persönliches ging. Niemals erwähnte er seine Arbeit oder sein Familienleben. Einmal fragte ich ihn geradezu: „Was machst du eigentlich den ganzen Tag? Wofür bist du zuständig bei euch im ZK?"

Werner war gerade damit beschäftigt, einen Stapel Hemden neu zu sortieren. Er hielt seinen Schrank in akkurater Ordnung. „Sonderaufgaben", murmelte er, den Blick tief auf den Hemdenstapel gesenkt.

„Was für Sonderaufgaben?"

Werner faltete umständlich ein Hemd auseinander. „Akute Einsätze", sagte er, „was halt so anfällt."

Erstaunt und argwöhnisch sah ich zu Harry und Hansjörg hinüber, doch keiner von ihnen fing meinen Blick auf. Hansjörg blätterte mit leicht hochgezogenen Augenbrauen in einem Reiseführer, und Harry, der im Schneidersitz auf seinem Bett saß, blickte über mich hinweg in die Luft hinein. Mir schien sogar, als schüttele er mit kaum merklicher Bewegung den Kopf. Minutenlang herrschte ein ungutes Schweigen, bis endlich Hansjörg mit einer harmlosen Bemerkung über das Essen die Spannung löste.

Klar, was die beiden dachten: die Firma natürlich. Als DDR-Bürger war man darauf geeicht, die Gegenwart der Firma zu jeder Zeit und an jedem Ort zu vermuten; aber hier auf dem Schiff fand ich es doch erstaunlich, gleich auf Anhieb in meiner eigenen Kabine über einen Stasimann zu stolpern – und dann auch noch diesen spilligen Werner, der mit seiner Hypochondrie und seiner ewig verzagten Leidensmiene so gar nicht der Vorstellung entsprach, die man gemeinhin von Spitzeln hegte. War das Zufall oder hatten die in jeder Viererkabine einen Mann postiert? Aber was zum Teufel wollten sie damit erreichen oder enthüllen, auf einer Auszeichnungsreise wie dieser, deren Teilnehmer größtenteils Veteranen und erprobte Parteimitglieder waren? Was für eine dumme, sinnlose Verschwendung von Zeit und Arbeitskraft!

Am Ende zuckte ich die Achseln und beschloss, die Firma einfach zu ignorieren, so wie ich es auch zu Hause nach Möglichkeit tat. Eine Woche noch, dann würde ich ihrem Machtbereich ohnehin für immer entschwinden. Ich hatte vor, gleich in Algier von Bord zu gehen. In Tripolis könnte eine Ausreise gen Westen, selbst wenn sie diplomatisch gestützt war, unter Umständen problematisch werden – das Gaddafi-Regime war momentan doch ziemlich eng mit der DDR liiert.

Oft stand ich in Fahrtrichtung an der Reling und starrte auf das Meer hinaus. Vorerst bot die Aussicht wenig Spektakuläres. Wir schipperten bei halbwegs freundlichem Wetter an der dänischen Ostseeküste entlang, um über Skagen in die Nordsee zu gelangen. Hätten wir durch den Nord-Ostseekanal fahren können, wäre der Weg nicht halb so weit gewesen, aber wegen der hohen Gebühren, die für die Passage gefordert wurden, nahm man lieber den gewaltigen Umweg in Kauf.

So erklärte es uns jedenfalls die Schiffsleitung, die wir am zweiten Tag im Rahmen eines „Begrüßungsessens" kennenlernten. Kapitän Thiemann sah aus, wie sich Klein-Moritz einen Schiffsoffizier vorstellt: groß und gut gewachsen in der schmucken Uniform, mit einem kantigen, von Wind und Wetter gebräunten und zerfurchten Gesicht zu einer prachtvollen weißen Mähne. Hansjörg, mein Kabinenkumpel, wusste zu berichten, dass Thiemann der Schwarm aller Damen sei; aber in seinem Auftreten erschien er frei von jeder Eitelkeit, vielmehr sogar ausgesprochen trocken und nüchtern. Für die lockeren Sprüche zuständig war seltsamerweise der Politoffizier an seiner Seite: ein kleiner Dicker, pfiffig, pragmatisch und nie um eine Antwort verlegen. Devisen sparen sei nun mal das Hauptgebot der Zeit, erklärte er uns den dänischen Umweg. Und Kapitän Thiemann nickte ernst.

Obwohl ich nur wenig am Bordleben teilnahm, traf ich in den ersten Tagen häufig an Deck mit Elvira Brinkmann, meiner Zugbekanntschaft, zusammen – oder besser gesagt, sie mit mir. Sie tauchte plötzlich am Beckenrand auf, wenn ich im Innenpool meine Runden schwamm, oder sie lief mir nach dem Essen über den Weg und begann eine kleine Plauderei. Selbst meinen Kabinenkumpels fiel das auf, so dass Elvira ärgerlicherweise zum Thema der Abendgespräche avancierte, die wir vor dem Einschlafen führten. Schon überlegte ich, ob ich mit der Frau vielleicht mal Klartext reden sollte, als sich das Problem ganz von selber löste: Auf einmal ließ Elvira sich nicht mehr blicken; wahrscheinlich hatte sie ihr Interesse auf jemand anderen gerichtet. Auch meine Kabinenkumpels bemerkten diese Wendung sofort.

„Elvira ist dir untreu geworden", konstatierte Harry Schmittke mit Grabesstimme.

„Gott sei es gedankt", erwiderte ich.

Nein, ich war nicht auf Bekanntschaften aus. Die einzigen Passagiere, die ich außer meinen Kabinenkumpels kennenlernte, waren die beiden Ehepaare an dem Sechsertisch, wo ich zusammen mit Hansjörg die Mahlzeiten einnahm. Das eine Ehepaar war uralt, hoch in den Achtzigern, würde ich sagen, und trug wenig zur Konversation bei. Besonders der Mann kam mir vor wie eine Mumie, so hoffnungslos erstarrt und in den Denkbildern seiner Jugend verkrustet. Umso interessanter war das andere Paar, das erst in mittleren Jahren stand und damit in dieser vergreisten Umgebung nachgerade jugendlich wirkte. Der Mann hieß Willi Kasparek und war wohl ein hohes Tier in der Postdirektion. Er hatte einen runden Katerkopf, eine stämmige Figur und sieghaft leuchtende blaue Augen. Von schlicht gestricktem, fröhlichem Naturell, fand er alles an dieser Reise toll und ließ oft ein meckerndes Lachen erschallen, das man durch den ganzen Speisesaal hörte. Am besten verstand er sich mit Hansjörg, der ähnlich gute Laune an den Tag legte. Manchmal artete die ganze Tischunterhaltung zu einem einzigen heiteren Schlagabtausch zwischen den beiden aus, bei dem sie sich die Scherze nur so zuwarfen und meckerndes Lachen den Raum erfüllte.

Kaspareks Frau rang sich in solchen Momenten bestenfalls ein höfliches Lächeln ab. Meist blieb sie ernst und still, reagierte wohl auch mit dezenter Gereiztheit auf Kaspareks unverwüstliche Fröhlichkeit, und manchmal schien sie wie traumverloren aus der Gegenwart abzudriften. Ihr Gesicht musste einmal sehr schön gewesen sein, doch es trug auch Spuren tiefen Leides. Beim Gehen zog sie das linke Bein ein wenig nach, vielleicht infolge irgendeines Unfalls. Sie sprach nicht viel, doch wenn sie etwas sagte, klang ihre Stimme wunderbar dunkel und rauchig. Sie war von ganz anderem Format als ihr Mann, und wenn man die beiden zusammen sah, fragte man sich, wie zwei so gegensätzliche Menschen miteinander leben konnten.

Einmal beklagte sich Hansjörg über die Sorgen, die er mit seinen Töchtern hatte, und fragte gesprächsweise: „Habt ihr Kinder?"

„Nein", antwortete Frau Kasparek mit ihrer schönen rauchigen Stimme, „mein kleiner Junge ist gestorben, als er..."

„Reinhild!", zischte Willi Kasparek. „Das gehört doch nun wirklich nicht hierher!"

Frau Kasparek verstummte und schien wieder in ihre eigene Welt abzutauchen. Reinhild! Was für ein schöner, altmodischer Name und wie gut er zu ihr passte! Warum hatte sie ihren Jungen verloren? War es dieser Schmerz, der ihr Gesicht so prägte?

Nicht nur bei dieser Gelegenheit musste ich meinen ersten Eindruck korrigieren, wonach die Passagiere der *Völkerfreundschaft* nichts als ein Panoptikum von biederen und komischen Rentnern waren. Nein, unter ihnen befanden sich durchaus interessante Zeitgenossen: Wissenschaftler, Sportler, Minister... Hansjörg, der mit vielen Leuten ins Gespräch kam, wies mich manchmal auf jemanden hin, wenn wir gemeinsam zum Essen gingen, und erzählte mir eine Geschichte dazu.

Da war beispielsweise ein kräftig gebauter, noch sehr rüstig wirkender alter Herr, der auf unserem Gang schräg gegenüber logierte. Über seiner Stirn leuchtete eine Glatze, doch an den Seiten war sein Kopf von einem Kranz schlohweißen Haars umringt wie von einem Heiligenschein. Da er im selben Durchgang aß wie Hansjörg und ich, legten wir manchmal den Weg zum Speisesaal gemeinsam zurück und tauschten dabei ein paar alltägliche Sätze. Manchmal sah ich ihn auch auf dem obersten Deck Tischtennis spielen.

Eines Tages klärte Hansjörg mich auf: Dieser so harmlos wirkende alte Herr sei Theo Meerbusch, Kriminalkommissar im Erfurter Wirtschaftsdezernat. Vor einem Jahr hatte er einen kleinen Korruptionsring auffliegen lassen, an dem auch hohe Parteifunktionäre auf Bezirksebene beteiligt waren. Entgegen ausdrücklicher Weisung hatte er selbstständig ermittelt und seine Vorgesetzten erst informiert, als es an den Ergebnissen nichts mehr zu rütteln oder zu vertuschen gab. Das hatte ihm viel Ärger eingetragen – ja, eine Zeitlang sah es ganz so aus, als müsste er für seinen Mut bitter büßen, während die Funktionäre, die er entlarvt hatte, ungestraft davonkommen würden. Doch infolge einer jener rätselhaften Wendungen, die kein Mensch je durchschauen konnte, war dann über Nacht alles gut geworden: Auf Ministerebene wurde dafür gesorgt, dass die Bösen in der Versenkung verschwanden, Theo Meerbusch dagegen einen hohen Orden und diese Völkerfreundschaftsreise bekam.

Die Geschichte imponierte mir, und wenn wir fortan Theo Meerbusch auf dem Weg zum Essen trafen, suchte ich das Gespräch mit ihm. Natürlich kam dabei nicht viel heraus. Das Wetter, das Essen und die Enkel waren die vorherrschenden Themen. Egal, für mich lohnte es ohnehin nicht, Urlaubsbekanntschaften zu schließen.

Einen anderen Bordprominenten kannte ich noch aus meiner Jugend: Alfred oder „Freddy" Wohlert war in den 1950-er Jahren ein bäuerlicher Aktivist gewesen, ein Adolf Hennecke der Landwirtschaft. Als „Mähdrescherkönig von Gabelow" hatte er höchste Popularität genossen – über Jahre lachte uns sein Bild immer wieder aus Plakaten und Zeitungsfotos an. Dann war es lange still um ihn gewesen – Hansjörg meinte, etwas von einem Alkoholproblem gehört zu haben. Doch im letzten Jahr hatte sich Freddy Wohlert mit der Züchtung einer neuartigen Futterrübe wieder in die Schlagzeilen gebracht und zum Lohn diese Auszeichnungsreise erhalten.

Hansjörg musste ihn mir eigens zeigen, denn von selbst hätte ich ihn nicht wiedererkannt. Der „Mähdrescherkönig von Gabelow" war nicht nur ein fleißiger, sondern auch ein höchst vorzeigbarer Aktivist gewesen, mit redlichen Zügen, gewelltem Haar und einem Paar treuer brauner Augen, aus denen der Eifer positiven Schaffens und die Freude am Sozialismus sprachen. Jetzt sah ich an Deck der *Völkerfreundschaft* einen verlebten, uralt wirkenden Mann mit Spitzbauch und ungesunder Gesichtshaut. Dabei konnte er nach meiner Rechnung höchstens zwei, drei Jahre älter sein als ich.

Einmal stand ich auf dem Verandadeck zufällig ganz in seiner Nähe, als ihn eine Dame um ein Autogramm bat. Auch sie war alt genug, um Freddy Wohlert aus seiner großen Zeit zu kennen.

„Ach, ich hab ja so für Sie geschwärmt!", verriet sie ihm mit leuchtenden Augen. „Wir Mädels hatten an der Tür eine Tafel, da waren nur Bilder von Ihnen drauf!"

„Tja… Die Zeiten sind lange vorbei", sagte Wohlert mit leicht melancholischem Lächeln, während er seinen Namenszug auf einen Prospekt der *Völkerfreundschaft* malte.

„Es waren großartige Zeiten!", rief die Dame. „Damals haben unsere Menschen noch an was geglaubt!"

„Da haben Sie Recht", erwiderte Wohlert, von der Bemerkung sichtlich erwärmt, und gab der Dame den Prospekt zurück. „Heute schwärmen die Mädchen ja eher für Frank Schöbel oder Karel Gott."

„Das ist wohl wahr", stimmte die Dame zu. „Die heutige Jugend... Nur noch meckern und nur noch Materielles im Kopf. Was haben wir bloß falsch gemacht?"

„Die Stafette wurde nicht weitergetragen", sagte Freddy Wohlert und nickte ein paar Mal tiefsinnig mit dem Kopf. „Die Stafette wurde nicht weitergetragen."

An diesem Punkt hatte ich genug und ging rasch auf die andere Seite der Reling. Ich atmete tief durch und sah zum Horizont, als könnte ich aus den unruhigen Wogen der Nordsee meine Zukunft lesen. Doch was immer sie für mich bereithielt, ich würde mir wenigstens nie mehr solches Bonzengelaber anhören müssen!

# IV.
# Englischer Kanal

Als wir den Ärmelkanal passierten, wurde das Wetter ungemütlich. Dauerregen setzte ein, und starke Winde brachten das Schiff zum Schaukeln. Schon nachmittags kamen die ersten Kotztüten zum Einsatz, und am Abend konnte man die Lage an Bord fast dramatisch nennen. Die unteren Decks waren am schwersten betroffen. So tief im Bauch des Schiffes spürte man jede einzelne Welle im Magen.

In unserer Kabine war natürlich Werner Kraushaar der erste, der flach lag. Schon den Nachmittag verbrachte er kotzend und würgend in seiner Koje. Ich selbst hielt mich etwas länger aufrecht und nahm auch noch das Abendessen ein, doch das erwies sich als schwerer Fehler, denn keine zwei Stunden später gab ich es in einem einzigen Schwall wieder von mir. In unserer Kabine, die schwer zu belüften war und noch nie sehr gut gerochen hatte, verbreitete sich der Gestank von Erbrochenem.

Die Nacht war fast so schlimm wie die allererste. Von draußen hörte man das Heulen des Windes und das Prasseln des Starkregens gegen die Schiffswand. Die *Völkerfreundschaft* schaukelte und schlingerte zum Gotterbarmen. Meterhohe Wogen rissen sie in die Höhe, um sie gleich darauf druckvoll klatschend wieder auf das Wasser zurückzuwerfen. Ich reiherte mit Werner um die Wette, und schließlich erwischte es auch Hansjörg, der noch beim Abendessen geprahlt hatte, ihm sei auf Reisen niemals schlecht. Doch gegen Mitternacht wurde er blass und still, und nach einer besonders heftigen Woge hielt er sich plötzlich die Hand vor den Mund und stürzte mit hervorquellenden Augen ins Bad. Einzig Harry saß ungerührt und bei bester Gesundheit unter uns, ein Fels in der Brandung des allgemeinen Elends.

Am Morgen war er denn auch der einzige, der Nana Mouskouris heiterem Weckruf „Schön ist der Morgen" Folge leisten konnte. Erst ging er zum Frühstück in den Speisesaal, wo er die Reihen stark gelichtet fand. Dann schleppte er Werner auf die Krankenstation, dessen Zustand besorgniserregend war. Sein Gesicht sah mittlerweile fast grün aus. Draußen regnete es nicht mehr, und auch der Wind schien etwas nachzulassen. Harry brachte uns von der Schiffsärztin Tabletten gegen die Übelkeit mit. Er berichtete, auf der Krankenstation hätte die ganze Nacht Hochbetrieb geherrscht. Nicht nur die Seekrankheit forderte Opfer, sondern auch das rasante Geschaukel: Die Leute wurden gegen Wände und Türen geschleudert oder brachen sich die Knöchel bei bösen Stürzen. Ein Passagier war aus dem oberen Bett gefallen und hatte sich böse den Kopf aufgeschlagen.

Doch die Tabletten von der Schiffsärztin halfen tatsächlich. Schon mittags ging es mir wieder so gut, dass ich zumindest die Suppe probieren wollte. Ich ging hinauf in den Speisesaal – ohne Hansjörg, der unter rasselndem Schnarchen in seiner Koje schlief – und fand an unserem Tisch nur Willi Kasparek und den Uralt-Veteranen vor. Beide Ehefrauen fehlten, genau wie schon am Abend zuvor, und folglich war es nicht mehr als höflich, sich nach ihrem Befinden zu erkundigen. So erfuhr ich, dass Reinhild Kasparek zwar eine schlimme Nacht hinter sich hatte, doch jetzt langsam auf dem Wege der Besserung war.

Am Nachmittag sah ich sie selbst an Deck. Ich hatte ein paar Stunden geschlafen und dann beschlossen, eine Runde im Freien zu drehen. Nach dem Mief in der Kabine tat die frische Luft mir wohl. Das Wetter hatte sich deutlich beruhigt, obwohl es noch immer kalt und windig war. Eben wanderte ich, fröstelnd in meiner Windjacke, über das Verandadeck, als in einiger Entfernung Reinhild Kasparek aus der hinteren Tür trat. Sie sah sich um wie ein Mensch, der nach langer Krankheit zum ersten Mal wieder die Welt wahrnimmt, und trat mit vorsichtigen Schritten, ein Bein etwas nachziehend, an die Reling.

Ich zögerte – noch nie hatte ich außerhalb der Tischrunde mit ihr gesprochen. Doch wieder sagte ich mir, es sei angesichts der allgemeinen Seekrankheit nicht mehr als höflich, sich nach ihrem Befinden zu erkundigen. Also ging ich zu ihr hin und sprach sie von der Seite an: „Geht es Ihnen wieder besser?"

Überrascht drehte sie sich zu mir um. Sie sah sehr blass aus, doch das tat ihrer Schönheit keinen Abbruch. Im Gegenteil, die Blässe gab ihrem Gesicht etwas durchscheinend Zartes und Edles.

„Ja, danke", antwortete sie, „ich will nachher auch versuchen, was zu essen."

Kleine Pause, dann bemerkte ich wenig geistreich: „Diese Nacht wird es hoffentlich weniger schaukeln."

„Ja", sagte Reinhild mit schwachem Lächeln, „das Schlimmste haben wir hinter uns."

Ich lächelte zurück, doch weiter wussten wir einander nichts zu sagen. Also nickte ich ihr zu und ging meiner Wege.

Die Zeit bis zum Abendessen verbrachte ich dösend und träumend in meiner Koje. Harry und Hansjörg debattierten lautstark über Manfred Ewald, der nach Harrys Meinung den Fußball ruinierte, während Hansjörg seine unschätzbaren Verdienste um den DDR-Sport pries. Werner lag noch immer auf der Kranken-station, sollte aber morgen entlassen werden.

Gerade sann ich darüber nach, was für eine Ehe die Kaspareks wohl führten – nein, sie konnte mit diesem Mann nicht glücklich sein –, als mein Blick von ungefähr auf den halb geöffneten Schrank fiel, genauer gesagt, auf dessen obere Ablage, die wir alle vier gemeinsam nutzten, um größere Taschen und andere sperrige Gegenstände zu verstauen. Und plötzlich schien es mir, als wäre meine Reisetasche um ein paar Zentimeter verschoben worden. Ich war fast sicher, dass sie immer vor der Kante des Ablagefachs gestanden hatte, und jetzt ragte sie etwas darüber hinaus. Mir wurde vor Schreck sofort wieder speiübel: In eben-dieser Reisetasche lag mein Marxbrief!

Ich ermahnte mich, ruhig Blut zu bewahren. Vielleicht war ja überhaupt nichts passiert. Einer meiner Kabinenkumpels konnte die Tasche verschoben haben, um an seine eigene heran-zukommen, oder der gestrige Wellengang hatte die ganze An-ordnung verrutschen lassen. Ich musste mir erst mal Gewissheit verschaffen, und das ging nicht, solange Harry und Hansjörg in der Kabine waren. So gleichmütig wie möglich ging ich mit Hansjörg zum Abendessen; doch ich hatte ein äußerst ungutes Gefühl, und die harmlosen Erklärungen kamen mir immer un-wahrscheinlicher vor. In diesem Fach lagen nur Gegenstände, die wir während der Fahrt nicht brauchten, und sie waren so dicht gestellt, dass selbst bei schlimmstem Seegang nichts ver-rutschen konnte.

Im Speisesaal brachte ich vor lauter Nervosität kaum etwas herunter, doch die Seekrankheit bot dafür zum Glück eine un-verdächtige Erklärung. „Nanu, Sie sind ja immer noch marode", rief Willi Kasparek über den Tisch, als er mich lustlos an meinem Fleisch kauen sah. Nun blickte auch seine Frau forschend zu mir hin. Ich nahm die Bemerkung zum Anlass, um mit einem Ach-selzucken mein Besteck niederzulegen und mich aus der Runde zu verabschieden. Morgen hätte ich bestimmt wieder Appetit.

Zurückgekehrt in die Kabine, schloss ich die Tür und riss die Tasche aus dem Schrank. Ich hatte beim Transport des Marxbriefs bewusst auf jede Raffinesse verzichtet. Sicher hätte ich ihn in ein Jacken- oder Taschenfutter einnähen können, doch dann wäre im Fall einer Durchsuchung sein Wert, schon weil ich ihn versteckte, für jedermann offenkundig gewesen. Ich wollte den Wert verbergen, nicht das Objekt. Als Vorbild diente mir die Erzählung „Der entwendete Brief" von Edgar Allan Poe, in der ein wertvolles, dringend gesuchtes Dokument scheinbar achtlos zwischen wertlosen Plunder gelegt wird. So hatte ich es auch gemacht: Im Seitenfach der Tasche platzierte ich einen vielfach geknickten und eingerissenen Umschlag mit Papieren, die zu den Reiseunterlagen gehörten, aber aktuell nicht mehr benötigt wurden; und dort lag der Marxbrief, ganz offen und deshalb umso besser versteckt. Zumindest hatte ich das geglaubt, bis heute. Nur zu bald bekam ich die Gewissheit, die ich mir verschaffen wollte: Der Marxbrief, mein Startkapital für das neue Leben in der Schweiz, war weg. Verschwunden. Futsch. Perdu. Nicht mehr vorhanden.

Mit weichen Knien sank ich auf mein Bett und starrte eine Weile geistleer vor mich hin. Es war, als sei alles Blut aus meinem Kopf gewichen. Der erste klare Gedanke, den ich nach dem Schlag wieder zu fassen vermochte, galt der Notwendigkeit aufzuräumen. Jeden Augenblick konnte einer von meinen Kabinenkumpels hereinkommen, dann musste exakt die alte Ordnung herrschen. Also raffte ich mich auf, packte den Umschlag in die Reisetasche zurück und stellte sie wieder an ihren Platz. Noch immer hatte ich weiche Knie, doch ich fühlte mich jetzt wenigstens in der Lage, das Geschehene zu fassen und zu analysieren. Natürlich war mein erster Gedanke die Stasi; an die hätte wahrscheinlich jeder DDR-Bürger in meiner Lage gedacht. Wer sonst als die Firma könnte sich das Recht und die Dreistigkeit herausnehmen, fremde Sachen zu durchwühlen und Dokumente an sich zu bringen? Ein gewöhnlicher Schiffsdieb, selbst wenn es einen gäbe unter diesen braven Passagieren, hätte sich vielleicht für Geld und Schmuck interessiert, aber kaum für Umschläge mit Reiseunterlagen.

Die Stasi also. Werner Kraushaar vermutlich. Ein Mann, dem schon beim kleinsten Windstoß übel wurde, und trotzdem fand er noch die Kraft, „akute Sonderaufgaben" zu erfüllen. Natürlich konnte er den Brief auch schon Tage zuvor genommen haben. War er zufällig darauf gestoßen? Oder hatte er gewusst, wonach er suchen sollte? Theoretisch war das durchaus möglich. Als ich mit meinem Vater den Marxbrief fand, hatten wir uns zwar vorgenommen, keinem Menschen etwas davon zu sagen, aber im Laufe der Jahre und Jahrzehnte war mir dieses Gebot nicht mehr so zwingend erschienen. Ich hatte Jutta den Brief gezeigt, später auch Monika und meinem Schwiegersohn und einmal sogar einem Bekannten, der historisch bewandert war und mit dem ich einen ganzen Abend lang über die Frage debattierte, was mit dem Fundstück anzufangen sei. Ja, es konnte gut sein, dass die Firma von der Existenz des Marxbriefes wusste.

Aber warum hatte man ihn dann nicht einfach zuhause aus meiner Schublade genommen? Ging es darum, mich der versuchten Republikflucht zu überführen? Für einen Moment sah ich mich in Handschellen, sah mich im gleißenden Scheinwerferlicht der berüchtigten Stasi-Dauerverhöre, sah mich im Knast, sah mich die Straße fegen, sah mich als abgestürzten, gescheiterten, verbitterten alten Mann mit Minirente, doch ich zwang entschlossen die Panik nieder. Noch hatten sie mich nicht verhaftet, und hier an Bord, auf quasi internationalem Terrain würden sie das auch nicht tun. Wenn sie mir in Algier den Landgang verweigerten, gut, dann wusste ich Bescheid. Doch je länger ich darüber nachsann, desto klarer sagte mir mein Instinkt, dass ein Verfahren wegen versuchter Republikflucht nicht das war, was sie im Schilde führten. Das wäre etwas Offizielles gewesen, doch hier ging es, das spürte ich, um etwas gänzlich Inoffizielles. Es war vergleichsweise unwesentlich, dass dieser Brief *mich* kompromittierte. In erster Linie kompromittierte er das Allerheiligste der herrschenden Ideologie, und wer immer ihn mir genommen hatte, agierte genauso im Untergrund wie ich. Das war das Heimtückische an der Situation, aber es war auch meine Chance. Noch befand sich der Marxbrief an Bord, noch blieb mir Zeit, das Blatt zu wenden. Ich musste nur herausfinden, wo er war, dann stahl ich ihn mir einfach wieder zurück.

Aus diesem Gedanken schöpfte ich Hoffnung, obwohl ich momentan nicht die leiseste Idee hatte, wie dieses Ziel zu erreichen war. Zwar verdächtigte ich vordergründig Werner des Diebstahls, und ich nahm mir auch vor, bei nächster Gelegenheit seine Sachen zu durchsuchen, doch ich konnte mir nicht wirklich vorstellen, dass er seine Diebesbeute hier in unserer Kabine verwahrte, wie ich überhaupt Mühe hatte, in ihm meinen heimlichen Gegner zu sehen. Der verknitterte Werner mit seinen vielen Krankheiten konnte allenfalls ein Handlanger der bösen Macht sein, die hier untergründig am Werk war. Ich würde bei ihm ansetzen – bei wem auch sonst? –, doch darüber hinaus würde ich meine Augen in alle Richtungen offenhalten. Das Bordleben auf der *Völkerfreundschaft,* an dem ich bisher nur als achtloser Außenseiter teilgenommen hatte, jetzt würde ich es unter Beobachtung stellen. Nichts mehr würde mir entgehen, was in meiner Umgebung vorging. Dieses äußerlich so harmlose Urlauberschiff, auf dem eine auserwählte Schar von DDR-Rentnern ihren schlichten Spielen und Vergnügungen nachging, barg tief in seinem Inneren ein böses Geheimnis. Und ich würde es ergründen.

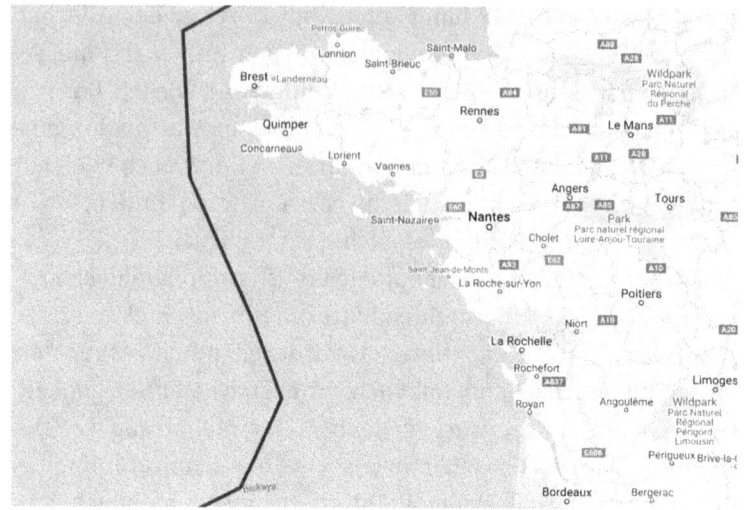

# V.
## Französische Küste

Noch am selben Abend besorgte ich mir aus der Schiffsbibliothek Papier und begann die Notizen anzulegen, die die Grundlage dieses Berichtes bilden. Ich hielt nachträglich alles fest, was sich während der Reise ereignet hatte, Namen, Begegnungen, Konstellationen. Das Gespräch mit Elvira Brinkmann im Zug, die Tischgespräche bei den Mahlzeiten, selbst die nächtlichen Männerwitze in der Kabine, alles konnte wichtig sein, in jedem Detail konnte der Schlüssel stecken, der mich zur Lösung meines Rätsels führte.

Der nächste Vormittag fand mich auf den oberen Decks, bereit, alles Auffällige zu konstatieren, doch ich hatte nicht den Eindruck, dass es irgendwas zu konstatieren gab. Der Wind wehte noch kühl und frisch, doch die Sonne gewann zusehends an Kraft. Ein Ehepaar zankte sich heftig wegen einer vergessenen Sonnenbrille, doch ansonsten zeigte das Schiff nur seine

fröhlich-harmlose Seite. Auf dem Sonnendeck fand ein „Früh-
schoppen mit allen mitreisenden Künstlern" statt. Geboten
wurde ein Mix aus Schlagern, Schnulzen und schwungvollen
Seemannsliedern, garniert mit Witzen und Plaudereien. Schon
vor Tau und Tag hatten die Passagiere alle Plätze für die Veran-
staltung blockiert, und nun saßen sie in dichten Reihen, um sich
unterhalten zu lassen. Sie waren ein dankbares Publikum: Sobald die Musik rhythmisch wurde, klatschten sie im Takt, und
jeden noch so platten Witz quittierten sie mit kreischendem Gelächter. Besonders der Conferencier Horst Köbbert, Fernsehstar
in einer mir unbekannten Sendung, brachte die gute Laune auf
Hochtouren.

„Steht eine alte Dame an der Reling", rief er. „Kommt ein Offizier vorbei. Sie fragt: Was machen Sie an Bord? Ich bin der
Deckoffizier, sagt er. Die alte Dame kichert: Hach, die Reederei
hat aber auch an alles gedacht."

Was für ein Jubel! Insbesondere die Damen schrien geradezu
vor Freude, manche waren schon puterrot vom vielen Lachen.
Ich stand seitlich an der Reling und hatte sie alle gut im Blick.
In der Menge erkannte ich Elvira Brinkmann, die wonnevoll den
Kopf in den Nacken warf und sich mit einem Taschentuch die
Lachtränen wischte. Mein Tischnachbar Kasparek schlug sich
sogar die Schenkel, während ungehemmt sein meckerndes Lachen erschallte. Neben ihm saß Reinhild, noch immer etwas
blass von der Seekrankheit. Auf ihrem Gesicht lag ein schwa-
ches Lächeln wie ein Abglanz der allgemeinen Fröhlichkeit, und
dennoch schien sie innerlich der Szenerie meilenweit entrückt
zu sein. Diese Frau hatte eine Art, der Realität einfach zu ent-
schweben wie auf einem Zauberteppich – faszinierend!

Gegen Mittag kam Werner von der Krankenstation und bot
meinem Spürsinn ein neues Ziel. Ich verbrachte den Nachmittag
damit, ihn unauffällig zu beschatten, doch auch dabei kam nicht
das Geringste heraus. Werner ging zunächst in die Schiffsbibliothek, wo er sich ein dickes Buch über innere Krankheiten ent-

lieh. Dann kletterte er hoch auf das Sonnendeck, ergatterte einen Liegestuhl und wickelte sich umständlich in eine Decke. Zwei Stunden verbrachte er lesend oder dösend. Dann stand er auf und unterhielt sich etwa fünfundzwanzig Minuten lang mit einem uralten Ehepaar, das des Weges kam und das er offenbar schon kannte; soweit ich verstand, ging es um Gallenleiden. Es war alles so hoffnungslos.

Eben wollte ich Werner zurück in Richtung Schiffsbibliothek verfolgen, als ich auf dem Verandadeck, weit abgesondert von dem dort üblichen Trubel, Elvira Brinkmann stehen sah. Sie lehnte an der Reling und weinte. Das war nun wirklich außergewöhnlich: Noch vor wenigen Stunden hatten die Witze von Horst Köbbert sie so amüsiert, dass sie sich Lachtränen aus den Augen wischte, vielleicht mit demselben Taschentuch, das sie jetzt weinend in der Faust zerknüllte.

Ich zögerte kurz, dann entschloss ich mich, Werner laufen zu lassen und mit ihr zu sprechen. Ich wollte wissen, warum sie weinte. Normalerweise wäre ich natürlich nie so indiskret gewesen, eine weinende Frau anzusprechen, schon gar nicht Elvira – ich erinnere mich nur zu gut an die gehäuften Begegnungen der ersten beiden Reisetage. Doch zu diesem Zeitpunkt konnte ich sicher sein, dass sie nicht meinetwegen weinte; und was den Diebstahl des Marxbriefes anging, gehörte sie ganz klar zum Kreis der Verdächtigen: Es bestand die Möglichkeit, dass man sie aus irgendwelchen Gründen schon im Zug nach Warnemünde auf mich angesetzt hatte.

Gerade ging herrlich die Sonne unter. Sie verschwand hinter einem breiten Wolkengebilde, das sich über und über glutrot färbte, und tauchte aus den Wolkenlücken in tausend feinen Strahlen wieder auf. Ich schlenderte über das Verandadeck und kam Elvira langsamen Schrittes näher, bis ich mich schließlich in diskretem Abstand an der Reling zu ihr gesellte. Noch immer schluchzte sie in ihr Taschentuch. Minuten vergingen, ohne dass sie mich bemerkte.

„Kann ich helfen?", fragte ich schließlich.

Elvira wandte sich überrascht zu mir um und betrachtete mich aus verheulten Augen, um die schwarz die Schminke verlaufen war. „Ach... Der Techniker", sagte sie mit dem Anflug eines bitteren Lächelns, als fühlte sie sich an etwas Fernes und nicht sonderlich Angenehmes erinnert.

„Ja, der Techniker", erwiderte ich. „Wir finden Lösungen, wissen Sie noch? Also wenn ich irgendwas für Sie tun kann...?"

Elvira schüttelte heftig den Kopf. Aufs Neue schossen ihr die Tränen aus den Augen. „Sie scheren sich doch einen Scheiß um mich!", rief sie mit tränenerstickter Stimme. „Sie halten mich doch auch nur für eine Lohndrückerin wie alle anderen auch!"

„Eine Lohndrückerin? Wie kommen...?"

Elvira starrte hinaus auf den Atlantik, der sich nun zusehends dunkelrot färbte. „Was wissen die denn", sagte sie erbittert, „wie man unter Druck steht, wenn man so vor allen anderen rausgehoben wird. Ich durfte keinen Ausschuss mehr bauen, sonst hieß es gleich, jaja, die Brinkmann, die große Aktivistin, die kann sich das leisten. Dabei war mir doch gar nicht klar, dass die das gleich so aufbauschen würden. Vorher hatten sie in der Abteilung das Geld gleichmäßig an alle verteilt. Aber jetzt durch die Mehrmaschinenbedienung wurde nur noch nach Leistung bezahlt. Und dafür haben die mich gehasst wie die Pest. Wenn ich auf den Gewerkschaftsversammlungen vorne im Präsidium saß, die hätten mich am liebsten mit Steinen beworfen. Für die bin ich nur noch die Antreiberin... die Arbeiterverräterin... die ihren Kollegen die Butter vom Brot nimmt..."

Und wieder fing sie zu weinen an. Inzwischen waren nicht nur ihre Augen, sondern auch ihre Wangen von Schminke verschmiert. Trotzdem hielt sich mein Mitleid mit ihr in Grenzen. Möglich, dass sie naiv und eher zufällig in den Status einer Lohndrückerin hineingeschlittert war. Doch irgendwann musste ihr aufgegangen sein, für welche Zwecke man sie benutzte. Sie war nicht unschuldig an ihrer Situation, und sie hatte bedenkenlos mitgenommen, was daran für sie von Vorteil war. Doch warum brachte sie das alles überhaupt aufs Tapet, warum jetzt, warum hier, wo sie in vollen Zügen die Privilegien genoss, mit denen der Staat ihre Großtat belohnte?

„Und das ist der Grund, warum Sie weinen?", fragte ich, nicht besonders geschickt. Doch Elvira hörte mir gar nicht zu.

„Die denken nun, das alles hier ist Judaslohn", sagte sie, mit einer Hand die Augen wischend und mit der anderen heftig um sich weisend, auf das Meer, den bizarren Sonnenuntergang, die Liegestühle und die kleine Bühne, von der Horst Köbbert seine Witze zu verbreiten pflegte. „Diese ganzen Orden und Medaillen, das Reden vor den Leuten, der Sitz im Präsidium... Was bedeutet das schon, wenn man Tag für Tag mit diesem Hass leben muss! Und wenn dann auf der anderen Seite die Gewerkschaftsleute immer neue Verbesserungsvorschläge erwarten – das ist so belastend, das kann sich keiner vorstellen! Für die nächste Verpflichtung ist mir ja noch was eingefallen, aber dann... Den Aufruf kriegt der auf gar keinen Fall, was anderes hab ich einfach nicht..."

Er? Welcher Er? Ich verstand kein Wort. „Bedrängt Sie jemand?", fragte ich. „Brauchen Sie Hilfe?"

Elvira wandte aufs Neue den Kopf und musterte mich kühl prüfend von der Seite. „Ich glaube nicht, dass Sie für mich eine Lösung finden", antwortete sie, jetzt wieder mit einigermaßen fester Stimme, und zerknüllte ihr Taschentuch in der Faust. Dabei entdeckte sie die schwarzen Schminkspuren. „Mein Gott, ich muss ja furchtbar aussehen", sagte sie beschämt und ließ mich stehen, um in Richtung Treppe davonzulaufen.

Ich blieb auf dem Verandadeck, bis das Signal „Wo die Ostseewellen rauschen", den ersten Durchgang zum Abendessen rief. Wen zum Teufel meinte sie mit „er"? Ihren Stasi-Verbindungsmann? Oder einfach irgendeine Schiffsbekanntschaft, die weder mit der Stasi noch mit meinem Brief in Verbindung stand? Das Letztere kam mir weit logischer vor. Elvira hatte einfach nur wie eine unglückliche Frau gewirkt, nicht wie eine abgebrühte Stasi-Agentin. Doch das eine schloss vielleicht das andere nicht aus...

Auf jeden Fall notierte ich das Gespräch, obwohl ich es nicht für sachdienlich hielt. Im Übrigen bemerkte ich noch am selben Abend, dass Elviras rätselhafter Kummer so schnell verflogen wie entstanden war: Elvira erschien zum abendlichen Tanz in einem auffälligen lila Kleid, sie strahlte wieder und war eine der Eifrigsten auf dem Parkett. Als ich gegen Mitternacht, schon ganz zermürbt von all dem vagen, ziellosen Beobachten, ein letztes Mal in die Bar hineinsah, legte sie mit Hansjörg, meinem Kabinenkumpel, einen wilden Shake aufs Parkett. Es war ein Bild, wie man es im Kino sieht, wenn nächtliches Amüsement illustriert wird: Die Barbesucher bildeten auf der Tanzfläche einen Kreis und klatschten johlend mit, während Elvira und Hansjörg, beide hochrot und schweißgebadet von der Anstrengung, in der Mitte ihre Speckmassen schüttelten, dass es nur so eine Art hatte. Sogar draußen vor der Bar hatte sich eine Gruppe von Neugierigen gebildet. Ich erkannte Freddy Wohlert, den Mähdrescherhelden: Er stand etwas abseits und hatte sich fröstelnd eine Decke um die Schultern gelegt, mit der er aussah wie ein alter Indianer.

Auch diese Szene hielt ich, wie so viele andere, in meinen Notizen fest, doch nichts, was ich aufschrieb, brachte mich dem Marxbrief auch nur einen Schritt näher. Mein Plan, den Dieb zu überführen und den Marxbrief von ihm zurückzustehlen, kam mir immer absurder vor. Welcher Dieb war so blöd, sich nach vollendeter Tat noch so auffällig zu verhalten, dass er überführt werden konnte? Auch den Vorsatz, in der Kabine heimlich Werners Gepäck zu durchsuchen, hatte ich wieder fallen gelassen, nicht nur weil ich mir keinen Erfolg davon versprach, sondern auch, weil mich allein schon der Gedanke, in fremden Sachen zu wühlen, mit Ekel erfüllte. Allmählich verlor ich jede Hoffnung.

Draußen wurde es mit jedem Tag sonniger und wärmer. Erstmals wurde Wasser in das Freiluftschwimmbecken auf dem Oberdeck eingelassen. Ein altes Ehepaar wagte sich zuerst hinein, während die anderen vorsichtig das Becken umstanden. Ich kannte das Ehepaar schon vom Sehen: Heinz und Katja Stern, beide Journalisten.

Als sie aus dem Pool geklettert kamen und sich abtrockneten, sprach ich sie an: „Das war ja eine echte Pioniertat, gratuliere."

„Oh ja", erwiderte Heinz Stern, „wir haben kühn den Massen neue Wege erschlossen."

„Und wie uns die Massen dafür angestarrt haben", fügte kopfschüttelnd seine Frau hinzu. „Ich dachte, gleich werfen sie uns ein paar Fische rein."

In diesem Moment hörte man es platschen: Ein glatzköpfiger Mann sprang in den Pool, gefolgt von einem jüngeren Ehepaar. Wir tauschten amüsierte Blicke. „Na bitte", sagte ich, „schon haben die Massen die neuen Wege für sich entdeckt."

„Bald werden die Wege ausgelatscht und überfüllt sein", prophezeite Heinz Stern mit düsterem Blick auf den Pool.

Und so kam es auch: Von Stund an wurde das Baden von der Schwimmhalle auf das Oberdeck verlegt, und der Außenpool war manchmal derart frequentiert, dass man darin kaum treten, geschweige denn schwimmen konnte.

Ich füllte weiter mit alldem mein Notizpapier; aber spätnachts in der Koje, als ich grübelnd wach lag, war ich fast soweit, den ganzen Rückstehlplan in Bausch und Bogen zu verwerfen. Es stand doch nicht so, dass ich den Marxbrief für mein neues Leben unabdingbar brauchte. Ich hatte mein Fachwissen und meinen guten Kopf, das war ein viel wertvolleres Startkapital als der begrenzte Geldbetrag, den mir der Brief einbringen würde. Wenn man mich in Algier von Bord gehen ließ – und das hielt ich immer noch für sicher –, warum sollte ich dann nicht genau das tun, was ich mir vorgenommen hatte?

Ich schlief nicht mehr gut, seit ich den Diebstahl des

Marxbriefes entdeckt hatte. Zwar duselte ich oberflächlich ein, doch selbst das kleinste Geräusch vermochte mich zu wecken. So war es auch in dieser Nacht: Mitten im Traum drang ein leiser Ruf an mein Ohr, der mich sofort der Wirklichkeit wiedergab. Meine Kabinenkumpels schliefen tief und fest, Hansjörg unter moderatem Schnarchen. Der Ruf, den ich gehört hatte, schien nicht aus der Kabine, sondern vom Gang her gekommen zu sein. Dort war irgendwas in Bewegung. Da, jetzt hörte ich es wieder: eine Stimme die leise einen Namen rief. Beim nächsten Ruf verstand ich ihn: „Genosse Meerbusch!"

Genosse Meerbusch? Hieß so nicht der alte Kripobeamte aus dem Wirtschaftsdezernat, der schräg gegenüber auf unserem Gang schlief? Im Augenblick war ich alarmiert. Warum wurde der gerufen, zu dieser nachtschlafenden Zeit? Ich kletterte aus der Koje und schlich auf Zehenspitzen zur Kabinentür. Über Hansjörgs Geschnarche hinweg vernahm ich Schritte und aufgeregtes Geflüster. Behutsam öffnete ich einen Spalt weit die Tür und konnte gerade noch sehen, wie der dicke Theo Meerbusch, den Bademantel über dem Schlafanzug und flankiert von zwei Schiffsoffizieren, hinter der Biegung des Ganges verschwand.

Ich verlor keine Zeit und ertastete im Dunkeln das erstbeste Kleidungsstück zum Überstreifen; es war eine alte Jacke, die Harry gehörte. So leise wie möglich schlüpfte ich aus der Kabine und ließ die Tür sacht angelehnt. Kein Mensch war auf dem Gang zu sehen. Ich eilte mit verhaltenem Atem zu der Biegung, hinter der die drei Gestalten verschwunden waren. Zu sehen waren sie auch dort nicht mehr, doch ein fernes Geräusch wies mir den Weg: Von der oberen Treppe her vernahm ich Schritte und folgte ihnen.

Auf der Höhe des Oberdecks angekommen, zögerte ich kurz, ins Freie zu treten. Mir war bewusst, was für einen aberwitzigen Anblick ich gerade bot, mit bloßen Füßen und im Schlafanzug, über den ich Harrys viel zu weite, grobmaschige Jacke gezogen hatte. Doch der Gedanke, dass sich hier vielleicht endlich eine konkrete Spur bot, eine Chance, dem Schiff sein dunkles Geheimnis zu entreißen, war stärker als die Hemmungen der Scham. Ich öffnete die Tür, schlüpfte hinaus auf das Deck – und prallte augenblicklich wieder zurück vor dem Anblick, der sich mir dort bot. Neben dem spärlich beleuchteten Außenpool, umringt von einer Gruppe Menschen, lag Elvira Brinkmann, nackt und nass und – ja, ganz offensichtlich tot.

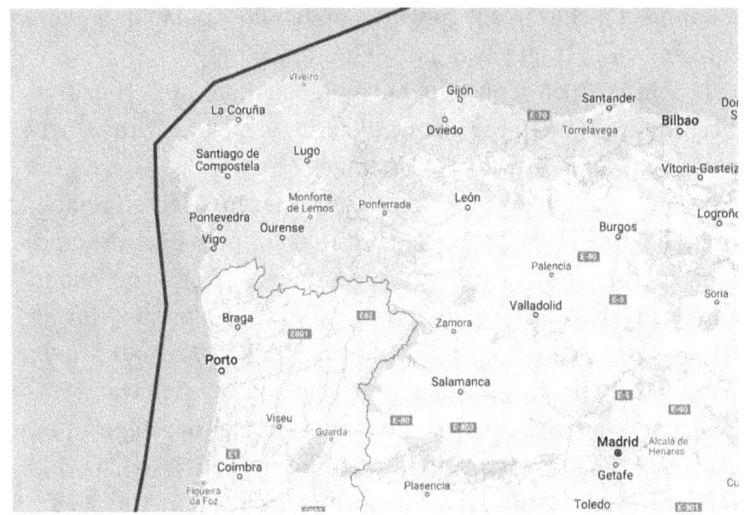

# VI.
## Spanische Küste

Ich verbarg mich rasch hinter einem Pfeiler, aber das wäre gar nicht nötig gewesen – niemand hier hatte Augen für mich. Auf dem Deck stand eine illustre Gesellschaft: Ich erkannte den Kapitän, die Schiffsärztin und ein paar jüngere Offiziere, dazu ein paar Matrosen von der Nachtwache. Offensichtlich war Elvira eben erst aus dem Pool gezogen worden; einer der Matrosen trocknete sich noch mit einem Handtuch ab. Ein anderer hatte einen Fotoapparat, mit dem er die Leiche von allen Seiten aufnahm.

Direkt vor ihr kniete die Schiffsärztin und kramte in ihrer Instrumententasche. Auch sie war aus dem Schlaf gerissen worden und trug noch das Nachthemd unter ihrem Mantel. Kapitän Thiemann dagegen wirkte selbst jetzt noch wie aus dem Ei gepellt; nur seine Gestik war ungewohnt fahrig, und seine Züge zeigten Nervosität.

„Kann sie nicht einfach besoffen in den Pool gefallen und ertrunken sein?", fragte er in fast flehendem Ton.

Die Schiffsärztin schüttelte entschieden den Kopf. „Hier sind noch andere Hämatome", sagte sie und wies auf Elviras Oberarme. „Eindeutig Abwehrverletzungen."

„Ist auch schwierig zu ertrinken in diesem kleinen Spucknapf", meinte der Politoffizier, der direkt vor dem Becken stand. Selbst jetzt noch wirkte er so souverän, wie ich ihn von seinen Auftritten während der Schiffsveranstaltungen kannte. Nur an seiner falsch zugeknöpften Uniformjacke konnte man sehen, dass auch er zur Unzeit aus dem Bett geholt worden war.

Von der anderen Seite kam ein junger Offizier herbeigelaufen und reichte dem Kapitän einen Zettel. „Hier haben wir sie", erklärte er. „Elvira Brinkmann, geborene Rohde, Jahrgang 1932, verheiratet, zwei Kinder, Dreierkabine 18 B, Essen Tisch 17."

„Wahrscheinlich hat der Kerl sie bei den Oberarmen gepackt und in den Pool geworfen", sagte der Politoffizier, wobei er am Beckenrand den Vorgang mit anschaulichen Gesten untermalte. „Und als sie raus wollte, hat er ihr den Kopf unter Wasser gedrückt, immer wieder. Daher dieser komische Fleck auf der Stirn."

Kapitän Thiemann schritt ratlos auf und ab. Endlich blieb er vor Theo Meerbusch stehen und fragte knapp: „Was meinen Sie?"

Theo Meerbusch sah aus, als hätte man ihn aus dem tiefsten Schlaf gerissen. Seine Augen waren verklebt, die Haare zerzaust. Weder die frische Morgenluft noch der verstörende Anblick der Leiche vermochten seine Lebensgeister zu wecken.

„Ich?", fragte er benommen zurück. „Aber... ich bin vom Wirtschaftsdezernat. Das hier ist die zweite Leiche, die ich in meinem Leben sehe. Die erste war meine Oma vor sechzig Jahren."

Mehrere der Umstehenden grinsten, und Kapitän Thiemann zog die Augenbrauen hoch.

„Aber ermitteln, das können Sie doch", stellte er fest.

„Ermitteln?", fragte Meerbusch ungläubig. „Sie meinen... Den Täter ermitteln, hier auf dem Schiff?"

„Natürlich hier auf dem Schiff, wo sonst? Er kann ja nur an Bord sein, oder sehen Sie das anders?"

„Um Himmels Willen, Gerhard, nein!", rief der Politoffizier dazwischen. „Wir können hier auf See überhaupt nichts ermitteln! Du hast die Weisung aus Rostock gehört: Kein Mensch darf merken, dass sie tot ist. Die Fahrt muss weitergehen genau wie geplant!"

„Das ist sowieso nicht durchführbar", widersprach der Kapitän, indem er auf den Notizzettel blickte, den der Offizier ihm gegeben hatte. „Es gibt Leute, die nach ihr fragen werden. Sie hat zwei Zimmergenossinnen, und beim Essen..."

„Wir sagen, sie liegt auf der Krankenstation und wird in Algier an Land gebracht", erklärte der Politoffizier in einem Ton, der keine Widerrede zuließ. „Ich werde die Mannschaft entsprechend unterweisen."

„Die Frau hat Familie. Hatte Familie. Wird die auch nicht informiert?"

„Natürlich. Später."

Wieder schritt Kapitän Thiemann eine Weile auf und ab, und wieder blieb er vor Theo Meerbusch stehen. „Trotzdem möchte ich Sie bitten, verdeckt zu ermitteln", sagte er in nachdrücklichem Befehlston; und als der Politoffizier zum Protest ansetzte, gebot er ihm mit einer herrischen Geste Schweigen. „Verdeckt, hab ich gesagt. Möglichst unauffällig. Ich weiß, Sie sind hier eigentlich im Urlaub, und das ist auch nicht ganz Ihr Fachgebiet, aber..."

„Nicht ganz ist gut", sagte Theo Meerbusch, „das ist, als ob Sie einen Herzspezialisten brauchen und engagieren einen Hals-Nasen-Ohren-Arzt."

„Wo bleibt denn nun die Trage?", fragte die Schiffsärztin und packte ihren Medikamentenkoffer ein. „Wenn ich die Frau nicht bald auf meinem Tisch hab..."

„Ja, wo bleibt die verdammte Trage?", fiel der Politoffizier ein. „Gleich kommen die ersten Frühaufsteher raus!"

„Glaub ich nicht, ist ja gerade mal fünf", meinte einer der Matrosen.

Der Morgen war wirklich noch kaum angebrochen, doch das Dunkel löste sich bereits in einem rötlichen Dämmer auf. Die See ringsum lag spiegelglatt. Es schien wieder ein sehr schöner Tag zu werden.

Der Matrose setzte sich in Bewegung, wahrscheinlich um nach der Trage zu sehen, doch da wurde sie auch schon von zwei Männern auf das Deck getragen; sie kamen durch dieselbe Tür, die ich passiert hatte. Rasch verbarg ich mich tiefer hinter meiner Säule, doch auch jetzt beachtete mich kein Mensch.

„Ziemlich übler Gedanke, ein Mörder an Bord", sagte der Kapitän zu Meerbusch. „Wenn der mir noch jemanden umbringt, ist der Teufel los. Dann wird die Fahrt definitiv abgebrochen."

Die Matrosen hoben Elvira hoch und beförderten sie vorsichtig auf die Trage. Dabei fiel ihr der Kopf zur Seite, so dass ich ihr Gesicht erkennen konnte. Es sah sehr fremd aus, so verquollen und ungeschminkt. Eine nasse Strähne fiel ihr über die Wange, und die wässrigen Augen sahen halb offen ins Leere. Den Fleck auf der Stirn, von dem die Rede war, konnte ich aus der Entfernung nicht erkennen.

„Ach, ist die schwer", ächzte ein Matrose.

„Nach der Untersuchung muss sie gleich in den Kühlraum", bestimmte der Politoffizier. „Ihr könnt ja dort schon immer Platz für sie schaffen."

Im rötlichen Schein des Sonnenaufgangs hoben vier Männer die Trage hoch, und mit ihr setzten sich die Anwesenden in Bewegung wie ein Trauerzug. Doch niemand fühlte Trauer um die tote Aktivistin.

„Und lassen Sie das Wasser im Pool austauschen", mahnte die Schiffsärztin an. „Wir könnten sonst hygienische Probleme bekommen. Wer weiß, wie lange sie schon da drin lag."

„Ich bin die Passagierliste durchgegangen", redete der Kapitän auf Meerbusch ein. „Sie sind hier der einzige Kriminalist. Und wie ich höre, ein sehr guter."

„Vermutlich haben Sie ja noch andere... Experten hier an Bord", warf Meerbusch ein und bewies mit dieser Bemerkung, dass langsam doch seine Lebensgeister erwachten.

Kapitän Thiemann ging darüber hinweg. „Ich bitte Sie sehr", insistierte er. „Rostock will uns ja eventuell jemanden schicken, aber entschieden ist das noch nicht, und selbst wenn es dazu kommt, kann der Betreffende frühestens in Dubrovnik zusteigen. Bis dahin sind alle Spuren kalt."

„Wir könnten sie vielleicht in die Geflügeltruhe legen", sinnierte einer der Offiziere. „Dann servieren wir halt schon heute Abend das Hähnchen a la Provence..."

Das war das Letzte, was ich verstand, bevor Elviras kleiner Trauerzug hinter der Tür zum Mannschaftsbereich verschwand. Ich versuchte nicht, ihm zu folgen; das wäre zu riskant gewesen, und fürs Erste wusste ich ja auch genug. Sobald es still war, trat ich hinter der Säule hervor und warf noch einen letzten Blick auf den Pool, der spiegelglatt im sanftroten Licht der aufgehenden Sonne lag, als hätte darin nie etwas anderes als fröhliches Rentnerplanschen stattgefunden. Nur ein größerer Wasserfleck am Rand wies noch auf die dramatischen Ereignisse hin, aber der würde bei dem schönen Wetter schnell trocknen. Ich schlüpfte leise ins Treppenhaus und kehrte zurück in meine Kabine.

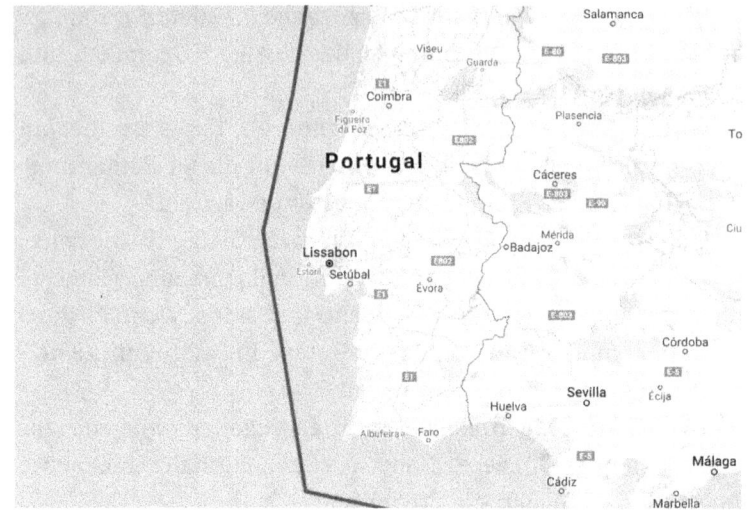

# VII.
## Portugiesische Küste

Zwei Stunden später stimmte Nana Mouskouri ihr unvermeidliches „Schön ist der Morgen" an, worauf wir seufzend aus den Kojen stiegen. Werner litt an Magenbeschwerden, Harry freute sich auf den heutigen Bordvortrag, und Hansjörg ließ sich über Gaddafi und den libyschen Weg zum Sozialismus aus. Ein neuer Seetag nahm seinen Lauf.

Ich spielte Normalität, so gut es ging; doch seit meinem Ausflug auf das Oberdeck hatte ich keine Sekunde mehr geschlafen und fühlte mich nun wie gelähmt vor Müdigkeit und Erstaunen. Was für eine Wendung – eine Leiche an Bord! Eine Frau, die ich persönlich gekannt, mit der ich vorgestern noch gesprochen hatte! Und sie war nicht einfach so in den Pool gefallen, sie war ermordet worden, richtig wie im Krimi! Allein schon daran hatte ich schwer zu schlucken; und als ich nach dem Frühstück zusah, wie sich die Passagiere im Pool amüsierten, verweilten meine Gedanken lange bei der armen Elvira Brinkmann, die sich von dieser Reise so viel Spaß versprochen hatte, nicht ahnend, dass sie ihr den Tod bringen würde. Ich glaube nicht, dass Sie für mich eine Lösung finden – das war fast sowas wie ihr letztes Wort an mich gewesen. Nun hatte jemand anders eine höchst radikale und endgültige Lösung für sie gefunden.

Ich betrachtete die Passagiere, wie sie sich in ihren Sonnenstühlen räkelten, im Pool schwammen oder grüppchenweise plauderten – eine langweilige Gesellschaft von braven DDR-Bürgern, alle seit Jahren daran gewöhnt, Gesetze und Vorschriften strikt zu befolgen. Ich sah keinen in der Runde, dem ich zutrauen würde, dass er ohne Erlaubnis auch nur einen Riegel Schokolade mitgehen ließ. Wer unter ihnen war fähig gewesen, den Kopf einer Frau so lange unter Wasser zu drücken, bis sie ertrank? Womit hatte Elvira solchen Hass erregt? Und vor allem: Wie hing ihr Tod mit dem Diebstahl meines Marxbriefes zusammen?

Möglicherweise überhaupt nicht. Ein abgeblitzter Verehrer konnte sie in einem Wutanfall getötet haben, oder ein Kollege wollte sie für ihre Lohndrückerei bestrafen. Allerdings kam mir das eine so unwahrscheinlich wie das andere vor. Wenn ein kostbares Schriftstück verschwindet und nur Tage später eine der Personen, die etwas damit zu tun haben könnten, tot im Pool treibt, glaubt man nicht an einen Zufall. Zwischen diesen beiden Ereignissen musste es eine Verbindung geben, aber welche? Hatte sich Elvira mit einem unbekannten Komplizen um die Beute gestritten? Hatte sie aus dem bösen Spiel, das hier im Untergrund gespielt wurde, aussteigen wollen?

Wie auch immer, wenn es eine reale Chance gab, den Marxbrief wiederzubekommen, dann nur auf dem Weg über diesen Mord. Dass ich überhaupt davon wusste, war im Grunde ein glücklicher Zufall, auch wenn ich ihm nachgeholfen hatte; doch von jetzt ab durfte ich mich auf den Zufall nicht mehr verlassen. Ich musste dranbleiben, ich musste erfahren, was bei den Ermittlungen herauskam. Aber wie? Sollte ich wieder ziellos beobachten, Leute beschatten und ins Leere ermitteln, wie ich es zwei frustrierende Tage lang erfolglos praktiziert hatte? Nein! Es gab noch einen anderen Weg.

Gleich nach dem Mittagessen machte ich mich auf die Suche nach Theo Meerbusch, konnte ihn aber nirgends finden. Vielleicht gönnte er sich ja ein Mittagsschläfchen. Oder er war schon beim Verhören und Recherchieren. Der bloße Gedanke, dass sich etwas tat, von dem ich ausgeschlossen war, erfüllte mich mit drängender Ungeduld. Endlich entdeckte ich ihn im Verandacafé: Er saß allein am hintersten Tisch, vor sich eine leere Tasse Kaffee, und blätterte in einem grünen Schnellhefter. Seine Miene verriet Missmut und Ratlosigkeit – oder bildete ich mir das nur ein? Egal, jetzt galt es, die Gelegenheit zu nutzen. In wenigen Minuten würde sich entscheiden, ob ich die Chance bekam, mir meinen Marxbrief wiederzuholen.

Mein Herz hämmerte wie bei einem ersten Rendezvous, als ich auf den hintersten Tisch zuschritt. Ich fragte: „Darf ich?" und setzte mich, zu allem entschlossen, Theo Meerbusch gegenüber, ohne seine Antwort abzuwarten.

„Sie wünschen?", fragte Theo Meerbusch kühl, während er rasch den grünen Schnellhefter schloss – ihm war nicht entgangen, dass ich beim Hinsetzen versucht hatte, einen Blick hineinzuwerfen.

Wie ich es geplant hatte, fiel ich gleich mit der Tür ins Haus: „Ich weiß Bescheid über den Mord an Elvira Brinkmann."

Theo Meerbusch warf einen entsetzten Blick zum Nachbartisch, doch die drei dicken alten Damen, die dort Kaffee tranken und dazu riesige Tortenstücken mit wahren Bergen von Schlagsahne verdrückten, waren in einer angeregten Unterhaltung über die Vor- und Nachteile verschiedener Schrankwandtypen begriffen.

„Sind Sie vom… Ich meine… Haben Sie den Auftrag…?", fragte Theo Meerbusch völlig entgeistert.

„Nein, ich bin nicht von der Firma und ich habe keinen Auftrag", erwiderte ich mit fester Stimme. „Jan Fechner ist mein Name, ich bin Ingenieur. Wir kennen uns, wissen Sie nicht mehr? Erst neulich haben Sie mir von Ihren Enkeln erzählt."

„Ja... Aber woher... Wie sind Sie..."

„Ich konnte letzte Nacht nicht schlafen und hab gehört, wie Sie gerufen wurden. Wir wohnen auf demselben Gang."

„Ja... Und da sind Sie einfach..."

„Genau. Ich bin Ihnen hinterher. Ich weiß alles, was auf dem Oberdeck passiert ist."

Theo Meerbusch lehnte sich zurück und dachte etwa eine Minute lang nach, während die drei Damen am Tisch nebenan zum Thema Auslegware übergingen. Endlich kam die nächste Frage: „Haben Sie das... Haben Sie mit jemandem darüber gesprochen?"

„Nur mit Ihnen."

„Wollen Sie so was wie Schweigegeld? Dann wenden Sie sich besser direkt an..."

„Ich will kein Geld", unterbrach ich ihn gekränkt. „Ich will Ihnen beim Ermitteln helfen."

„Was?!", rief Theo Meerbusch so laut, dass die drei Damen am Nebentisch ihr Gespräch unterbrachen und erstaunt zu uns hinsahen. Wir lächelten sie entschuldigend an und warteten, bis ihr Plapperstrom wieder floss.

„Ich will Ihr Assistent sein, Ihr Doktor Watson", fuhr ich in gedämpftem Ton zu sprechen fort. „Ich will dabei sein, wenn Sie den Täter finden."

„Und warum?", fragte Meerbusch nach einer Pause.

Diese Frage hatte ich erwartet und gefürchtet. Wenn ich sie nicht überzeugend beantworten konnte, ließ sich Meerbusch nie auf meine Mitarbeit ein. Und meine Motivlage sah dürftig aus, denn auf gar keinen Fall durfte ich ihm etwas über den Marxbrief sagen, zumindest nicht in diesem Stadium der Ermittlungen und meiner Bekanntschaft mit ihm.

„Ich habe Elvira Brinkmann gekannt", begann ich zögernd, „zwar nur flüchtig, aber... Es macht schon einen Unterschied, ob ein fremder Mensch tot ist oder eine Bekannte."

Theo Meerbusch sah mich durchdringend an. „Klingt gut", sagte er nicht ohne Ironie. Der Mann war bestimmt nicht so harmlos, wie er aussah.

Doch ich hatte noch andere Argumente in petto, die weniger gut und folglich glaubhafter klangen: „Außerdem hab ich schon immer gerne Krimis gesehen oder gelesen", sagte ich, womit ich keineswegs log. Die Detektivgeschichte war ein Genre, das mir lag – es appellierte an den logischen Verstand. „Ich bin gut darin, Täter zu erraten. Zum Beispiel könnte ich die Protokolle schreiben, wenn Sie jemanden vernehmen. Das hab ich jahrelang bei unseren Arbeitsgruppensitzungen gemacht. Ich fände es toll, einem richtigen Ermittler in einem richtigen Mordfall zu helfen."

„Ach, Sie wollen ein bisschen Detektiv spielen? Abenteuerurlaub, ja?"

Allmählich wurde meine Lage unhaltbar. „Verdammt, ich langweile mich hier zu Tode!", rief ich aus und hieb mit der Faust auf den Tisch, dass die leere Kaffeetasse klirrte. Wieder blickten die Damen vom Nebentisch herüber, dieses Mal sogar noch mehr erstaunt, weil sie meine Worte verstanden hatten. Wie kann man sich langweilen, wenn man zum Kaffeetrinken beim lieben Gott geladen ist?, stand in ihren irritierten Mienen zu lesen.

„Wir haben so viele Seetage auf dieser Reise", fuhr ich fast im Flüsterton fort, nachdem die Damen ihre eigene Debatte wieder aufgenommen hatten, „und ich bin noch nicht in dem Alter, wo man glücklich wird mit Bingo und Wurftaubenschießen. Nennen Sie es Abenteuerurlaub, aber ich will hundertmal lieber was Nützliches und Interessantes tun als mich drei Wochen lang mit Torte vollschlagen!" Ich kam mir vor wie in einem Bewerbungsgespräch, von dessen Ausgang meine Zukunft abhing.

Theo Meerbusch zögerte und schüttelte den Kopf. „Das ist aber nicht Ihr wahres Motiv", murmelte er nachdenklich. „Ich muss erst hinter Ihr wahres Motiv kommen..."

„Ist es so abwegig, dass ich helfen will?" Etwas in seinem Ton ließ mich fühlen, dass die Festung zu bröckeln begann. „Zumindest weiß ich ein bisschen was über die Frau. Ich könnte mir gleich mehrere Mordmotive vorstellen. Sie wissen ja nicht mal, wo Sie ansetzen sollen."

„Da ist was dran", gab Meerbusch widerwillig zu. „Aber eine Ermittlung ist kein Urlaubsspielchen..."

„Vier Augen sehen mehr als zwei", sagte ich, nun schon fast siegesgewiss. „Wenn ich als Protokollant bei Ihren Verhören dabei bin, weiß ich alles, was Sie wissen. Und ich bin keiner, der das weitertratscht. Der Kapitän kann sich ja über mich erkundigen."

„Das wird er auch", knurrte Theo Meerbusch, „wir müssen schließlich wissen, woran wir sind. Ich hab schon gehört, Sie sollen auf Ihrem Fachgebiet ein toller Hecht sein, aber hier geht es nicht..."

„Komisch", fiel ich ihm ins Wort, „dasselbe habe ich auch von Ihnen gehört."

Theo Meerbusch musste gegen seinen Willen schmunzeln, wurde aber gleich wieder ernst und stand auf.

„Ich werde heute noch mit der Schiffsleitung sprechen", sagte er, während er mir zum Abschied die Hand gab, „und wenn die ihren Segen gibt... Sie haben schon Recht, ich könnte Hilfe gebrauchen. Und vielleicht wären wir ja wirklich... ein ganz gutes Gespann."

# VIII.
# Gibraltar

Am nächsten Morgen wurde ich offiziell als Theo Meerbuschs Gehilfe eingesetzt – gegen den Widerstand des Politoffiziers, der das für gar keine gute Idee hielt und dem schon der bloße Gedanke an einen weiteren Mitwisser wehtat. Aber aus Rostock kam grünes Licht – was meine Vermutung bekräftigte, dass der Diebstahl des Marxbriefs gänzlich jenseits aller Dienstwege erfolgt war –, und es schien auch, dass sich Theo Meerbusch mehr und mehr für meinen Einsatz erwärmte, ja ihn schließlich sogar mit Nachdruck von der Schiffsleitung verlangte. Gleich im zweiten Gespräch bot er mir das Du an – „wenn wir schon zusammen ermitteln" –, und es zeigte sich rasch, dass wir tatsächlich ein ganz gutes Gespann waren.

Die *Völkerfreundschaft* dampfte noch immer an der portugiesischen Küste entlang. Durch das Fernglas sah man bizarre Landschaften, weitläufige Strände oder ärmliche Städte. Das

Wetter war prachtvoll, die Sicht vorzüglich. Die Passagiere frequentierten schon am frühen Morgen die Liegestühle, benutzten reichlich Sonnenöl und drängten sich so dicht in dem kleinen Pool, dass man schon vom Hinsehen Platzangst bekam. Ich hatte kaum noch Zeit für diese Art Erholung und für das geruhsame Betrachten schöner Landschaften erst recht nicht. Von Anfang an fungierte ich in unserem Duo als Protokollant. Ich hatte mehr zu tun als Theo selbst, denn ich musste nicht nur alle Vernehmungen mitschreiben, sondern diese Mitschriften dann auch noch abtippen. Sogar als wir Gibraltar passierten und alles Volk sich an der Reling drängte, konnte ich nur einen flüchtigen Blick auf die nebulös fernen Ufer werfen. Doch ich beneidete die Urlauber nicht. Im Gegenteil, wenn mich die Wege meiner nagelneuen Arbeit über das Veranda- oder Oberdeck führten, stieg angesichts all der Sonnenanbeter und Bingospieler fast etwas wie Überlegenheit in mir auf. Die da kannten nur die Oberfläche; ich aber war jetzt endlich dabei, in die Tiefe vorzustoßen. Das fand ich spannender als jede Bordunterhaltung.

Gleich nach dem Frühstück traf ich mich mit Theo vor dem Verandacafé. Dann gingen wir meine letzten Notizen durch und entwarfen Pläne für das weitere Vorgehen. Ich hatte mir reichlich Papier besorgt und hielt penibel alles fest, Ideen, Vernehmungen, Resultate. Allerdings waren Letztere vorläufig mager. Im Krimi sieht das immer so einfach aus: Die Kriminalisten hören sich mal eben im Bekanntenkreis des Opfers um, und schwupp, schon zeigen sich gleich mehrere Verdächtige mit handfesten Motiven, unter denen man nur zu wählen braucht. In der vertrackten Wirklichkeit aber erinnerten mich unsere Ermittlungen in diesem Stadium eher an das ziellose „Beobachten", wie ich es jüngst auf eigene Faust praktiziert hatte. Es war ein wahlloses Sammeln aller greifbaren Informationen, ohne jede Ahnung, welche davon sich als wichtig erweisen könnten.

Zunächst vernahmen wir diejenigen Mitglieder der Besatzung, die mit Elvira Brinkmann zu tun gehabt hatten. Hier brauchten wir uns keinen Zwang anzutun, denn die Schiffscrew war größtenteils über den mysteriösen Todesfall an Bord informiert. Der Kapitän hatte uns eine Kabine im Mannschaftsbereich zur Verfügung gestellt, die üblicherweise die Nachtdienste nutzten. In diesem „Verhörraum", wie wir ihn nannten, empfingen wir sie zur Vernehmung, die Stewardess, die Elvira bediente, die Friseuse, die ihr das Haar schnitt, den Offizier, der mit ihr getanzt hatte. Dann erweiterten wir den Kreis um die sogenannten „Kontaktpersonen", die Theo Meerbusch mit Hilfe der Besatzung zu einer Liste zusammenstellte. Zwar standen darauf vorerst nur die beiden Mitbewohnerinnen von Elviras Kabine und die kleine Gruppe an ihrem Tisch; doch wir hofften natürlich, im Laufe der Ermittlungen noch weitere Namen hinzufügen zu können.

Die Befragungen der Passagiere hatten mit äußerster Vorsicht zu erfolgen: Sie durften nicht erfahren, dass Elvira tot war. Die Schiffsleitung entwickelte eine Legende, die der Wahrheit halbwegs nahe kam: Elvira sei ohnmächtig aufgefunden worden, sie liege derzeit auf der Krankenstation und werde in Algier von Bord gebracht, was genau ihr geschehen sei, wisse man noch nicht, doch da es Hinweise auf Gewalteinwirkung gebe, versuche man, intern den Vorfall aufzuklären. Das war es, was wir den Passagieren erzählten; und dann ließen wir sie mit der Begründung, eine Panik an Bord vermeiden zu wollen, eine Schweigeerklärung unterschreiben. Darauf hatte der Politoffizier bestanden, der nicht müde wurde, die Einhaltung der Legende anzumahnen und uns einzuschärfen, auch ja keinen Millimeter davon abzurücken.

Die Zeugen gaben bereitwillig Auskunft. Neben den Fakten, die ich selbst aus meinen Gesprächen mit Elvira wusste, erfuhren wir, dass sie Kaninchen züchtete, dass sie für Helga Hahnemann schwärmte, dass ihr Mann bei der Eisenbahn arbeitete, dass sie gern blauen Lidschatten trug... Nichts von alledem brachte uns weiter, und ich wurde oft von Ungeduld erfasst, wenn ich -zig Mal hintereinander die gleichen banalen Aussagen hörte. Doch Theo Meerbusch arbeitete unverdrossen die Kontaktliste ab, zu der tatsächlich immer mal ein Name hinzukam, und ließ sich durch die Ergebnislosigkeit der Vernehmungen nicht aus der Ruhe bringen. Kein Wunder, der konnte ja davon ausgehen, dass ihm noch die gesamte Reisezeit für die Aufklärung des Mordes blieb. Aber ich... Spätestens in Tripolis musste ich von Bord gehen, wenn ich meinen Plan noch ausführen wollte, und es sah nicht so aus, als ließe sich das Rätsel um den Marxbrief bis dahin lösen.

Jetzt hatte ich gar keine Sehnsucht mehr nach einem vorzeitigen Ende der Fahrt – obwohl sich die Reisebedingungen zusehends ungemütlich gestalteten. Seit wir uns in südlichen Gefilden befanden, war es unerträglich heiß in unserer Kabine. Es gab zwar eine Klimaanlage an Bord, doch die wirkte nur oben auf den Nobeldecks. Die Temperaturen in unserer Kabine unterschieden sich kaum von denen im Maschinenraum. Wir schliefen fast nackt, alle Scham vergessend, und ließen nachts die Kabinentür offen in der Hoffnung auf ein bisschen Luftzug vom Gang. Doch selbst daran konnte man sich gewöhnen.

Nach den ersten Sondierungen erstatteten wir der Schiffsleitung Bericht. Wie nicht anders zu erwarten, hielt Theo Meerbusch Elvira Brinkmanns Liebesleben für eine vielversprechende Spur und erklärte dem Kapitän, er wolle seine weiteren Ermittlungen darauf konzentrieren.

„Die Frau war kein Kind von Traurigkeit", sagte er. „Sie hat nicht einen Tanzabend ausgelassen, und sie hat eindeutig Anschluss gesucht. Da könnte es Ärger gegeben haben."

Ich sagte nichts, aber ich hielt das für grundfalsch. Urlaubsflirts unter Alleinreisenden waren flüchtig und unverbindlich. Dafür wurde niemand umgebracht. Hätte ich doch Theo nur von meinem Marxbrief erzählen können! Dann wäre ihm vielleicht klar geworden, dass die nächstliegende Vermutung nicht in jedem Fall die beste war.

Am nächsten Morgen fasste ich mir ein Herz und deutete ihm an, dass ich Elvira verdächtigte, eine Stasi-Informantin zu sein. Wir saßen wieder vor dem Verandacafé und gingen die jüngsten Notizen durch.

„Könntest du dir vorstellen, dass sie hier auf dem Schiff... dass sie Leute bespitzelt hat, ich meine für die...?", fragte ich Theo vorsichtig.

„Wie kommst du darauf?", fragte Theo erstaunt.

Ich zuckte die Achseln. „Darauf kommt man doch immer."

„Ja, und das ist eben der Riesenblödsinn!", schnaubte Theo mit fast wütendem Nachdruck. „Die Stasi, na klar, die ist an allem schuld!" Er hielt erschrocken inne und schaute sich um, doch zum Glück hatte niemand seine Worte gehört. „Die Frau war Bestarbeiterin", fuhr Theo deutlich gedämpfter fort. „Die stand voll im Rampenlicht. Warum sollten sich die Genossen ausgerechnet so eine aussuchen, wenn sie Leute überwachen wollen? Dafür würden die doch jemanden nehmen, der nicht auffällt!"

Das war so logisch, dass ich nicht widersprechen konnte. Ich versuchte es von einer anderen Seite: „Eine Bestarbeiterin macht sich nicht nur Freunde. Elvira war als Lohndrückerin verschrien. Ihre Kollegen haben sie gehasst."

„Woher weißt du das?"

„Hat sie mir selbst erzählt. Die würden sie am liebsten mit Steinen bewerfen, das waren so ungefähr ihre Worte. Wäre es nicht möglich, dass einer von denen...?"

„Wie – einer von ihren Kollegen? Weil sie als Lohndrückerin verschrien war?"

„Naja, die haben doch alle gleich viel weniger verdient..."

„Und wie ist der Bösewicht hier auf die *Völkerfreundschaft* gekommen? Ist er einfach so ins Reisebüro spaziert und hat gesagt, einmal Mittelmeer bitte?"

Ich verstummte, von seiner Logik niedergedrückt, aber nicht überzeugt. Ob ich ihm vielleicht doch von dem Marxbrief erzählte? Aber nein, das konnte ich nicht riskieren. Theo war sicher ein anständiger Mensch, aber ebenso sicher auch ein loyaler DDR-Bürger. Mit seiner scharfen Reaktion auf meinen Stasi-Verdacht hatte er das gerade wieder bewiesen.

„Auf jeden Fall sollten wir noch mal die Passagierliste durchgehen", schlug ich vor. „Vielleicht gibt's ja irgendeine Querverbindung, jemanden, der sie schon früher kannte..."

„Machen wir", sagte Theo friedlich. „Schreib das auf, ist ein guter Vorschlag. Aber erst nehmen wir uns die Verehrer vor."

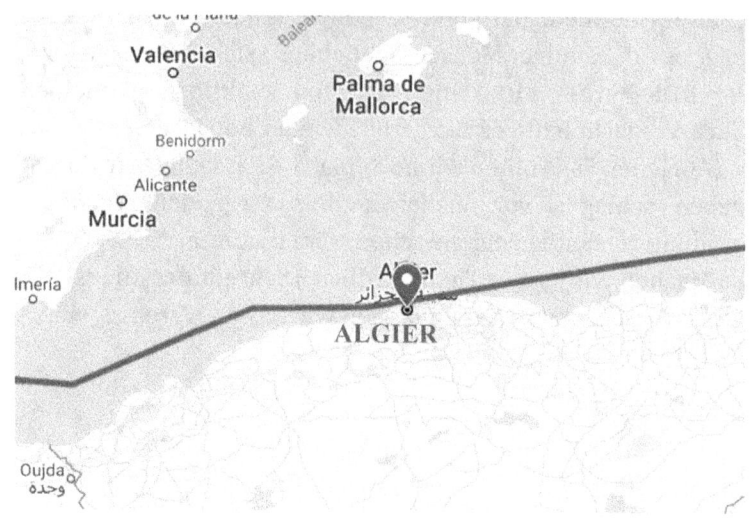

# IX.
# Algier

Landgang in Algier! Der allererste Landgang, seit wir an Bord gegangen waren – und dazu noch ein spektakulärer Landgang in einem richtigen kapitalistischen Staat! Kein Wunder, dass das Schiff in heller Aufregung war. Vom frühen Morgen an rotierten die Reiseleiter, stellten Gruppen zusammen, verteilten die uns zustehenden Dinar und dirigierten die Passagiere zu den Bussen. Der DDR-Botschafter höchstpersönlich kam mit stattlichem Anhang an Bord, und eine Gruppe von DDR-Kindern bot niedliche Pionierlieder dar. Wieder herrschte überall, wo man hinkam, jenes beängstigende Gedränge, das für diese Reise so bezeichnend war.

Die Stadtrundfahrt verstimmte mich: Wir fuhren ohne Halt an den schönsten Kirchen und Museen vorbei, um stattdessen den langweiligen Botanischen Garten zu erkunden. Dann ging es weiter zum sogenannten Märtyrerdenkmal. Es war eine Gedenkstätte für die Gefallenen im algerischen Befreiungskrieg, erst kürzlich eröffnet und auf einem Hügel hoch über der Stadt gelegen. Selten hatte ein so hässliches Bauwerk eine so schöne Umgebung verschandelt. Dort wurde von der Reiseleitung feierlich ein Kranz niedergelegt, und die Passagiere standen artig drum herum.

Während unser Reiseleiter eine stereotype Rede hielt, bemerkte ich aus den Augenwinkeln eine abgesonderte Gestalt. Es war Reinhild Kasparek; ich erkannte sie an ihrem leicht nachziehenden Gang, noch bevor ich sie richtig ins Auge fasste. Auf der Aussichtsplattform blieb sie stehen und blickte hinunter in die Stadt. Wie mutig von ihr, sich abzuseilen, noch bevor die sozialistische Pflichtübung beendet war!

Gern hätte ich es ihr gleichgetan, doch ich war so eingekeilt in der lauschenden Menge, dass ich ohne Aufsehen nicht freikommen konnte. Ganz in meiner Nähe stand Willi Kasparek, die blauen Augen hingegeben aufmerksam auf unseren Reiseleiter gerichtet, der gerade mit erhobener Stimme sagte: „...und so hat uns die Partei mit dieser Reise nicht nur die Freude geschenkt, die Welt zu entdecken. Sie hat uns zugleich auch eine wichtige Mission übertragen, eine Mission, die mit dem Namen unseres Schiffes identisch ist: der Verständigung und Freundschaft zwischen den Völkern der Welt zu dienen..."

Zum Glück war er bald fertig, die Menge verlief sich, und ich schlenderte lässig, aber zielstrebig zu der Aussichtsplattform hin, wo noch immer Reinhild Kasparek stand. Von hier aus hatte man einen herrlichen Blick über das sonnenglänzende Algier und weit aufs Mittelmeer hinaus.

Ich stellte mich in einiger Entfernung neben Reinhild Kasparek an die Brüstung und blickte einige Sekunden schweigend mit ihr zusammen auf das Panorama hernieder. Dann sagte ich, wenig originell, doch mit aufrichtiger Bewunderung: „Das ist ja eine tolle Aussicht hier!"

Sie antwortete nur ein knappes „Hm", doch ihr Blick streifte mich kurz mit einem Lächeln, das meine Bewunderung zu bestätigen schien.

Nach einer Pause fuhr ich mit gedämpfter Stimme fort: „Das Denkmal selber ist ja weniger schön."

Wieder lächelte sie und sagte in dem gleichen gedämpften Ton: „Sieht aus wie ein misslungener Raketenstart."

„Mich erinnert es mehr an einen aufgeplatzten Gasometer", antwortete ich entzückt, und wir wechselten einen belustigten Blick.

Doch inzwischen hatten auch noch andere Passagiere die attraktive Aussichtsplattform entdeckt. „Komm mal ran, Erwin, hier kannste bis zum Hafen nunter gucken", krähte eine beleibte Dame, die unverkennbar aus Sachsen stammte. Schon fanden wir uns wieder im üblichen Gedränge, und Erwin wand sich ächzend zwischen uns hindurch, weil er den unvergesslichen Eindruck auf seiner Leica festhalten wollte. Trotzdem kehrte ich beschwingt zum Bus zurück, sah mit fast liebevollem Abschiedsblick noch einmal zu dem hässlichen Denkmal empor und fand die Stadtrundfahrt eigentlich doch ganz nett.

Aber als wir dann durch die Kasbah liefen, konnte ich nicht umhin, daran zu denken, dass ich mich meinem ursprünglichen Plan zufolge genau hier und genau heute in den Westen absetzen wollte. Sogar die Adresse der bundesdeutschen Botschaft hatte ich – mühsam genug – ausfindig gemacht. Und nun ließ ich mich mit den anderen Passagieren durch die Kasbah treiben wie ein Schäfchen in der Herde. Leute von der Botschaft umringten uns, unaufhörlich mahnend, in der Gruppe zu bleiben, und jeden sofort in die Herde zurücktreibend, der kurz stehenbleiben wollte, um ein Foto zu schießen. Tourismus a la DDR.

Trotzdem wäre es natürlich ein Leichtes gewesen, im Gewirr der engen Gassen spurlos abzutauchen. In einer halben Stunde hätte ich dem bundesdeutschen Botschafter gegenübersitzen können. Sonderbar, dass ich nicht mal den Hauch einer Verlockung dazu verspürte. Wo war der verzehrende Wunsch nach einem radikal anderen Leben geblieben, der mich in der DDR fast verrückt gemacht hatte? Wo war der Traum vom Wohlstand in der Schweiz geblieben? Hatten mein Mut und mein Tatendrang denn wirklich nur an diesem Marxbrief gehangen?

Aber noch stand mir ja die Entscheidung offen. Sie musste nun doch in Tripolis fallen, auch wenn dort die Rahmenbedingungen weitaus weniger günstig waren. Am Abend sah ich ohne Bedauern die algerische Küste schwinden und dachte voller Spannung an die Vernehmung von Elviras „Verehrern", die für den nächsten Vormittag angesetzt war.

Bisher hatten wir ihrer drei gefunden: Der erste war Universitätsdozent für Finanz- und Wirtschaftsrecht – einer von den höheren Tieren, die mit ihren Gattinnen reisten und auf den oberen Decks logierten. Dennoch hatte er, wie mehrere Zeugen erklärten, lebhaftes Interesse an Elvira bekundet und eines Nachts in der Bar heftig mit ihr geflirtet, während seine Frau längst ahnungslos in der ehelichen Kabine schlief. Diesen Mann, er hieß Dr. Zeidler, nahmen wir uns als Ersten vor.

Natürlich bestritt er, mit Elvira Brinkmann eine Affäre gehabt zu haben. Außer diesem harmlosen Geplänkel in der Bar sei absolut nichts zwischen ihnen gelaufen. Dabei blieb er auch, als Theo insistierte und ihn ziemlich hart in die Mangel nahm. Allerdings rückte er nach und nach mit weitergehenden Details heraus. Ja gut, er hätte sie geküsst, als sie in jener Nacht, beide nicht mehr ganz nüchtern, zusammen aus der Bar auf das mondbeschienene Verandadeck hinausgetreten seien. Und ja gut, er hätte auch ein bisschen gefummelt, aber als er ihr unter die Bluse greifen wollte, hätte sie sich losgerissen und ihn böse angefaucht, ob er sie vielleicht für eine Nutte halte. Dann sei sie weggerannt, und er hätte sie nie wiedergesehen, wirklich!

Ich muss sagen, ich fand die Aussage glaubhaft. Dr. Zeidler wirkte zwar nervös, doch welcher ertappte Ehemann wäre das nicht in dieser Situation. Theo allerdings wiegte den Kopf und meinte, so ein nächtliches Gerangel zwischen Mann und Frau könne schon mal aus dem Ruder laufen, besonders unter dem Einfluss von Alkohol. Vielleicht sei Zeidler kein kaltblütiger Mord zuzutrauen, doch ein Totschlag im Affekt auf jeden Fall.

Elviras zweiter Verehrer zählte gleichfalls zur High Society auf der *Völkerfreundschaft*: Es war kein Geringerer als Alfred Wohlert, einst „Mähdrescherkönig von Gabelow", der sich nach Jahren auf dem Abstellgleis mit einer spektakulären Rübenzüchtung zurückgemeldet hatte. Auch er wurde von mehreren Zeugen mit Elvira in angeregtem Gespräch gesehen, nur war das Wort Flirt dabei nicht gefallen, und als er unseren Verhörraum betrat, konnte ich gut verstehen, warum. Schon von Weitem hatte er alt und verfallen gewirkt, aber als ich ihn jetzt erstmals aus der Nähe sah, fand ich seinen Anblick geradezu erschreckend. Seine Haut zeigte ungeachtet der südlichen Sonne, die sie täglich beschien, eine fahle, ungesunde Blässe, seine Züge waren hutzlig zerknittert, und sein Körper sah aus wie verholzt. Wieder musste ich an den feschen Aktivisten denken, dessen Bild einst Plakate und Zeitungen schmückte – es schien mir noch gar nicht lange her zu sein. In seiner naiven Heldenpose war er damals für uns Gleichaltrige, die wir unsere Helden eher in Elvis Presley oder James Dean sahen, eine Witzfigur gewesen, über die man lästern konnte. Doch über den verlebten, kranken, jammervoll hässlichen alten Mann, der uns jetzt im Verhörraum gegenübersaß, hätte keiner mehr lästern mögen.

Als er sagte, er kenne Elvira schon seit ihrer ersten Neuererverpflichtung, warf mir Theo einen ironischen Blick zu. Bitte schön, sagte dieser Blick, da hast du deine Querverbindung. Leider war es keine Querverbindung, die auf ein Mordmotiv verwies. Vielmehr erfuhren wir, dass es in der DDR eine Art Aktivistenszene gab, einen exklusiven Klub der Vorzeigehelden. Man traf sich nicht nur sporadisch auf Kongressen und Empfängen, sondern auch gezielt in kleineren Gruppen. Allerdings sagte Freddy Wohlert aus, er hätte Elvira seit anderthalb Jahren nicht mehr gesehen und sei ganz überrascht gewesen, sie hier auf der *Völkerfreundschaft* vorzufinden. Ja, sie hätten sich ein paar Mal unterhalten, sich auch vorgenommen, mal abends zusammen was zu trinken, aber dazu sei es nicht gekommen.

„Und worüber haben Sie mit Frau Brinkmann gesprochen?"

Freddy Wohlert zuckte die Achseln. „Nichts Besonderes", erwiderte er. „Die alten Zeiten halt. Und wie es uns jetzt so geht."

„Und wie geht es Frau Brinkmann jetzt so?"

„Ganz gut", antwortete Freddy Wohlert. „Der Sohn studiert, darauf ist sie ganz stolz... Nur der Mann, der macht ihr Sorgen. Er ist schwer krank, Bauchspeicheldrüsenkrebs. Wahrscheinlich hat er nicht mehr lange zu leben."

Ein paar Sekunden herrschte Schweigen, wie im Gedenken an Elviras Mann, der schon den eigenen Tod ins Auge fasste und jetzt auch noch mit dem seiner Frau konfrontiert war. Endlich setzte Theo wieder an: „Es soll ein sehr intensives Gespräch zwischen Ihnen und Frau Brinkmann gegeben haben."

„Ach ja, da hat sie mir die ganze Geschichte von der Krankheit ihres Mannes erzählt."

„Weiter nichts? Unsere Zeugen meinen, Sie hätten regelrecht gestritten."

„Na, nicht wirklich gestritten", sagte Freddy Wohlert. „Wir waren nur verschiedener Meinung. Es ging da um eine bestimmte Therapie..."

„Welche Therapie?" Theo ließ nicht locker.

„Die Sauerstofftherapie von Ardenne", antwortete Freddy Wohlert. „In aller Munde, aber meiner Ansicht nach nicht unproblematisch... Ich kann da mitreden, bin selber nicht ganz gesund..."

Als er den Verhörraum verlassen hatte, nahmen wir prompt dieselben Positionen ein wie nach dem Auftritt des ersten Verehrers: Ich war der Gutgläubige, Theo der Skeptiker. Wahrscheinlich neigen Kriminalisten schon berufsbedingt zur Skepsis, während der Normalbürger eher davon ausgeht, dass seine Mitmenschen einfach die Wahrheit sagen.

„Lies noch mal das Protokoll", sagte Theo. „Die Chefstewardess hat ausdrücklich von einer heftigen Debatte gesprochen, nicht davon, dass die Frau sich ausgeheult hat."

„So heftig wird's wohl nicht gewesen sein. Gott, schau dir dieses Wrack doch an. Der ist ja wohl kaum der Kandidat für einen Mord aus Leidenschaft."

„Wieso Leidenschaft?", erwiderte Theo. „Du selbst warst doch der Meinung, das Motiv könnte auch ganz woanders liegen."

„Ich meinte, woanders als bei den Verehrern."

„Verehrer oder nicht", sagte Theo entschieden, „irgendwas stimmt nicht mit dem Mann, und ich will, dass er auf der Liste bleibt."

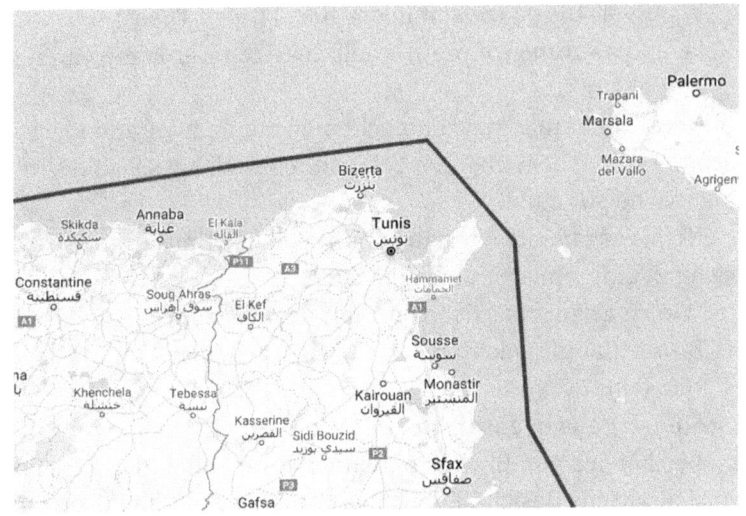

# X.

## Tunesische Küste

Elviras dritter Verehrer brachte mich in eine peinliche Situation: Es war Hansjörg, mein Kabinenkumpel, der ehemalige Teppichwerkdirektor. Ich selbst hatte wie mehrere andere bezeugt, dass er eines Abends in der Bar spektakulär mit Elvira Shake getanzt hatte. Und dem Vernehmen nach war es nicht nur bei dem einen Tanz geblieben.

Hansjörg machte natürlich große Augen, als er den Verhörraum betrat und mich dort als Protokollanten vorfand. Theo sagte dazu knapp, ich hätte mich bereit erklärt, bei der internen Untersuchung, die man hier durchführe, behilflich zu sein. Ich sprach kein Wort und sah mit dienstlicher Miene auf mein Protokoll hernieder.

Hansjörgs Vernehmung glich fast wörtlich derjenigen von Dr. Zeidler: Nein, es hätte keine Affäre gegeben, nur ein bisschen Tanz und Geschäker in der Bar, mehr nicht.

„Waren Sie die ganze Zeit in der Bar?", fragte Theo.

„Ja, und zwar in größerer Gesellschaft! Ich war keine Minute mit ihr allein!"

„Nein? Nicht mal kurz Luft schöpfen auf dem Verandadeck? Schöne Mondnacht über der See, sanftes Wellengeschaukel, romantische Stimmung?"

„Nein, verdammt! Wir haben nur getanzt!" Hansjörg wischte sich mit einem Taschentuch die Stirn.

„Wie lange ging das denn so... mit dem Tanzen?"

„Bis die Bar geschlossen hat. Um eins, glaub ich."

„Und dann?"

„Sind wir alle in unsere Kojen."

Hier hob ich den Blick von meinem Protokoll und sah Hansjörg direkt ins Gesicht. Ein Schweißtropfen rann ihm über die Stirn, und abermals griff er zum Taschentuch.

„Und am nächsten Tag?", fragte Theo.

„Was am nächsten Tag?"

„Haben Sie nicht versucht, die Freundschaft mit der Dame zu vertiefen?"

„Warum sollte ich, es war doch gar nichts passiert!"

„Nein, natürlich nicht", sagte Theo langsam. „Aber... so ein Shake, der hat es nun mal in sich. Wenn die Damen wie verrückt ihre Möpse schütteln... Und dann kommt in der ganzen Rage womöglich auch noch der Bauchnabel zum Vorschein... Schon ziemlich aufreizend, würde ich sagen."

Ich musste ein Schmunzeln unterdrücken. Das aus dem Munde Theos, der vermutlich längst immun war gegen Bauchnabel und Möpse!

Hansjörg schluckte, ließ sich aber nicht provozieren. „Gehen Sie mal hoch aufs Sonnendeck, Genosse Meerbusch", sagte er nicht ohne Schärfe, „da sehen Sie leicht bekleidete Damen genug. Es ist ja nicht so, dass wir hier..."

In diesem Moment ertönte von draußen das Signal zum Mittagessen: „Wo die Ostseewellen schlagen an den Strand..."

Ich wandte mich zu Theo und sagte: „Vielleicht sollten wir die Vernehmung erst mal unterbrechen und Mittag essen."

Es war das erste Mal, dass ich während einer Vernehmung den Mund auftat; bisher hatte ich mich konsequent an meine Doktor-Watson-Rolle gehalten. Etwas erstaunt sah Theo mich an, dann aber schaltete er sofort.

„Na schön", sagte er, „in einer Stunde wieder hier."

Nach einem einsilbigen Mittagessen – sogar Willi Kasparek fiel auf, dass sein Witzpartner so gar nicht in Stimmung war – verließen Hansjörg und ich wie üblich gleichzeitig den Tisch. Auf dem Hauptdeck fasste ich ihn beim Ärmel: „Können wir kurz reden?"

Er zuckte die Achseln. Sein Gesicht war eisenhart. Ich denke, er wusste, was jetzt kommen würde.

„Ich kann nicht so gut schlafen auf diesem Schiff", begann ich so bedächtig ich konnte, nachdem wir einen halbwegs ruhigen Platz an der Reling gefunden hatten. „Mal ist es dein Schnarchen, das mich wach hält, aber wenn mal niemand schnarcht, da fehlt plötzlich was, ganz wie bei einem alten Ehepaar... Also was ich sagen will... In der fraglichen Nacht mit diesem Shake, du weißt schon... Ich hab natürlich die Zeit nicht gestoppt, aber wenn ich mich recht erinnere, ist Harry gegen eins von seinem Skat gekommen, und danach war es noch mindestens..."

„Es reicht, Jan. Hör auf", sagte Hansjörg. „Ja, ich hab's mit ihr gemacht. Nun weißt du's."

Er atmete tief aus und blickte starr über die Reling auf das sonnenglänzende Mittelmeer. Ich sah ihm an, dass er sein Geständnis als bittere Demütigung empfand; und dennoch konnte ich nicht umhin, mich zu freuen, dass ich es ihm abgerungen hatte. Übrigens beruhte es auf einem Bluff: In jener Nacht hatte ich andere Sorgen gehabt als aufzupassen, wer wann die Kabine betrat. Eben das machte es zu einem echten kriminalistischen Erfolg, und ich war es, nicht Sherlock Meerbusch, der ihn für sich verbuchen durfte.

„Wann und wo?", fragte ich streng. Hansjörg aber hörte mir gar nicht zu.

„Wenn meine Frau das erfährt, bin ich geliefert", sagte er, noch immer auf die See hinausstarrend. Ich spürte, wie schwer ihm das Sprechen fiel. „Es gab da vor Jahren schon mal... eine Geschichte... Eine Ingenieurin bei uns im Betrieb. Erika wollte die Scheidung, alles stand auf der Kippe... Wir haben dann beschlossen, wir versuchen es noch mal, aber sie hat gesagt: nur dieses eine Mal. Ein zweites Mal wird sie mir nicht verzeihen. Wenn so was je wieder passiert, ist sie weg..."

„Warum lässt du dann das Fremdgehen nicht einfach bleiben?", fragte ich, etwas im Zwiespalt zwischen dem Mitgefühl des Kumpels und der dienstlichen Strenge des Kriminalisten.

Hansjörg warf mir einen grimmigen Blick zu. „Sowas kannst du nur fragen, weil du keine Frau hast", sagte er mit Erbitterung. „Ich bin seit über vierzig Jahren verheiratet, und ich liebe meine Frau, aber immer mit derselben, das hält doch keiner aus... Und wenn man schon mal die Gelegenheit hat, vier Wochen Ferien von der Ehe zu machen, dann will man doch endlich mal wieder einen wegstecken! Das ist einfach Lebenselixier! Guck dich doch um auf diesem Schiff!" Er wies mit einer weiten Geste über das Deck, die sonnenbadenden Passagiere und das leuchtend blaue Meer. „All diese halbnackten Ärsche und Titten – da wird man doch glatt verrückt! Manchmal wach ich schon früh mit einem Steifen auf!"

„Ich bitte dich, Hansjörg", sagte ich gequält, „du gehst stramm auf die Siebzig zu!"

„Alt bist du erst, wenn du keinen mehr hochkriegst", erwiderte Hansjörg nicht ohne Stolz. „Ich sag dir, diese Elvira, die war rattenscharf, die hatte ewig keinen mehr drin, die hat das einfach gebraucht, verstehst du, und ich auch..."

„Dann darfst du dich aber nicht beklagen, wenn..."

„Und du spiel hier bloß nicht den Moralapostel!", rief Hansjörg, indem er mit dem ausgestreckten Zeigefinger auf mich wies. „Meinst du, ich merke nicht, wie du die Frau Kasparek bei jeder Mahlzeit klammheimlich taxierst? Erzähl mir nicht, du würdest die von der Bettkante stoßen!"

An der Hitze auf meinen Wangen merkte ich, dass ich knallrot geworden war. Es war so peinlich – knallrot wie ein Schuljunge, nachdem ich eben noch den großartigen Kriminalisten gemimt hatte. Und Hansjörg bekam natürlich Oberwasser.

„Eine hübsche Frau", meinte er süffisant. „Dass sie den Fuß ein bisschen nachzieht, ist halb so wild – solange nur gewisse andere Organe an der richtigen Stelle sitzen, wie?"

„Pass auf, was du sagst!", stieß ich wütend hervor. „Im Augenblick stehst du auf der Liste der Mordverdächtigen ganz oben!"

„Der Mordverdächtigen?", rief Hansjörg, sichtlich bis ins Innerste erschrocken. „Heißt das, Elvira ist... Aber wieso denn, ich denke... Er hat doch gesagt...?"

Ich biss mir auf die Lippen. Erst errötet wie ein Schuljunge und jetzt auch noch verplappert wie ein Schuljunge. Ich war wohl doch kein so toller Kriminalist.

„Hör zu, Hansjörg", setzte ich hilflos an, „das ist offiziell nie passiert – das muss unbedingt unter uns bleiben!"

Hansjörg war kreidebleich geworden. Er ließ sich in den nächsten freien Liegestuhl fallen und starrte leeren Blickes vor sich hin, mit einem Schlag vom vitalen Potenzprotz zum erloschenen alten Mann geworden.

„Ich bin erledigt", sagte er mit zitternder Stimme, „wenn Elvira wirklich... Aber... wie ist denn das passiert?"

„Was weiß ich, sie wurde tot aus dem Pool gefischt. Aber Hansjörg, das darf wirklich niemand..."

„Das heißt also, wenn wir zu Hause sind, gibt es eine richtige Mordermittlung", murmelte Hansjörg in dumpfem Ton. „Die Kripo kommt zu uns ins Haus... Und Erika, wenn sie hört, warum – die geht weg... Die geht einfach weg von mir..."

„Nun wart doch erst mal ab", sagte ich. „Wenn du Elvira nicht umgebracht hast..."

„Ich habe sie nicht umgebracht! Warum sollte ich? Mann, es war doch nur dieses eine Mal!"

„Ich glaub dir ja, aber..."

„Wirklich? Glaubst du mir?" Hansjörg kam mühsam aus dem Liegestuhl hoch und baute sich direkt vor mir auf. In seinem Blick lag nackte Verzweiflung. „Dann lass den Meerbusch außen vor! Lass uns so tun, als wüsstest du von nichts! Als hätte es dieses Gespräch nie gegeben! Jan, ich flehe dich an! Wenn Erika weggeht... Ohne Erika kann ich nicht...!"

Ich zauderte, doch nur einen Moment. Zwar war ich tatsächlich überzeugt, dass Hansjörg Elvira nicht umgebracht hatte. Allein sein Schreck, als er von ihrem Tod erfuhr – wenn er das nur gespielt hatte, war ein exzellenter Schauspieler an ihm verloren gegangen. Doch Theo würde das anders sehen, und es kam nicht infrage, ihm schon wieder etwas zu verheimlichen, was vielleicht für die Ermittlungen relevant war.

„Das geht nicht, Hansjörg, auf gar keinen Fall", sagte ich, so dienstlich ich irgend konnte, und kam mir dabei wie ein Kameradenschwein vor. „Wenn du den Mord nicht begangen hast, wird dir nichts passieren und deiner Ehe auch nicht. Aber die Ermittlungen müssen korrekt sein. Du wirst sehen, Theo ist kein Unmensch – der hat mehr Verständnis, als du glaubst. Vielleicht findet er den Mörder ja noch vor der Kripo, und dann bist du aus dem Schneider."

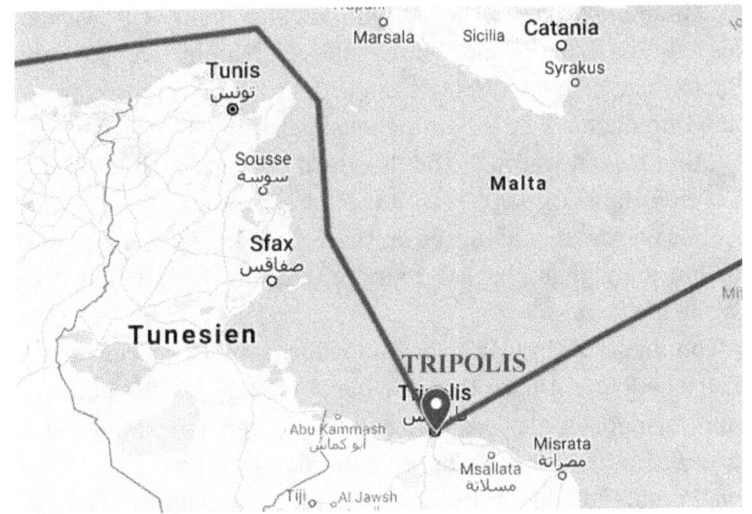

# XI.
# Tripolis

So kam es, dass Theo Meerbusch am Nachmittag gleich zwei Geständnisse zu hören bekam: erst meins, dass mir die hochgeheime Information über den Mord rausgerutscht war, und gleich darauf das von Hansjörg, seine Beziehung mit Elvira betreffend. Theo nahm sie beide gelassen hin.

„Wir müssen das dem Politoffizier ja nicht unbedingt auf die Nase binden", sagte er zu meinem Fauxpas. „Diese dämliche Legende von der Krankenstation ist sowieso nicht durchzuhalten Zu viele wissen schon von dem Mord. Und von denen wird Hansjörg Sabczynski der Allerletzte sein, der plaudert. Der ist doch nicht so blöd und bringt sich selbst ins Gerede."

Im Übrigen sah er, wie immer ganz Skeptiker, Hansjörg im Gegensatz zu mir sehr wohl als potenziellen Mörder an: Ein Mann, der so viel Angst vor der Scheidung hatte, war nach Theos Ansicht zu allem fähig, wenn ihm jemand mit Enthüllungen drohte.

„Nimm bloß mal an, diese Elvira hat sich mehr versprochen als einen Urlaubsfick", sinnierte er. „Nimm an, sie hat Sabczynski erpresst: Heirate mich, oder ich mach einen Skandal. Und dann sind dem die Sicherungen durchgebrannt."

„Aber soweit waren die beiden doch noch gar nicht", wandte ich ein. „Hansjörg sagt, es ist nur einmal passiert."

„Das würde ich auch sagen an seiner Stelle. Aber wenn es nun früher angefangen hat? Wir sind immerhin schon eine ganze Weile unterwegs."

Von dieser Sicht war er nicht abzubringen. Er schrieb einen Zwischenbericht nach Rostock, benannte alle drei Kandidaten unterschiedslos als Verdächtige und bat die Seereederei, diese drei Bürger sowie auch deren gesamtes Umfeld durch die jeweils zuständigen Organe unauffällig, aber gründlich überprüfen zu lassen. Lebenslauf, Familie, Gewohnheiten, Hobbys, alles konnte für uns wichtig sein. Als ich den Bericht in die Schreibmaschine des Politoffiziers tippte, dachte ich mit Unbehagen an Hansjörg und seine Erika – was, wenn die zuständigen Organe doch nicht so unauffällig vorgingen wie erbeten?

Auf jedem Fall würde es ein paar Tage dauern, ehe uns die Informationen erreichten. Bis dahin hatten wir nichts zu tun und konnten uns amüsieren ganz wie gewöhnliche Touristen. Am nächsten Tag stand der Landgang in Libyens Hauptstadt Tripolis auf dem Programm, der volle zwei Tage umfassen sollte. Um diese Zeit galt Libyen noch als Freundesland und der jüngst an die Macht gekommene Gaddafi als exotischer Juniorpartner, der auf seine Art den Weg zum Sozialismus einschlug. Trotzdem hatte man vorsorglich sämtliche Alkoholvorräte an Bord eingezogen und weggeschlossen. Es galt, die libyschen Brüder nicht durch Missachtung der islamischen Sitten zu brüskieren; und vor allem galt es zu verhindern, dass sie den Schnaps konfiszierten und selber tranken.

Auch die Libyer schienen den Besuch aus dem fernen Ostdeutschland sehr ernst zu nehmen: Die Delegation, die im

Hafen von Tripolis die *Völkerfreundschaft* enterte, war nicht weniger als siebzig Mann stark – Botschaftsleute, Zoll, Stadthonorationen, Polizisten... Wieder war das Schiff in heller Aufregung, es summte und brummte wie ein Bienenstock. Und wieder dauerte es eine Ewigkeit, bis wir endlich in den Bussen saßen, um zur ersten Stadtrundfahrt aufzubrechen.

Tripolis. Hier würde sich entscheiden, wo und wie ich mein weiteres Leben verbrachte. Entweder ich wagte den Absprung oder ich blieb für den Rest meines Lebens im trauten Käfig DDR. Klar, ich konnte es auch noch in Dubrovnik versuchen, aber dazu hatte ich mir im Vorfeld keinerlei Informationen beschafft. Nein, die Entscheidung musste hier fallen. Noch hatte ich einen Tag Zeit, sie zu treffen; denn wollte ich mich abseilen, so war es am besten, das morgen Nachmittag zu tun, kurz vor dem Auslaufen der *Völkerfreundschaft*. Doch was würde morgen anders sein als heute?

Wäre ich tatsächlich ein gewöhnlicher Tourist gewesen, ich hätte diesen Landgang wirklich spannend gefunden, denn er bot uns neben dem herkömmlichen Sightseeing auch einen Einblick in die Befindlichkeiten Libyens. Wir sahen einen neu erbauten Sportkomplex, einen Molkereibetrieb und natürlich auch das „Forschungs- und Studierzentrum des Grünen Buches", in dem Gaddafi seine wirren Gesellschaftsideen feiern und verbreiten ließ – da fühlten wir uns ganz wie zu Hause. Nur ich konnte mich auf nichts konzentrieren und grübelte in einem fort, ob ich „es" tun sollte oder nicht. Ich versuchte, das Problem als eine technische Alternative zu betrachten, die ihre Vor- und Nachteile hatte – denn ging es hier nicht vorrangig um die Frage Risiko oder Sicherheit? Und trotzdem schienen im Untergrund geheimnisvolle Faktoren zu wirken, die mein Bewusstsein kaum erreichten.

Am Abend kam völlig überraschend noch ein weiterer Faktor hinzu. Nach einem ausgedehnten „Freundschaftsessen" mit unseren libyschen Gastgebern kehrten wir spätabends an Bord zurück, übersatt von exotischen Köstlichkeiten und hundemüde nach dem erlebnisreichen Tag. Als ich mit Harry zur Kabine hinunterging, stand Theo wartend vor unserer Tür und erklärte, dass er mich kurz sprechen müsse, unter vier Augen oben auf dem Hauptdeck. Ich wechselte mit Harry einen Blick bei hochgezogenen Augenbrauen; Theo blickte gar zu streng und grimmig drein. Zum ersten Mal folgte ich ihm widerwillig. Ich war in einer wunderbar trägen Stimmung und hatte nicht die geringste Lust, mich jetzt noch mit dem Fall Brinkmann zu befassen. Was mochte es denn nur so Wichtiges geben?

Auf dem menschenleeren Hauptdeck angekommen, fuhr Theo plötzlich zu mir herum, holte aus und schlug mich mit voller Kraft ins Gesicht. Seine Augen glühten vor Zorn. „Du Lügner, du gottverdammter Lügner!", fauchte er.

Fast wäre ich gestürzt, so unverhofft kam der Schlag. Ich taumelte zurück und hielt mich krampfhaft an dem nächstbesten Pfosten fest, vor Schrecken unfähig, klar zu denken. „Aber Theo... Was ist denn los?", brachte ich endlich mit zitternder Stimme hervor. Doch tief im Innern ahnte ich, was los war: Theo wusste von dem Marxbrief. Er hatte mich erwischt.

„Und ich Idiot hab dir vertraut!", tobte Theo, während er mit weit ausholenden Schritten auf dem Oberdeck auf und ab lief. „Ich hab mich für dich eingesetzt – dabei hatte ich es von Anfang im Gefühl, dass du ein linker Finger bist! Herrgott, ich alter Trottel bin ja selber schuld!" Und damit hob er die Hände zum Kopf mit einer Geste, als wollte er sich die Haare raufen.

Ich richtete mich langsam auf und versuchte, meinen Schock und meine Panik zu beherrschen. Was immer jetzt kam, ich musste es durchstehen.

„Kannst du mir mal sagen, wovon du redest?" Zum Glück klang meine Stimme schon etwas fester.

Theo blieb vor mir stehen und sah mich bohrend an. „Weißt du das nicht?", fragte er drohend.

„N-nein..."

„Oh doch, du weißt es", sagte Theo in dem Ton eines Mannes, der sich seiner Sache völlig sicher ist. „Du weißt genau, wovon ich rede, Jan."

Also ging es tatsächlich um den Marxbrief. Ich senkte resigniert den Blick. „Wie hast du es rausgekriegt?", fragte ich leise.

Theo zog die Luft ein. „Also doch." Ich sah, dass er ungeachtet seiner auftrumpfenden Sicherheit bitter enttäuscht war über mein Geständnis. Erst nach längerer Pause sprach er weiter: „Reiner Zufall, dass ich das rausgekriegt hab. Bei dem Freundschaftsessen saß ich neben der Genossin Baldhoff. Die hat gesehen, dass Elvira deinetwegen geweint hat."

„Was!!!???"

„Und jetzt raus mit der Sprache!", fuhr Theo fort und pflanzte sich wieder direkt vor mir auf. „Womit hast du sie zum Weinen gebracht? Was hattet ihr so Wichtiges zu besprechen, ganze zwei Tage vor ihrem Tod?"

Ich brauchte einen Moment, um mich neu zu orientieren. Die gute Nachricht war, dass Theo keine Ahnung von dem Marxbrief hatte – die schlechte, dass er mich für mordverdächtig hielt.

„Theo, das ist ein Missverständnis", sagte ich, so ruhig ich konnte. „Sie hat nicht meinetwegen geweint..."

„Hör auf zu lügen!", brüllte Theo. „Die Baldhoff ist nicht die einzige Zeugin! Da waren eine Menge Leute ringsum!"

„Dann müssen die auch alle gesehen haben, dass Elvira schon geweint hat, bevor ich gekommen bin!"

„Und warum?"

Theos Stimme klang so hart und schneidend, dass ich unwillkürlich den Kopf einzog. „Weil sie angefeindet wurde als Lohndrückerin... Weil ihre Kollegen sie gehasst haben..."

„Und das fällt ihr mitten im Urlaub ein, wo sie sonst alle Tage fröhlich Party macht?", fragte Theo herausfordernd. „Das ist ja wohl die dümmste Erklärung, die du dir ausdenken konntest!"

„Ja, ich hab mich auch gewundert", sagte ich zögernd. „Da muss was gewesen sein, irgendein Anlass..."

„Und warum hast du mir das alles verschwiegen?"

„Ich... hab das erwähnt mit der Lohndrückerei..."

„Du hast ausgesagt, sie hätte dich die ersten zwei Tage angebaggert und dann aus unbekannten Gründen von dir abgelassen. Du hast nicht erwähnt, dass es kurz vor ihrem Tod noch ein ausführliches Gespräch gab. Du hast nicht erwähnt, dass sie dabei geweint hat."

Das war richtig. Ich hatte das Gespräch auf dem Verandadeck verschwiegen, weil es zu nah an meiner ganz persönlichen Detektivarbeit lag.

„Was gibt es noch, was du nicht erwähnst?", fuhr Theo mit wachsender Erbitterung fort. „Dass du sie gefickt hast? Dass du sie ertränkt hast? Dass du dich bei mir eingeschleimt hast, um die Ermittlungen zu sabotieren?"

„Theo, das kannst du doch nicht wirklich glauben..."

„Vor allem kann ich dir nicht mehr glauben", sagte Theo fest und verächtlich. „Ich werde den Genossen in Rostock noch einen weiteren Verdächtigen melden – und was mich betrifft, bist du von allen der absolute Favorit. Dass du von der weiteren Ermittlungsarbeit ausgeschlossen bist, versteht sich von selber. Komm mir nie wieder unter die Augen – es sei denn, du hast das Bedürfnis, ein Mordgeständnis abzulegen."

Er wandte sich ab und verließ das Deck; doch bevor er hinter der Treppentür verschwand, drehte er sich noch einmal um und fügte mit erhobener Stimme hinzu: „Ich weiß, du kannst morgen einfach von Bord gehen und im Westen untertauchen. Ich werde nichts veranlassen, um dich zu hindern. Aber denk dran, das würden wir als Schuldgeständnis werten. Und wir würden dafür sorgen, dass du keine frohe Stunde mehr hast. Mord wird überall bestraft, im Westen wie im Osten." Damit schlug er die Treppentür hinter sich zu.

Ein paar Stunden später um sechs Uhr morgens sang uns Nana Mouskouris vertraute Stimme mit „Schön ist der Morgen" aus dem Schlaf. Heute sollte es nach Leptis Magna gehen, einer großen altrömischen Ausgrabungsstätte etwa hundertzwanzig Kilometer von Tripolis entfernt. Meine Zimmergenossen hatten prächtige Laune, sogar Hansjörg, der sonst in den letzten zwei Tagen auffällig still gewesen war.

Ich aber fühlte mich wie zerschlagen – nach dem Auftritt mit Theo hatte ich natürlich kein Auge mehr zugetan, und gegen Morgen stellten sich auch noch Kopfschmerzen ein, wahrscheinlich von der anhaltenden Hitze, die unsere enge Kabine allmählich zu einem wahren Backofen machte. Eine starke Tablette, die Werner mir gab, dämpfte zwar den Schmerz, ließ aber dafür die Müdigkeit noch stärker werden. Es war, als stecke mein Kopf in einer dumpfen Glasglocke, die alles ins Nebulöse entrückte – und das an einem Tag, der die Weichen für mein ganzes weiteres Leben stellen sollte.

Leptis Magna war wunderschön, das konnte ich sogar durch meine Glasglocke sehen. Die großzügige Stadtanlage, das prachtvolle Tor, das Amphitheater, alles bei leuchtendem mediterranem Licht und mit dem tiefblauen Meer im Hintergrund – es war schon ein großartiger Eindruck. Hätte ich ihn doch nur an einem anderen Tag, in einem anderen Zustand erleben dürfen! Gestern hatte ich um eine Entscheidung gerungen; heute trottete ich bloß noch stumpfsinnig in der Herde mit, ohne zu denken. Dabei begriff ich durchaus, dass die heutige Lage sich dramatisch von der gestrigen unterschied. Gestern wäre ich als unbescholtener, integrer Mann in den Westen gegangen. Heute ginge ich als Mordverdächtiger, womöglich gar mit Haftbefehl und Auslieferungsbegehren im Nacken. Selbst wenn es nicht zu einer Anklage kam, Macrofol würde sich bedanken für einen Mitarbeiter mit derart anrüchigem Hintergrund. Doch andererseits hatte ein Mordverdächtiger auch in der DDR nichts zu lachen. Da gab es hinreichend Geschichten von abgepressten Geständnissen und abgekarteten Justizfarcen, um mich mit Unbehagen zu erfüllen. Ich fühlte mich wie beim Schach in einer Patt-Situation, wo kein einziger Zug mehr möglich war.

Beim endlosen Warten auf das Mittagessen fasste ich zumindest einen halbherzigen Teilentschluss: Ich wollte, dass meine Entscheidung direkt am Scheideweg der Alternativen fiel. Also verzichtete ich auf die Abfütterung und nahm einen der ersten Busse, die nach Tripolis zurückfuhren. Beim Aussteigen wurden wir ermahnt, uns nicht mehr aus dem Hafenbereich zu entfernen; aber natürlich bekam niemand mit, dass ich mich im Durcheinander des Aufbruchs von der Gruppe abseilte und hinter einer Baracke verschwand. Als niemand mehr in der Nähe war, verließ ich den Hafen und ging in Richtung Altstadt. Bei der gestrigen Stadtrundfahrt war mir ein Viertel bei der Universität aufgefallen, in dem mehrere repräsentative Ministeriums- und Botschaftsgebäude lagen. Zwar hatte ich die bundesdeutsche Botschaft nicht gesehen, doch ich dachte mir, dass sie sich irgendwo in dieser Gegend befinden musste.

Die Libyer halfen mir freundlich weiter, als ich nach der „university" fragte. Ich musste ein paar Stationen mit dem Bus fahren, dann ragte das markante Gebäude vor mir auf. Unweit begann das Botschaftsviertel, das ich zu Fuß erkundete. Hier blühten die Gärten in exotischer Pracht. Ich ging vorbei an modernen Villen, an bunkerartigen Betonklötzen und weißen Palästen im Kolonialstil, nur das Haus, das ich suchte, war nicht dabei. Wieder musste ich fragen, diesmal unumwunden nach der „German embassy", was mir fast ein wenig riskant erschien. Doch es sah nicht so aus, als ob mich jemand verfolgte.

Der Nachmittag war schon fortgeschritten, als ich endlich vor dem Botschaftsgebäude der Bundesrepublik Deutschland stand. Was nun? In mir war nichts als Müdigkeit. Ich hockte mich auf eine breite Steinkante, die das Zierbeet vor dem Haus gegenüber säumte. Von dort aus hatte ich die Botschaft direkt im Blick, das Tor, den üppig blühenden Garten und das große Messingschild, das in mehreren Sprachen die Funktion des Gebäudes benannte. Sogar den Klingelknopf konnte ich sehen. So nah würde ich der Freiheit nie wieder kommen.

Ein Gärtner oder Hausmeister, dem Aussehen nach Libyer, betrat durch eine Seitentür den Garten und schaute argwöhnisch zu mir herüber. Was sucht der hier, fragte sein Blick. Und wahrhaftig, was suchte ich hier? Tief im Innern wusste ich doch, dass die Entscheidung längst gefallen war. Ich würde den Klingelknopf dort drüben nicht drücken. Ich würde die Schweiz nicht zu sehen bekommen. Ich würde zurückkehren wie ein artiges Kind. Und das hatte nichts mit Theos Drohung zu tun. Der Grund lag irgendwo auf der *Völkerfreundschaft*. Was zog mich bloß zu diesem engen, ewig überfüllten Schiff, zu der überhitzten, muffigen Kabine, die ich mit drei alten Zauseln teilte, zu den Ostseewellen, die bei jeder Mahlzeit unerbittlich an den Strand schlugen, zu Nana Mouskouris nervtötendem „Schön ist der Morgen"? War es die schöne Frau Kasparek, die mich festhielt? Nein. Als Techniker war ich Realist – ich wusste, dass es Dinge gab, die man sich einfach aus dem Kopf schlagen musste. Oder hoffte ich, den Marxbrief wiederzubekommen? Ach nein, der Marxbrief war ein weiteres Ding, das ich mir aus dem Kopf schlagen musste – abgesehen davon, dass er mir auch nichts mehr nützen würde, wenn ich jetzt an Bord der *Völkerfreundschaft* zurückging.

Und doch – hier schien ich mich dem Punkt zu nähern. Die Geheimnisse, denen ich zusammen mit Theo Meerbusch auf der Spur war, hatten mir die *Völkerfreundschaft* zu einem aufregenden Schauplatz gemacht. Vielleicht war unsere Ermittlungsarbeit ja auch nur eine Illusion, die ich mir aus dem Kopf schlagen musste. Aber ich wollte wissen, wie das alles ausging. Ich wollte den bizarren Kriminalroman, in dem ich selbst eine Rolle spielte, nicht zuklappen, bevor er sein Ende fand.

Und dann der Streit mit Theo – konnte ich abhauen, während er einen Lügner und Mörder in mir sah? Auf einmal hatte ich es sehr eilig. Ich stand auf und ging zielstrebig in Richtung Hauptstraße davon, ohne mich noch einmal nach der bundesdeutschen Botschaft umzusehen. Zum Glück fand ich auf Anhieb die richtige Verbindung und traf zugleich mit dem letzten Bus aus Leptis Magna am Hafen ein. Noch immer waren viele Passagiere auf dem Hafengelände unterwegs, so dass mein Alleingang hoffentlich nicht auffiel.

Vor dem Landepier der *Völkerfreundschaft* stieß ich auf meine Kabinenkumpels Harry und Werner, die auch noch im Hafen herumflaniert waren.

„Hallo Jan, da bist du ja", sagte Harry in seiner trockenen Art. „Wir dachten schon, du wärst stiften gegangen."

„Hat die Kopfschmerztablette geholfen?", fragte Werner mit einem schüchternen Lächeln, das fast liebevolle Sympathie in mir weckte. Nein, das konnte unmöglich der Mann sein, der meinen Marxbrief geklaut hatte.

An Bord der *Völkerfreundschaft* angekommen, ging ich sogleich auf die Suche nach Theo. Ich fand ihn ganz oben auf dem Brückendeck, wo er einem Tischtennisspiel zusah.

„Theo", sagte ich geradezu, „ich möchte eine Aussage machen."

„Jetzt nicht", erwiderte er ungnädig, ohne die Augen von den Tischtennisspielern zu lassen.

„Bitte, Theo, hör mich an!", drängte ich. „Sonst hab ich keine ruhige Minute!"

Theo wandte sich endlich zu mir um und musterte mich mit kühlem Blick. Ich sah vermutlich nicht besonders gut aus, blass vor Müdigkeit, verschwitzt und erschöpft. Mit einer Geste der Ergebenheit hob ich die Hände. „Wie du siehst, bin ich nicht stiften gegangen", sagte ich, seinem Blick standhaltend.

„Also schön", entschied er, „nach dem Essen im Verhörraum."

Damit wandte er sich ab und schritt davon, ohne sich noch einmal nach mir umzusehen.

In diesem Moment ertönte das Signal, das den ersten Durchgang zum Abendessen rief: „Wo die Ostseewellen schlagen an den Strand..." Und ich seufzte tief auf, halb erleichtert, halb belustigt, wie ein Mann, der nach hartem, gefährlichem Lebenskampf endlich wieder zu Hause ist.

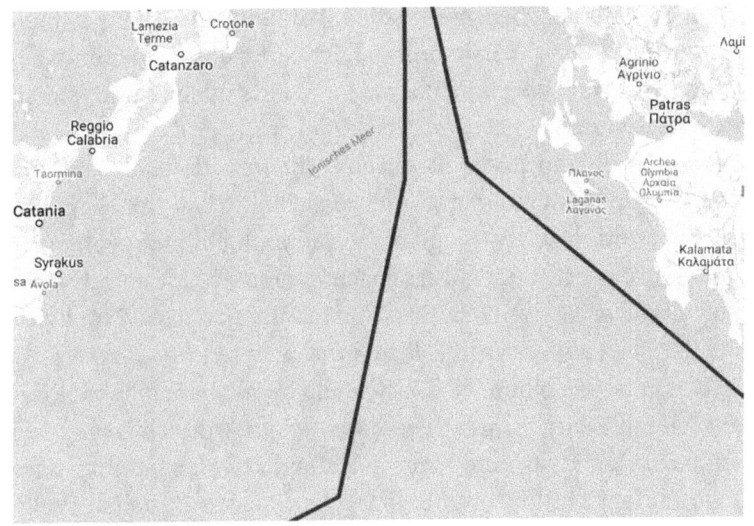

# XII.

## Ionisches Meer

An diesem Abend legte ich Theo eine Generalbeichte ab. Der Marxbrief, mein Fluchtplan, der mysteriöse Diebstahl, ich ließ nichts aus von meiner Geschichte.

Natürlich war Theo alles andere als begeistert. Er gehörte noch einer Generation an, für die der Terminus „Republikflucht" nicht nur eine juristische Straftat, sondern auch eine schwerwiegende moralische Verfehlung umschrieb. Dieser Staat hatte mir mein Studium ermöglicht, hatte viel Geld in meine Ausbildung gesteckt. Das verpflichtete mich nach Theos Überzeugung zu lebenslanger Loyalität. Wo kämen wir hin, wenn alle unsere Spezialisten in den Westen abwandern würden! Für meine Sehnsucht nach Schweizer Bergen, urigen Kneipen und Käsefondue hatte Theo nicht das geringste Verständnis – ein Lump, wer um des materiellen Wohllebens willen seine eigenen Leute, die ihn brauchten, im Stich ließ!

Ich wandte ein, dass materielles Wohlleben durchaus einmal zu den Zielen des Sozialismus gehört hatte, dass man den Westen darin sogar „überholen" wollte und dass mein Studium mich keineswegs zu lebenslanger Askese verpflichte. Doch schon bald gaben wir die müßige weltanschauliche Debatte auf. Hier würden wir uns niemals einig werden, das fühlte Theo wohl genauso wie ich; und da ich die geplante Republikflucht nicht vollendet und damit die in seinen Augen richtige Entscheidung getroffen hatte, war er gern bereit, das Thema fallen zu lassen und sich wieder ganz auf unseren Fall zu konzentrieren.

Jetzt konnte ich ihm ausführlich und sachlich mein letztes Gespräch mit Elvira schildern, konnte ihm die Notizen zeigen, die ich dazu schon vor dem Mord gefertigt hatte. Ich betonte, dass Elvira offensichtlich unter dem Eindruck eines aktuellen Ereignisses oder Gespräches stand, das sie zutiefst verstört haben musste. Nochmals äußerte ich, diesmal im Klartext, die Vermutung, dass sie von der Stasi gezielt auf mich angesetzt worden war, dass sie den Marxbrief an sich genommen hatte, wahrscheinlich zusammen mit einem Kontaktmann, von dem wir bisher noch gar nichts wussten, den wir aber unbedingt finden sollten. Und ich unterbreitete ihm eine Idee, die mir in der Nacht zuvor gekommen war, als ich nicht schlafen konnte: Nicht nur von den Verdächtigen brauchten wir polizeiliche Dossiers, auch Elvira selbst musste durchleuchtet werden, damit wir ihre Anspielungen verstanden – da lag vielleicht der Schlüssel zu ihrer Ermordung. Theo hielt meine Stasi-Theorie zwar nach wie vor für hysterischen Unsinn, doch die Idee, Elvira zu überprüfen, fand er gut und versprach, die Genossen in Rostock gleich am nächsten Tag entsprechend zu instruieren.

Es war schon fast elf, als wir aus dem stickigen Verhörraum ins Freie traten. Obwohl ich mich vor Erschöpfung kaum noch auf den Beinen halten konnte, fühlte ich das lebhafte Bedürfnis, mit Theo zur Versöhnung noch was zu trinken. Die *Völkerfreundschaft* hatte Tripolis zwar schon am frühen Abend verlassen, doch erst vor einer halben Stunde, nachdem die Dreimeilenzone hinter uns lag, war der Alkohol an Bord wieder freigegeben worden. Nie hatte ich die Bar so voll gesehen – nie wurde mit solcher Hingabe gebechert wie nach diesen zwei Tagen erzwungener Abstinenz unter den libyschen Brüdern. Theo und ich saßen mitten im Gewühl, wir kamen mit allen möglichen Bekannten und Unbekannten ins Gespräch, und je mehr der Alkohol die Stimmung hob, desto stärker gab ich mich dem heimelig-gemütlichen Wir-Gefühl hin, bis ich am Ende, genau wie Theo, von der Überzeugung durchdrungen war, ich hätte „die richtige Entscheidung" getroffen. Wir blieben, bis die Bar geschlossen wurde, und als ich endlich in der Koje lag, versank ich zum ersten Mal seit Tagen in einen tiefen, traumlosen Schlaf.

Am nächsten Tag ging nahtlos die Party weiter: Auf dem Programm stand das längst mit Spannung erwartete Neptun- und Piratenfest. Gleich am Vormittag wurden Spiele veranstaltet, bei denen die Leute auf einem Balken über die Pool balancieren mussten. Zum Lohn winkte eine Spaßurkunde. Was für ein Gejohle und Gekreische hallte über das Mittelmeer, wenn sich einer der Passagiere auf dem wippenden Balken nicht halten konnte und in voller Montur auf das Wasser klatschte!

Am Nachmittag stimmte Horst Köbbert, der als „Chefpirat" fungierte, wieder seine unvermeidlichen Seemannsweisen an, die Passagiere klatschten rhythmisch mit, und meine Stimmung sank in den Keller. Aus dem Bild der singenden und klatschenden Menschen grinste mich meine eigene Zukunft im trauen Käfig DDR an, und ich fragte mich, ob ich gestern wirklich „die richtige Entscheidung" getroffen hatte.

Zum Abendessen gab es natürlich allerlei lustige Piratengerichte, mit Namen wie „Freibeuterschmaus" oder „John Silvers scharfer Schuss". Die Kellner bedienten als Piraten kostümiert, und auch die meisten Passagiere hatten sich dem Anlass entsprechend gekleidet oder trugen ihm zumindest in kleinen Accessoires oder Andeutungen Rechnung. An unserem Tisch thronte Willi Kasparek mit verwegenem Dreieckshut und Augenklappe, wie immer bester Laune und ganz dem Genuss der Bordunterhaltung hingegeben. Seine Frau war nicht kostümiert, trug aber ein langes dunkelrotes Kleid, das ihr ganz ausgezeichnet stand, und von der gleichen Farbe eine Rose im Haar. Ich gab mir Mühe, sie nicht zu oft anzusehen; doch allmählich spürte ich, wie meine Stimmung sich wieder hob. Vielleicht hatte ich mich ja doch nicht so falsch entschieden.

Später am Abend hatte ich Glück und geriet in eine wirklich interessante Runde: Zusammen mit Harry landete ich am Tisch der Eheleute Stern, die beide Journalisten waren. Katja Stern arbeitete als Kaderleiterin beim „Neuen Deutschland", für das auch ihr Mann Heinz, obwohl seit Jahren in Rente, gelegentlich noch Artikel schrieb. Ich hatte schon ein paar Mal kurz mit ihnen gesprochen, aber erst an diesem Abend lernte ich sie näher kennen, und das war für mich ein Blick in eine völlig unbekannte Welt. Mit Journalisten hatte ich normalerweise kaum zu tun. Es kamen zwar oft welche in den Betrieb, doch die wurden in der Regel von Manfred Behnke oder vom Parteisekretär verarztet. Ich las dann nur ihre einfältigen Artikel und stellte sie mir selbst genauso einfältig vor.

Auch von den Sterns hatte ich gelegentlich schon einfältige Artikel gelesen. Umso mehr war ich überrascht, sie auf privater Ebene ganz anders zu erleben: nicht nur erfrischend geistvoll und witzig, sondern auch gern bereit, sich höchst ketzerisch über die ehernen Werte lustig zu machen, die sie von Berufs wegen propagierten. Allein die Art, wie sie beispielsweise über Juri Andropow sprachen, den Nachfolger von Leonid Breschnew, der jetzt seit einem knappen Jahr Generalsekretär der KPdSU und seit einigen Wochen auch noch Vorsitzender des Präsidiums im Obersten Sowjet war: Heinz Stern hatte ihn kürzlich in Moskau gesehen, eine „Leiche auf Urlaub", wie er sagte, von schweren Krankheiten gezeichnet und schon jetzt außerstande, die Regierungsgeschäfte des riesigen Landes zu bewältigen. Der werde es kein halbes Jahr mehr machen, prophezeite Heinz Stern, und der nach ihm komme, Viktor Tschernenko, sei genauso eine Mumie. Katja Stern schüttelte den Kopf – wie sollten die Russen bloß die dringend notwendigen Reformen in die Wege leiten, wenn der halbe Regierungsapparat aus solchen Tattergreisen bestehe. Lachend und staunend hörte ich zu. Das also war die Sprache, die ND-Journalisten untereinander führten!

„Kennt ihr schon die neue Tagesordnung für die Sitzungen des Politbüros?", fragte Harry. „Punkt 1: Hereintragen der Genossen. Punkt 2: Anlegen der Hörgeräte. Punkt 3: Abstimmung der Herzschrittmacher..."

In diesem Moment ging Freddy Wohlert, der einstige Mähdrescher-Aktivist, steifen Schrittes an unserem Tisch vorüber und streifte uns mit melancholischem, aber auch, wie mir schien, etwas herablassendem Blick.

„Punkt 4", vollendete Harry seinen Witz, „Sitzungseröffnung mit dem Lied: Wir sind die junge Garde des Proletariats."

Wir lachten schallend, und Freddy Wohlert, der schon weitergegangen war, drehte sich wie missbilligend nach uns um.

„Der ist auch so eine Leiche auf Urlaub", bemerkte leise Katja Stern, als er endgültig außer Hörweite war. „Mein Gott, was das mal für ein hübscher Junge war. Wenn der in unsere Redaktion kam, kriegten alle Frauen feuchte Augen."

„Wissen Sie vielleicht, warum der Mann so abgestürzt ist?", fragte ich.

„Der Teufel Alkohol", bemerkte Harry und nahm auf dieses Stichwort hin noch einen Schluck von seinem Bier.

„Der kam erst später", meinte Katja Stern. „Nein, der Wohlert hat einfach jahrelang als toller Hecht im Rampenlicht gelebt, der wurde weitergereicht von einem Auftritt zum nächsten... Und als dann auf einmal alles vorbei war und der graue Alltag kam – so ein plötzlicher Wechsel, das verträgt halt nicht jeder... Aber wer weiß", fügte sie nach einer Pause hinzu, „vielleicht kommt er demnächst ja wieder ganz groß raus."

„Um Himmels Willen", sagte Heinz Stern, „die wollen dieses Wrack doch hoffentlich nicht wieder einen Mähdrescher fahren lassen?"

Wir lachten. Es war zu kurios, sich den abgetakelten Freddy Wohlert auf dem Mähdrescher vorzustellen, einen schlotterigen Abklatsch der Heldenfigur, die er einst so erfolgreich gegeben hatte.

„Nein", erwiderte Katja, gleichfalls lachend, „aber nächsten Winter soll was Neues kommen. Wieder so eine Bewegung, wie hieß die doch gleich... Irgendwas mit Erfinden, Erfinder..."

„So was wie: Jeder liefert jedem Qualität?", fragte ich.

„Vielleicht diesmal: Jeder liefert jedem Schnaps", bemerkte Heinz Stern. „Dafür wäre doch unser Freddy..."

„Jetzt hab ich's!", rief Katja. „Auch in dir steckt ein Erfinder!"

Abermals lachten wir schallend los. Inzwischen waren wir alle vier so angegackert, dass jede noch so harmlose Bemerkung Gelächter provozierte.

„Und dafür wollen die Freddy Wohlert nehmen?", fragte Harry in seiner knochentrockenen Art. „Was soll der denn erfinden, Zäpfchen vielleicht?"

Katja Stern konnte nicht gleich antworten vor Lachen. Endlich riss sie sich zusammen und erklärte: „Das ist auch noch nicht sicher, dass sie Freddy nehmen. Da gibt's wohl mehrere Kandidaten. Aber er hat ja neulich selber was erfunden – was war es noch gleich, rote Riesenrüben...?"

Hier wurde sie natürlich wieder von einer Lachsalve unterbrochen.

„Rote Riesenrüben, die im Dunkeln leuchten!"

„Mit denen man Riesenrinder füttern kann!"

„Jede Rübe ein Meilenstein auf dem Weg zum Sozialismus!"

„Jeder volle Sack ein Schlag gegen die Kriegstreiber!"

„Ich würd's dem armen Kerl schon wünschen", sagte Katja Stern, sich die Lachtränen wischend. „Er soll auch ganz scharf drauf sein. Der kann einfach nicht leben ohne..."

„Wisst ihr noch, die alten Losungen?", rief Heinz Stern, „Jeder Bauer deckt eine Sau mehr!"

„Einzelschafbauern!", trompetete Harry. „Schließt euch zusammen zu genossenschaftlichen Herden!"

„Zwanzig Jahre DDR – zwanzig Jahre sozialistischer Zirkus!"

„Oder das Plakat an der Gefängnismauer: Alle heraus zum Ersten Mai!"

„Nicht doch, das hing an der Friedhofsmauer..."

Bis weit nach Mitternacht saßen wir beisammen, und ich hatte zum ersten Mal das Gefühl, einen vergnügten Abend an Bord zu verleben. Als ich dann endlich in die Koje hinuntergehen wollte, kam ich an der Bar vorbei, aus der Musik und Gejohle drangen. Inmitten einer ausgelassenen Gesellschaft tanzten dort drei Männer Kasatschok. Unter ihnen erkannte ich Willi Kasparek. Sein Gesicht war hochrot und verschwitzt, die blauen Augen leuchteten sieghafter denn je. Seine Frau konnte ich in der Bar nicht entdecken. Ob sie schon schlafen gegangen war?

Doch ein Stück weiter sah ich auf einem Stuhl die kleine schwarze Jacke liegen, die Reinhild Kasparek über dem Arm trug, als sie zum Abendessen kam. Hatte sie sie hier vergessen? Oder war sie noch in der Nähe? Zögernd hob ich die Jacke auf und sah mich um. Schließlich ging ich aufs Geratewohl hinüber zur anderen Seite der Reling, und siehe, dort saß Reinhild Kasparek in ihrem schönen dunkelroten Kleid ganz allein an einem der verlassenen Tische. Sie rauchte eine Zigarette und starrte auf das nächtliche Mittelmeer.

Ich fühlte die Jacke in meiner Hand. War sie nicht so was wie das Taschentuch, das die Herren früher aufzuheben hatten, wenn sie eine Dame ansprechen wollten? Vorsichtigen Schrittes trat ich an ihren Tisch und legte die Jacke vor sie hin. „Ich glaube, das ist Ihre", sagte ich etwas kratzig.

„Danke", antwortete Reinhild Kasparek mit ihrer dunkelrauchigen Stimme. Sie legte die Jacke auf den nächsten Stuhl und nahm einen Zug von ihrer Zigarette. Sicherlich erwartete sie, dass ich jetzt meiner Wege ging. Aber ich blieb stehen, eine Sekunde um die andere.

„Die sind ja noch ganz schön munter... da drüben in der Bar", bemerkte ich endlich, um etwas zu sagen, und wies mit dem Kopf in die Richtung, aus der selbst von hier aus noch das Lärmen der Betrunkenen zu hören war.

„Furchtbar!", erwiderte Reinhild mit Nachdruck, wobei ihr Gesicht sich vor Abscheu verzerrte, und sog erneut an ihrer Zigarette.

„Warum tun Sie sich das an?", fragte ich plötzlich leise. Sie sah fragend und sichtlich irritiert zu mir auf, so dass ich über meine eigenen Worte erschrak. Was redete ich da – was tat sie sich denn an? Wie kam ich dazu, einer Frau, die ich kaum kannte, eine derart vertrauliche Frage zu stellen?

Reinhild wandte sich ab und sagte: „Ich bin sechsundvierzig Jahre alt."

„Dann sind Sie jünger als die meisten hier", gab ich mit zittrigem Lächeln zur Antwort.

Reinhild blickte abermals zu mir auf, und für Sekundenbruchteile schien sie mein Lächeln erwidern zu wollen; doch dann verfinsterte sich ihre Miene, als sei ihr etwas Schlimmes in den Sinn gekommen, sie schüttelte den Kopf und sagte hart: „Ich bin auch feiger als die meisten hier!"

Damit drückte sie die Zigarette aus, ergriff ihre Jacke und ging davon. Ich sah ihr nach, noch als sie längst verschwunden war. Plötzlich erfüllte mich ein heftiger Bewegungsdrang. Unmöglich, jetzt hinabzusteigen in die brutheiße, nach verbrauchter Luft und Altmännerschweiß stinkende Koje. Ich wanderte über das menschenleere Verandadeck bis zur hinteren Reling und wieder zurück nach vorn. Dann setzte ich mich hin, sprang aber gleich wieder auf und schritt rastlos das ganze Deck noch einmal ab. Keine Ahnung, was mich so euphorisierte. Es war doch eigentlich nichts passiert – und falls doch, hatte ich mir eine Abfuhr geholt. Aber nie war mir die nächtliche See so grandios, das

Meeresrauschen so romantisch erschienen. Ich verstand gar nicht mehr, dass ich mich je nach Schweizer Bergen und Schweizer Gemütlichkeit sehnen konnte. Wie abgeschmackt und spießig erschien mir in dieser Nacht mein Lebenstraum und wie gern hätte ich darauf verzichtet, nur um dort sein zu können, wo sie war.

# XIII.
# Dubrovnik

Am nächsten Tag konnten Theo und ich nach längerer Pause
endlich wieder unserer kriminalistischen Mission nachgehen:
Die ersten Berichte aus Rostock wurden über den Fernkopierer
geschickt. Sie betrafen Elviras Barflirt Dr. Zeidler und meinen
Kabinenkumpel Hansjörg Sabczynski. In beiden Fällen war der
Inhalt enttäuschend. Obwohl keiner der beiden Männer ein
gänzlich unbeschriebenes Blatt war, enthielt doch ihr Sünden-
register nichts, was unsere Ermittlungen weiterbrachte. Dr.
Zeidler lehrte an der Berliner Hochschule für Ökonomie. Als er
selbst noch Student gewesen war, hatte ihn eine Kommilitonin
der versuchten Vergewaltigung beschuldigt, doch nach langem
Hin und Her war das Verfahren eingestellt worden. Außerdem
hatte der Mann vor ein paar Jahren die Zuweisung einer neuen
Wohnung mit einem Geldbetrag beschleunigen wollen und war
zusammen mit dem begünstigten KWV-Mitarbeiter aufgeflogen.

Hansjörg Sabczynski, der bis vor wenigen Monaten als Direktor der VEB Teppichwerke „Roter Oktober" fungiert hatte, wurde als sehr guter Leiter beschrieben, doch sein Privatleben zeigte Turbulenzen. Außer jener Affäre mit der Ingenieurin, die er mir gegenüber erwähnt hatte, gab es noch verschiedene andere und im Gefolge jedes Mal Gerede, Ärger und Ehekrisen. Nach der Beschwerde eines aufgebrachten Ehemannes hatte man Hansjörg als Leiter abgesetzt, doch er war so beliebt bei der Belegschaft, dass man keinen seiner Nachfolger akzeptierte. Also erhielt Hansjörg, nachdem er gebührend bereut und Besserung geschworen hatte, seinen Posten zurück und wurde bei der Pensionierung sogar mit dieser Reise ausgezeichnet.

Über Freddy Wohlert, den Dritten im Bunde der Verehrer Elviras, war noch kein Bericht eingetroffen. Im Anschreiben aus Rostock wurde dafür ausdrücklich um Entschuldigung gebeten – das Material sei so umfangreich, dass man noch einige Tage brauche, um es zu sichten und zusammenzufassen. Das leuchtete ein – bei einem Prominenten wie Freddy Wohlert, der von Jugend auf im Scheinwerferlicht der Presse stand, sammelte sich vermutlich einiges an. Ich dachte an das, was Katja Stern, die Journalistin, über ihn berichtet hatte. Vielleicht lag Theo ja nicht ganz falsch mit seinem Misstrauen gegen diesen Mann.

Am Tag darauf kam es zu einem Vorfall, der mich in diesem Gefühl noch bestärkte. Wir nahmen Landgang in Dubrovnik. Was für eine herrliche Stadt! Die jahrhundertealten Festungen und Wälle, wie herausgewachsen aus den Küstenfelsen, das harmonische Bauensemble, die kleinen Geschäfte und Cafés in der Altstadt, und das alles bei herrlichstem Wetter, durchleuchtet vom Flair der tiefblauen See – es gab wohl keinen, der davon nicht begeistert war.

Zum Glück wurden wir diesmal nicht in der Herde durch die Sehenswürdigkeiten gescheucht. Zwar gab es vormittags eine Busrundfahrt, doch am Nachmittag zogen wir allein oder in Gruppen los. Ich ging mit meinem Kabinenkumpel Harry

Schmittke, und wir hätten einen rundum angenehmen Nachmittag verlebt, wenn nicht gegen Abend ein sonderbarer Misston eingetreten wäre: Kurz bevor wir auf das Schiff zurückkehren wollten, begegneten wir in der Nähe der Festung Freddy Wohlert, unserem Mähdrescherhelden. Er saß allein auf einer Bank und starrte ins Weite. Ich wäre am liebsten weitergegangen, aber Harry sprach Wohlert unbefangen an.

„Na, schon erschöpft vom vielen Wandern? Gibt ja zum Glück bald Abendbrot."

Freddy Wohlert schrak zusammen. Wie aus dem Schlaf gerissen blickte er mit entgeistertem Blick zu Harry auf. Im nächsten Moment entdeckte er mich, und sein Gesicht verzerrte sich. Er stand auf und sagte leise, nur an mich gewandt: „Immer im Einsatz, Genosse, wie?" Dann ging er rasch in Richtung Altstadt davon.

„Was ist denn mit dem los?", fragte Harry erstaunt.

Ich zuckte die Achseln und ging weiter, aber Harry ließ nicht locker. „Was hat der gemeint? Wieso im Einsatz?"

„Keine Ahnung. Der redet irre."

„Aber er muss doch irgendeinen Grund..."

Ich blieb stehen und sah ihn an. „Harry, der Mann hat einen Sprung in der Schüssel. Mehr kann ich dazu nicht sagen."

Harry begriff, dass es nichts mehr zu fragen gab, und schwieg. Doch die Stimmung zwischen uns blieb noch eine ganze Weile gedämpft.

Am nächsten Morgen, als ich mich wie immer mit Theo Meerbusch beim Verandacafé traf, brachte ich das Gespräch auf Freddy Wohlert. Während wir uns in zwei Liegestühlen sonnten, erzählte ich von dem Gespräch mit den Sterns und von dem seltsamen Auftritt in Dubrovnik, doch Theo zeigte wenig Interesse.

„Und was willst du damit sagen?", fragte er, als ich zu Ende gesprochen hatte.

„Dass wir dem Wohlert noch mal auf den Zahn fühlen sollten. Du hattest Recht, mit dem Mann stimmt was nicht."

Theo Meerbusch räusperte sich. „Also... ich wollt's dir eigentlich nicht sagen, aber..." Er zögerte und senkte den Blick, bevor er sichtlich verlegen fortfuhr: „Im Moment sieht es so aus, als ob dein Freund Hansjörg Sabczynski... Ja, wahrscheinlich ist er der Täter."

Das traf mich völlig unvermittelt. „Wieso?", fragte ich verblüfft. „Gibt es neue Erkenntnisse?"

„Jan, bevor ich weiterrede, musst du mir versprechen, ihm von alledem kein Wort..."

„Aber ich kann mir das einfach nicht..."

„Bitte, Jan, hör mir ganz ruhig zu..."

Es gab in der Tat neue Erkenntnisse: Obwohl eine reguläre Autopsie hier auf der *Völkerfreundschaft* nicht möglich war, hatte die Schiffsärztin im Rahmen der ihr zur Verfügung stehenden Mittel einige Untersuchungen an Elviras Leichnam vorgenommen und dabei festgestellt, dass die Dame kurz vor ihrem Tod noch Geschlechtsverkehr hatte. Zwar lag inzwischen aus Rostock eine Weisung vor, wonach alle weitere Forensik erst an Land zu erfolgen habe, doch auch ohne Spermaabgleich war Hansjörg Sabczynski der Kandidat, der am ehesten als Elviras letzter Liebhaber in Frage kam. Und da er dieses letzte Rendezvous verschwiegen, vielmehr sogar ausdrücklich beteuert hatte, nur einmal, nämlich nach dem Shake in der Bar mit Elvira Brinkmann geschlafen zu haben, kam er, jedenfalls in Theos Augen, auch am ehesten als ihr Mörder in Frage.

„Aber das soll nicht mehr unsere Sorge sein", beendete Theo seinen Bericht. „Wir haben den Liebhaber ermittelt und damit eine solide Basis für den Ermittlungserfolg geschaffen. Alles andere erledigen dann die zuständigen Genossen an Land."

Niedergeschmettert hörte ich ihm zu. Ich hätte nicht sagen können, was mich stärker kränkte: die Eröffnungen über Hansjörg oder die Tatsache, dass Theo sie vor mir verheimlicht hatte – denn es war klar, dass er das alles längst wusste. Was für ein klägliches Ende unserer gemeinsamen Ermittlungsarbeit.

„Wann hat diese Untersuchung stattgefunden?", fragte ich nach einer langen Pause.

Theo legte mir entschuldigend die Hand auf den Arm. „Ich hab davon erfahren, als du… als ich dachte… du weißt schon, als ich dich für verdächtig hielt. Aber ich wollte auch vermeiden, dass du deinem Kumpel brühwarm davon erzählst. Er darf es noch nicht wissen, versprich mir das, Jan!"

Wieder zauderte ich, bevor ich Antwort gab. Endlich kam ich mit einem Vorschlag heraus: „Warum können wir ihn nicht damit konfrontieren? Es gibt bestimmt eine plausible Erklärung. Noch sind wir hier an Bord die Ermittler, vom Käptn höchstpersönlich bestellt!"

„Nein, Jan. Wir sind Laienspieler. Was wir tun konnten, haben wir getan. Jetzt sollen die Profis übernehmen."

„Warum bist du bloß so sicher, dass Hansjörg unser Mann ist!", rief ich, erbittert über seine Haltung. „Vielleicht war es ein ganz anderer, der zuletzt mit Elvira geschlafen hat!"

„Wer denn?", fragte Theo achselzuckend. „Dein komischer Heiliger, der Mähdrescherkönig? Ach komm, so mannstoll war sie auch wieder nicht."

Darauf musste ich schweigen. Ich glaubte selbst nicht eine Sekunde, dass Freddy Wohlert noch imstande war, eine Frau zu begehren und zu begatten.

„Es sind die Fakten, die zählen", fuhr Theo Meerbusch fort. „Blut, Speichel, Sperma, das ist was Genaues. Und Motive natürlich – was soll denn Freddy Wohlert für ein Mordmotiv gehabt haben? Dass mit dem was nicht stimmt, darüber sind wir uns einig. Aber wenn du jeden, mit dem was nicht stimmt, gleich für mordverdächtig hältst, kannst du gegen alle Welt ermitteln."

Ich stand auf und lief ein paar Mal auf dem Deck hin und her. Dann blieb ich vor Theo stehen und sagte beschwörend: „Theo, ich hab allen Respekt vor Fakten, aber so viel weiß ich auch als Laienspieler, dass es bei einer Mordermittlung auf die Menschen ankommt, nicht nur auf die Fakten. Wer ist dazu fähig, eine Frau minutenlang unter Wasser zu drücken, bis sie tot ist? Darum muss es gehen, nicht bloß um das Sperma. Die Profis sind nicht hier, die kennen die Leute nicht. Aber wir, wir können das rauskriegen, Theo, ich hab's im Gefühl, wir können den Fall knacken!"

Ich sprach mit aller Überzeugungskraft, zu der ich irgend fähig war, und wenn auch Theo unverändert skeptisch blickte, schien mir doch, dass meine kleine Rede nicht ohne Wirkung auf ihn blieb.

„Du hast es im Gefühl", wiederholte er mit sanfter Ironie. „Na dann... Aber auf jeden Fall warten wir erst noch die letzten Berichte aus Rostock ab. Dann können wir uns die Herren ja alle beide noch mal vornehmen. Und bis dahin zu keinem ein Wort!"

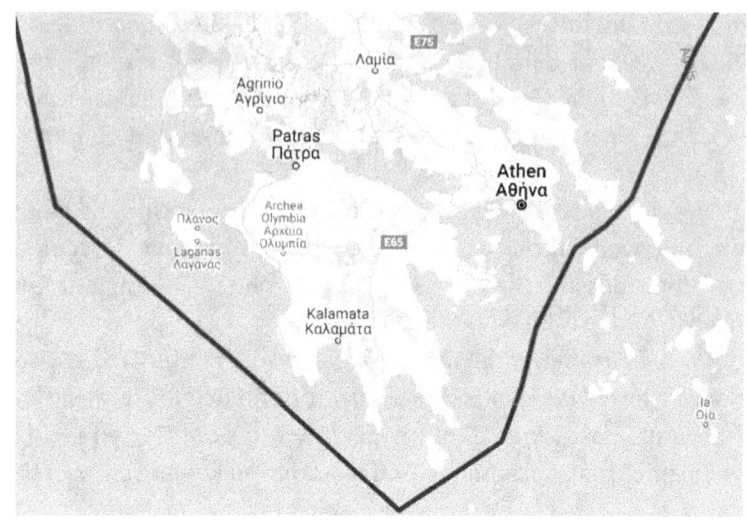

# XIV.
# Ägäis

Die Berichte aus Rostock, Freddy Wohlert betreffend, erreichten uns am nächsten Vormittag. Sie waren so umfangreich, dass sie einen Gutteil des Papiervorrats an Bord verbrauchten und fast die Kapazität des Fernkopierers sprengten. Theo und ich hatten den ganzen Vormittag daran zu lesen. Wir saßen wieder in unseren Liegestühlen und reichten einander die Blätter zu. Auch heute war das Wetter strahlend schön. Um uns lagen die Passagiere faul und friedlich in der Sonne, vom Pool her hörte man es planschen und kreischen, wir aber steckten knietief in der Vergangenheit der DDR. Es war ein deprimierender Lebenslauf, die sich nach und nach aus den Berichten, Artikeln und Beurteilungen herauskristallisierte, und ich konnte Theo ansehen, dass er auch ihm zu denken gab.

Alfred Wohlert, Jahrgang 1927, war auf einem Bauernhof in der Nähe von Schwerin aufgewachsen und kurz vor Kriegsende noch als Luftwaffenhelfer im Ruhrgebiet eingesetzt worden. Nach kurzer Kriegsgefangenschaft kehrte er im Frühjahr 1946 in sein Heimatdorf zurück. Wie er in einem seiner Lebensläufe schrieb, war es die „Erschütterung über das erlebte Grauen des Krieges", die ihn bewog, unmittelbar nach seiner Heimkehr in der FDJ und in der SED aktiv zu werden. Damals wurde auf den Dörfern gerade die Bodenreform propagiert. Auf Lastern fuhren die FDJler mit flatternden Fahnen über Land, um die Bauern für die neue Zeit zu begeistern, die den Armen und Entrechteten eigenes Land bescheren sollte. Der gut aussehende, redegewandte und sympathische Freddy Wohlert kam bei solchen Einsätzen glänzend an und avancierte bald zu einem Star der FDJ, erst innerhalb seiner Heimatregion, dann mehr und mehr auch in der gesamten sowjetischen Besatzungszone. Schon früh entdeckte ihn die Presse und baute ihn systematisch als Vorbild für die deutsche Jugend auf. Besonders populär wurde ein Artikel, der 1948 in einer Jugendzeitung erschien und humorvoll beschrieb, wie Freddy Wohlert mit seinen Mannen ein Mecklenburger Gutshaus niederriss, um Ziegel für den Bau von Umsiedlerhäusern zu gewinnen; der enteignete Gutsbesitzer, der es wagte, unter Berufung auf die architektonische Kostbarkeit des Hauses Protest zu erheben, wurde von den FDJlern schwungvoll in die nächste Jauchegrube geworfen.

Die Kollektivierung der Landwirtschaft, die ein paar Jahre später ihren Anfang nahm, bescherte Freddys Ruhm einen neuen Auftrieb. Hatte man den Bauern vor Kurzem noch den Wert des eigenen Landbesitzes schmackhaft gemacht, so galt es jetzt, sie vom genossenschaftlichen Zusammenschluss zu überzeugen. Wieder fuhren die Laster mit den flatternden Fahnen über Land, und wieder stand Freddy an vorderster Front im Klassenkampf gegen widerspenstige Bauern, die den Eintritt in die LPG verweigerten.

Von ihm ging auch die Initiative zu dem spektakulären „Mähdreschereinsatz von Gabelow" aus, der ihn endgültig zum sozialistischen Helden erster Ordnung machen sollte: Nachdem es gelungen war, sämtliche Bauern des Mecklenburger Dörfchens Gabelow zum Eintritt in die LPG zu bewegen, fuhr Freddy Wohlert, um die Vorteile der genossenschaftlichen Bewirtschaftung von Landwirtschaftsflächen zu beweisen, mit einem der ersten Mähdrescher, die damals als hochmoderne Neuerung aufkamen, die zusammengelegten Felder von Gabelow ab und brachte in vierzehnstündigem Einsatz an einem Tag die ganze Ernte ein.

Zwar musste man ihn anschließend nach Hause tragen, da er sich restlos verausgabt hatte. Doch mit dieser Großtat, die er später noch in mehreren Dörfern wiederholte, wurde er zu einem Adolf Hennecke der Landwirtschaft. Auszeichnungen prasselten auf ihn nieder, Bücher und Filme schilderten sein Leben. Über Jahre führte er das Leben eines Medienstars. Er wurde von Walter Ulbricht empfangen. Er trat in LPGs und Schulen auf. Er reiste zu Vorträgen und Konferenzen in der ganzen DDR umher und fühlte sich dabei voll in seinem Element. Zwar hatte er inzwischen geheiratet und war Vater eines Sohnes geworden, doch sein Status als Propagandanomade ließ ihm weder Zeit für das Familienleben noch für eine berufliche Weiterentwicklung.

Dann war der letzte widerspenstige Bauer bezwungen, die Kollektivierung abgeschlossen. Es gab keinen Bedarf mehr an Landwirtschaftshelden. Man brachte Freddy Wohlert gut besoldet im FDJ-Zentralrat unter, aber das ging nicht lange gut. Abgesehen davon, dass er bis auf ein paar Klassen Volksschule niemals eine nennenswerte Ausbildung genossen hatte, war Freddy auch vom Typ her kein Schreibtischhengst. Es machte ihn elend, acht Stunden täglich auf seinem Hintern im Büro zu sitzen und Papiere durchzukauen. Seine Welt waren die Fahrten über Land mit den im Winde flatternden Fahnen, die hitzigen Versammlungsdebatten, die kühnen revolutionären Aktionen, bei denen man Widerspenstige schwungvoll in die Jauchegrube werfen konnte.

Der Volksheld legte ein zunehmend befremdliches Verhalten an den Tag. Er erschien unpünktlich, mitunter auch tagelang überhaupt nicht zum Dienst, brach Streit mit seinen Kollegen vom Zaun, reagierte aufbrausend auf Vorhaltungen. Aus einem Versammlungsprotokoll ging hervor, dass Freddy ohne jeden Sachzusammenhang die Anwesenden beschimpft und ihnen „bürgerliche Laschheit" vorgeworfen hatte. Schnell verbrauchte sich sein Aktivistenbonus; Freddy wurde zum bestgehassten Mann im Amt. Selbst alte Freunde gingen ihm aus dem Weg.

Auch sein Privatleben war von Problemen gezeichnet. Seine erste Frau hatte sich schon in den Jahren seines Nomadenlebens einem anderen zugewandt und die Scheidung in die Wege geleitet. Natürlich fiel es einem Freddy Wohlert nicht schwer, eine neue Frau zu finden, doch auch die zweite Ehe war nicht von Dauer. Bei der Scheidung sagte die Ehefrau aus, sie sei von Freddy wiederholt geschlagen worden. Zwar bestritt er das vehement, doch eine gewisse Aggressivität in seinem Verhalten war ebenso wenig zu übersehen wie die Tatsache, dass er immer häufiger dem Alkohol zusprach.

Als er eines Tages volltrunken zum Dienst erschien, war das Maß für seine Kollegen voll. Auf der nächsten Betriebsparteiversammlung wurde beschlossen, dass sich Freddy „an der Basis zu bewähren" habe. Man wollte ihn auch aus der Partei ausschließen, sah aber schließlich davon ab, da er verzweifelte Reue zeigte.

Nach einer gründlichen Entziehungskur kehrte Freddy Wohlert in sein Heimatdorf zurück, um sich innerhalb der LPG, die er einst selbst mit gegründet hatte, als Melker „an der Basis zu bewähren". Vermutlich glaubte er zu diesem Zeitpunkt selbst, dass eine Rückkehr zu den Wurzeln die Lösung für ihn wäre, doch das erwies sich als Illusion. Das Dorf hatte ihm nichts zu bieten als harte, eintönige Arbeit bei völliger sozialer Isolation. Durch seine FDJ-Vergangenheit war Freddy für die einstigen Nachbarn und Gefährten längst zu einem Exoten geworden; namentlich diejenigen Bauern, die einst widerspenstig gewesen waren, brachten ihm wenig Sympathie entgegen. Ein letzter Versuch, mit einer Frau zu leben, scheiterte schon nach wenigen Wochen. Es war anscheinend vor allem das Fehlen jedweder Perspektive, das Freddy zur Verzweiflung trieb. Nach nicht einmal zwei Jahren Landleben griff er wieder exzessiv zur Flasche. Die Dörfler gewöhnten sich daran, dass er nächtens über die Straße torkelte und seine alten FDJ-Lieder grölte. Aber auch in nüchternem Zustand verhielt er sich so sonderbar, dass es zunehmend schwieriger wurde, auch nur über das Wetter mit ihm zu reden. Er lachte unmotiviert, führte Selbstgespräche, vernachlässigte sein Äußeres.

Eines Nachmittags kam es zu einem spektakulären Zwischenfall: Auf einem Feldweg bestieg Freddy Wohlert in alkoholisiertem Zustand einen Mähdrescher, dessen Fahrer sich gerade eine Pause gönnte, und bretterte in wilder Fahrt über Wege und Felder. „Dem Morgenrot entgegen, ihr Kampfgenossen all", grölte er, bis endlich ein Baum ihn unsanft stoppte. An dem Mähdrescher entstand erheblicher Sachschaden, und Freddy erlitt einen Schlüsselbeinbruch.

Im Krankenhaus stellte sich allerdings heraus, dass dies noch sein geringstes Problem war. Der ärztliche Bericht zählte wohl ein halbes Dutzend Befunde auf, von alarmierenden Blut- und Leberwerten bis hin zu einer verschleppten Geschlechtskrankheit – Freddy hatte einst mit seinen FDJ-Gefährtinnen ein reges Liebesleben geführt. Am traurigsten war jedoch sein Geisteszustand; der Psychologe konstatierte Depressionen, Alkoholsucht und fortgeschrittene nervliche Zerrüttung. Im Grunde konnte Freddy froh sein, dass er durch den Mähdrescherunfall in das Blickfeld von Ärzten gerückt war. Der Mann hätte längst in Behandlung gehört.

Anderthalb Jahre verbrachte er im Krankenhaus und in der Psychiatrie. Zum Glück geriet er an einen verständnisvollen Arzt, der ihn behutsam wiederaufbaute. Als Freddy die Psychiatrie verließ, hatte er nicht nur dem Alkohol abgeschworen, sondern auch die Kraft gefunden, nach vorn zu blicken und neu anzufangen. Der Sozialismus ließ keinen Menschen fallen, nur weil er einmal gestrauchelt war! Der Sozialismus brauchte jeden!

Freddy wurde – anscheinend auf Weisung von oben – in einer großen Vorzeige-LPG nahe der Ostseeküste untergebracht, wo er der örtlichen Agronomin als Assistent zur Hand gehen sollte. Möglicherweise war die Stelle nur als repräsentative Fassade gedacht, aber Freddy nahm sie ernst und arbeitete sich vehement in die Materie ein. Wieder hatte er Glück, denn die Agronomin, eine rundliche Familienmutter, der sein Schicksal naheging, nahm ihn unter ihre Fittiche; bald wurden die beiden ein gutes Gespann. Schon in der Psychiatrie hatte Freddy begonnen, seinen Schulabschluss nachzuholen; und nachdem er das geschafft hatte, drückte er, nun Mitte Vierzig, noch einmal die Schulbank, um verschiedene Kurse der Erwachsenenqualifizierung zu durchlaufen, denn er wollte sich auf Pflanzenkunde spezialisieren. Das Lernen fiel ihm bitter schwer. Er brütete nächtelang über den Büchern, bestand verschiedene Prüfungen nicht, nahm immer wieder neue Anläufe. Inzwischen hatte er große Pläne entwickelt: Wie er in einem Interview für die Lokalzeitung erklärte, wollte er die Lehren von Mitschurin und Lyssenko auf den Futtermittelanbau in seiner LPG übertragen. Gemeinsam mit der Agronomin führte er Experimente an Saatgut und Futterpflanzen durch, beseelt und angespornt von der Hoffnung, auf diesem Gebiet eine neue Großtat für den Sozialismus zu vollbringen.

Über Jahre lebte er nur für die Arbeit, ohne Geselligkeit, ohne Zerstreuung, wie ein Mönch in seiner Klause. Dann wurde sein Ehrgeiz reich belohnt: Anfang der 1980-er Jahre brachte er sich mit der Züchtung einer neuen Futterrübensorte zurück in die überregionalen Schlagzeilen. Die Rübe wurde nicht nur wesentlich größer als die Früchte der bisher angebauten Sorten, sie hatte auch eine höhere Frostresistenz, ohne dass ein Verlust an

Nährstoffen auftrat. Wieder hielten die Journalisten Freddy ihre Mikros unter die Nase, wieder wurde er als Neuerer ausgezeichnet und zu Veranstaltungen geladen. Zwar lag die Vermutung nahe – und in einem der Berichte stand sie auch in klaren Worten zu lesen –, dass der LPG-Agronomin, einer wirklich begabten Wissenschaftlerin, an der Züchtung der Wunderrübe ein weit größeres Verdienst zukam als Freddy. Doch anscheinend gönnte sie ihm sein Happy End; möglicherweise war sie sogar froh, dass er sie von dem Medienrummel entband.

Aber das Happy End wies Brüche auf. Das Aufsehen um Freddys Rübe erreichte bei Weitem nicht den Ruhmespegel seiner großen Vergangenheit. Es wirkte eher wie ein matter Aufguss, zumal in keinem Artikel der Hinweis auf den „Mähdrescherkönig von Gabelow" fehlte. Hinzu kam, dass auch Freddy Wohlert nur mehr ein matter Aufguss seiner selbst war. Seit der großen Krise hatte seine Gesundheit sich niemals wieder stabilisiert. Er sah über sein Alter verfallen aus und schluckte Tabletten wie ein Greis. Einmal erlitt er auf der Straße einen Kreislaufzusammenbruch und wurde mit Blaulicht ins Krankenhaus gefahren. Ein andermal platzte in letzter Sekunde sein Auftritt während eines Neuererkongresses, da ihn ein Anfall von Atemnot befiel. Auch die Reise auf der *Völkerfreundschaft*, mit der man ihn ausgezeichnet hatte, musste er aus gesundheitlichen Gründen um ein halbes Jahr verschieben; sie war eigentlich schon für das vergangene Frühjahr vorgesehen.

Soweit die Fakten, die sich Theo und mir aus den Rostocker Materialien erschlossen. Während der Lektüre tauschten wir kaum Kommentare aus, und auch danach lagen wir noch eine ganze Weile nachdenklich schweigend in den Liegestühlen. Wir mussten das alles erst mal sacken lassen.

Als wir endlich zögernd anfingen zu reden, erwies sich, dass die neuen Informationen den Fall keineswegs erhellt, vielmehr die Verwirrung nur komplett gemacht hatten, und zwar auf paradoxe Weise: Während Theo in seinem Glauben an Freddys Unschuld zu wanken begann, konnte ich ihn plötzlich nicht mehr für verdächtig halten. Unmöglich, dass ein Mann wie Freddy Wohlert gemeinsam mit Elvira Brinkmann von der Stasi engagiert worden war, um meinen Marxbrief an sich zu bringen. Hätte er die Reise nicht verschieben müssen, so wäre er ja nicht einmal mit ihr zusammen auf dieses Schiff gekommen. Und ansonsten sah ich weit und breit keinen Grund, weshalb er Elvira hätte umbringen sollen.

„Das arme Schwein hat gerudert und gekämpft, um sein Leben wieder in den Griff zu kriegen", sagte ich. „Und er hat es geschafft – er ist zurück im Rennen. Er wird hofiert. Er fährt hier mit uns auf dem Bonzenschiff. Demnächst soll er sogar eine große Neuererbewegung anführen."

„Neuererbewegung? Ach ja, du meinst diese Erfindersache?"

„Genau." Ich musste lachen, weil mir das Gespräch mit den Sterns wieder in den Sinn kam. „Auch in dir steckt ein Erfinder."

Aber Theo lachte nicht mit. „Komisch, davon steht hier kein Wort." Er griff nach dem Ordner mit den Berichten und überflog noch mal die letzten Blätter.

„Hat man vielleicht nicht so wichtig genommen. Also wenn Freddy Wohlert der Täter ist, dann kann er Elvira doch eigentlich nur im Affekt getötet haben, in irgendeinem Streit, bei dem er ausgerastet ist. Unmöglich, dass er das vorher geplant hat. Wie du selber mal gesagt hast: Eine Reise mit der *Völkerfreundschaft* kann man nicht planen."

„Freddy schon", sagte Theo mit gerunzelter Stirn.

„Wie... Du meinst...?"

„Warum nicht? Der braucht doch nur zu sagen, ich bin krank, schon kriegt er die Reise erst ein halbes Jahr später."

„Dann hat er seine Krankheit nur vorgetäuscht?", fragte ich nach einer längeren Pause.

„Nicht vorgetäuscht", erwiderte Theo. „Er ist ein kranker Mann, soviel steht fest. Aber er könnte die Krankheit benutzt haben, um auf dasselbe Schiff wie Elvira zu kommen."

Wieder schwieg ich eine Weile. Mir kam das alles ziemlich konstruiert vor. „Woher soll er denn gewusst haben", fragte ich schließlich, „dass Elvira auf dem Schiff sein wird?"

„Keine Ahnung. Vielleicht spricht sich so was rum in diesen Aktivistenkreisen. Freddy sagt doch selbst, dass die sich öfter treffen."

Über den Bordfunk erklang das vertraute „Wo die Ostseewellen schlagen an den Strand..." Es war Zeit zum Mittagessen.

„Bleibt immer noch die Frage nach dem Motiv", sagte ich, während wir aufstanden und unsere Papierstapel zusammenrafften.

„Tja, das ist der Knackpunkt", antwortete Theo und fügte nicht ohne Ironie hinzu: „Aber du meinst ja, wir kriegen das raus."

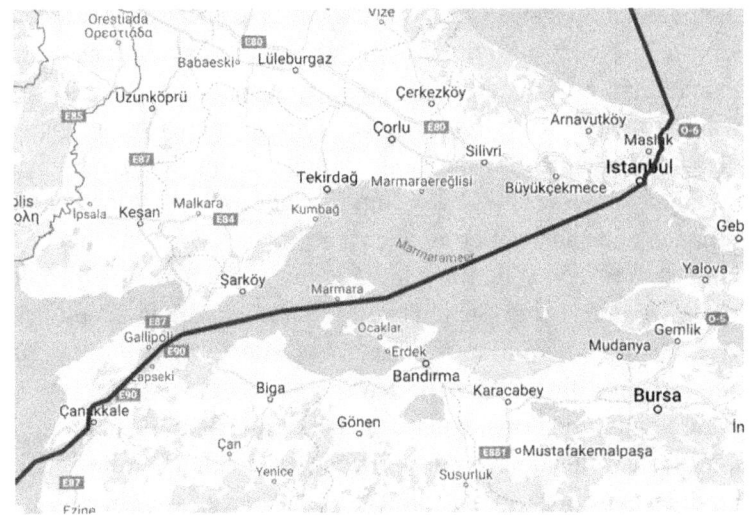

# XV.
## Bosporus-Passage

Der nächste Tag sollte einen weiteren Höhepunkt der Reise bieten: die Fahrt durch die Meerenge des Bosporus, vorbei an Istanbul und dann ins Schwarze Meer. Schon am frühen Morgen, als wir durch die Dardanellen fuhren, herrschte Hochbetrieb auf den oberen Decks. Die Leute drängten sich mit ihren Ferngläsern und Fotoapparaten an der Reling – sie standen einfach überall. Es war eine ruhige und schöne Landschaft, die an uns vorüberzog, die Ufer streckenweise in fast greifbarer Nähe. Doch die drangvolle Enge auf dem Schiff machte mich wie immer nervös und ließ keine rechte Schaufreude aufkommen.

Nach dem Mittagessen – wir passierten mittlerweile das Marmarameer – hob sich die allgemeine Spannung, denn jetzt näherten wir uns Istanbul. Gegen drei tauchten auf der Backbordseite verstreut die ersten Vororte auf, die sich nach und nach zu einer dicht bebauten Ansiedlung fügten. Ich hatte

113

meinen Platz so gewählt, dass ich Reinhild Kasparek beobachten konnte, die weit hinten auf dem Verandadeck stand, das feine Profil leicht erhobenen Kopfes dem exotischen Stadtbild zugewandt, das durch sie erstaunlich an Reiz gewann. Ich überlegte, ob ich hingehen und sie ansprechen sollte – vielleicht konnte ich ja den schönen Moment von Algier wiederholen...? Doch während ich noch nach einer möglichst geistreichen Anfangsbemerkung suchte, trat Willi Kasparek an ihre Seite und legte ihr mit selbstverständlicher Besitzergeste den Arm um die Schultern. Wie mochte das wohl sein, mit einer solchen Frau den Alltag zu verbringen – die Welt zu erleben...

Bald sahen wir Hochhäuser, Moscheen, Einkaufsmeilen und am Ufer die Residenzen der Reichen. Auf beiden Seiten lag die Stadt so nahe, dass man förmlich ihren Atem zu spüren meinte. Das Goldene Horn schob sich auf wie ein Vorhang und gab den Blick auf eine leuchtend bunte Szenerie von Häusern und Schiffen frei. Dann erschien die imposante Hängebrücke, die vor wenigen Jahren über den Bosporus gebaut worden war, ein Wunderwerk aus Beton und Eisen, von stählernen Pylonen getragen und mit dicken Drahtseilen gespannt. Als unsere kleine *Völkerfreundschaft* hindurch fuhr und die Autos bienengleich über uns flitzten, bedauerte ich lebhaft, dass ich meinen Fotoapparat nicht mitgenommen hatte. Was sich hier an Motiven darbot, verlangte gebieterisch nach einer Kamera. Doch ich hatte diese Reise ja ursprünglich nicht mit touristischen Absichten angetreten...

Plötzlich stand wie aus dem Boden gewachsen Theo Meerbusch neben mir. „Noch hast du es in der Hand", sagte er spöttisch und wies auf das Ufer, das wie ein Film an uns vorüberzog, „spring raus, und im Nu bist du am Ufer der Freiheit."

Ich blickte hinunter auf das Wasser, eine braune, wenig einladende Brühe. „Na, vielen Dank", erwiderte ich.

Eine Weile standen wir schweigend und blickten hinüber auf das Häusermeer. Schon ließen wir das Zentrum von Istanbul hinter uns und passierten wieder beschauliche Vororte, deren Villen und Lauben die Ufer säumten. „Ich frage mich", sagte ich zusammenhanglos, „ob meine Tochter und mein kleiner Enkel das alles je im Leben sehen werden."

„Ganz sicher", antwortete Theo überzeugt, „eines Tages kann jeder reisen."

„So? Und keiner wird im Westen bleiben?"

Theo blieb mir die Antwort schuldig, und wieder schauten wir minutenlang den Windungen der berühmten Wasserstraße zu. Inzwischen war der Nachmittag fortgeschritten, die Sonne verlor bereits an Kraft. Es wurde kühl auf dem zugigen Deck, und die Reihen der Passagiere begannen sich zu lichten. Auch Reinhild Kasparek war gegangen, nur ihr Mann stand noch da und fotografierte, obwohl die Sicht immer schlechter wurde. Ich sah meinen Kabinenkumpel Werner fast fluchtartig das Deck verlassen, mit einem Gesicht, als bringe er sich vor einem sibirischen Schneesturm in Sicherheit.

Theo wies mit dem Kopf zu ihm hin. „Jetzt kann ich dir sagen, warum der Mann so ungern über seine Arbeit spricht." Er quittierte schmunzelnd meinen fragenden Blick und erklärte mit gesenkter Stimme: „Er ist der Fahrer von Günter Mittag."

„Wa... Werner? Aber woher...? Der Fahrer...?"

„Schrei nicht so", sagte Theo und schaute sich um. „Na ja, ich hab ihn auch überprüfen lassen. Wollte wissen, ob an deiner Stasi-Theorie was dran ist. Und wie du siehst, gar nichts ist dran. Alles reine Hysterie. Der hat deinen Marxbrief bestimmt nicht geklaut."

„Theo, hast du diesen Leuten etwa gesagt..."

„Nein, von dem Marxbrief hab ich nichts gesagt", fiel Theo mir beruhigend ins Wort. „Ich hab Werner Kraushaar nur als weiteren Verdächtigen benannt. Heute früh sind die letzten Berichte gekommen, auch der über Elvira selbst. Ich hab ihn schon in den Verhörraum gebracht."

„Und? Was steht da drin über Elvira?", fragte ich gespannt.

Theo wiegte bedauernd den Kopf. „Eigentlich nur, was sie dir schon im Zug erzählt hat. Sie ist auch nicht bei der Stasi, tut mir leid. Aber lies es dir selber durch. Ich geh rein, das zieht ja wie Hechtsuppe hier. Vielleicht gönne ich mir heut mal einen Cognac zum Aufwärmen."

Ich blieb noch eine Weile an der Reling stehen, obwohl es jetzt empfindlich kalt und windig war. Die *Völkerfreundschaft* hatte mittlerweile das Ende der Bosporusdurchfahrt erreicht. Auf der Backbordseite zeigte sich ein wuchtiger Leuchtturm, dann tauchte das Schiff ins Schwarze Meer ein, und nichts war mehr zu sehen als düstere Wellen. Es wurde früh dunkel um diese Jahreszeit – immerhin schrieben wir den 3. Oktober. Noch eine knappe Woche, dann war die Fahrt zu Ende. Mein Marxbrief blieb verschwunden, und unseren Mörder würden bestenfalls die Profis in Rostock finden. Jetzt merkte ich erst, wie groß meine Hoffnung auf den Bericht über Elvira gewesen war. Aber was hatte ich denn erwartet? Die Enthüllung einer Stasi-Karriere? Den Hinweis auf einen Komplizen?

Fröstelnd verließ ich das Oberdeck. In der Kabine fand ich nur Werner vor, still dösend auf seinem Bett, wie so oft. Der Fahrer von Mittag. Nicht zu fassen. Na, bei mir war sein dunkles Geheimnis sicher – das einzige dunkle Geheimnis wahrscheinlich, das sich während dieser Reise klärte.

Bis zum Abendessen blieb noch etwas Zeit, und ich beschloss, in den Verhörraum hinunterzugehen und die restlichen Berichte zu lesen. Theo hatte sie schon auf dem Tisch für mich bereitgelegt, und wie immer erfuhr ich daraus eine Menge Einzelheiten, die ich gar nicht hatte wissen wollen. Dass Werner Kraushaar in Berlin mit einem Mann zusammenlebte. Dass Günter Mittag höchstpersönlich diese Reise für seinen treuen Fahrer durchgesetzt hatte. Dass Elvira vor ihrer Zeit als Aktivistin eine Affäre mit dem gleichfalls verheirateten Bezirksparteisekretär hatte, einem ganz wichtigen Mann in ihrer Region. Dass sie kurz vor der Völkerfreundschaftsreise mit einer Kollegin in Streit geriet, die ihr Normbrecherei vorwarf und die dafür gleich fristlos entlassen wurde. Nichts von alledem war für uns von Belang.

Resigniert überflog ich die letzten Blätter, doch dann stolperte ich plötzlich über einen Satz. Er stand in einer Charakteristik, die von Elviras Betriebsparteigruppe aktuell für sie erstellt worden war, wahrscheinlich in Vorbereitung dieser Reise. Elvira wurde darin hoch gelobt für ihren Fleiß, ihre Zuverlässigkeit, ihre großen Verdienste um den Betrieb... Am Ende hieß es: *„Genossin Brinkmann hat schon weitere Ideen für die Fortsetzung ihrer Neuerertätigkeit entwickelt und wird im kommenden Herbst einen Aufruf in der Presse initiieren, der die Schöpferkraft und den Erfindergeist unserer Werktätigen mobilisieren soll."*

Es war zunächst das Wort Erfindergeist, das mir auffiel. Konnte es sein, dass hier von der Bewegung „Auch in dir steckt ein Erfinder" die Rede war – der Bewegung, die Freddy Wohlert anführen sollte? Konnte es sein, dass Freddy und Elvira darum konkurrierten, den „Aufruf in der Presse" zu unterschreiben, der diese Bewegung in Gang setzen sollte? Den Aufruf! Hatte nicht Elvira damals bei meinem letzten Gespräch mit ihr auch das Wort Aufruf fallen lassen...?

Ich wühlte in meinen Unterlagen, die ich mittlerweile auch im Verhörraum verwahrte, und fand nach hektischem Blättern die Notiz, die ich nach jenem denkwürdigen Gespräch mit Elvira gefertigt hatte. Aber Fehlanzeige – da stand nichts von einem Aufruf. Ich hatte nur allgemein vermerkt, dass Elvira einen anonymen „Er" erwähnte, von dem sie sich bedrängt fühlte. Und trotzdem war ich mir fast sicher, dass sie sinngemäß gesagt hatte: Den Aufruf gebe ich ihm nicht. Wenn Freddy dieser Er war, der Elvira bedrängte... Wenn sie seinetwegen weinte... Plötzlich ergab alles einen Sinn...

Ich eilte wieder hinauf an Deck. Gerade ertönte das vertraute Signal „Wo die Ostseewellen schlagen an den Strand", das die Passagiere zum Abendessen rief. Ich erwischte Theo Meerbusch, als er aus der Bar trat, beschwingt von mehr als einem Cognac zum Aufwärmen und in Gesellschaft zweier anderer, ebenfalls schon recht beschwingter Herren. Doch ich war viel zu aufgeregt, um bürgerliche Rücksichten üben zu können. Fast brutal packte ich Theo beim Arm und zerrte ihn ein Stück beiseite.

„Theo", rief ich, „wer ist zu Hause zuständig für so was wie Neuererinitiativen oder Aufrufe in der Presse?"

Theo sah mich entgeistert an. Er brauchte unerträglich lange, um die Frage zu verstehen und aus seinem heiteren Cognacmodus wieder auf unseren Fall umzuschalten.

„Tja, ich nehme an", sagte er schließlich träge, „das wird wohl irgendein Ministerium beschließen..."

„Welches Ministerium?", drängte ich. „Theo, wir müssen das sofort rauskriegen! Wir müssen mit den zuständigen Leuten reden! Ich glaube... Ich glaube, wir haben ein Motiv."

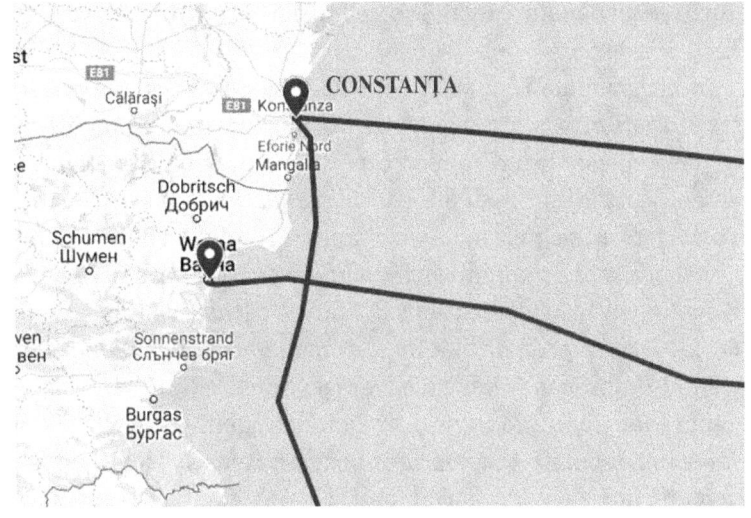

# XVI.
# Constanța

Am nächsten Tag lag die *Völkerfreundschaft* vor Constanța in Rumänien, aber Theo Meerbusch und ich verzichteten auf die Stadtrundfahrt. Anderthalb Stunden lang saß Theo am Telefon und wurde wie Karl Valentins Buchbinder Wanninger von einer Stelle zur anderen verwiesen. Er versuchte es beim Kulturministerium, beim FDGB, beim ZK und schließlich sogar beim Zentralrat der FDJ, doch niemand wusste Bescheid über die Bewegung „Auch in dir steckt ein Erfinder"; es war, als ob es sie gar nicht gäbe. Allmählich wurde unsere Lage peinlich, zumal inzwischen immer mehr Besatzungsmitglieder neugierig um uns herumstanden und Theos Telefonate verfolgten. Jetzt kamen wir uns wirklich vor wie Laienspieler. Ich bot an, Katja Stern zu fragen, woher sie von der Erfinderbewegung wüsste, doch das wurde vom Politoffizier abgelehnt. Auf keinen Fall durften noch mehr Passagiere in die Mordermittlungen verwickelt werden.

Endlich landete Theo bei einem Staatssekretär, der ihm zu verstehen gab, er könne die gewünschte Auskunft geben, nur dürfe er das keinesfalls am Telefon tun. Er versprach, baldmöglichst einen Bericht direkt an die *Völkerfreundschaft* zu senden, und Theo legte erleichtert auf. Doch Kapitän Thiemann blieb weiterhin skeptisch. Er konnte sich nicht vorstellen, dass die Bewegung „Auch in dir steckt ein Erfinder", selbst wenn sie denn wirklich existierte, das Motiv für einen Mord abgab. Da sei es weitaus logischer, wenn auch weniger spitzfindig, Elviras Liebhaber Hansjörg Sabczynski zu verdächtigen. Dass ein Mann seine Geliebte töte, komme vor, aber kein Mensch bringe jemanden um, nur weil er scharf darauf sei, eine Kampagne anzuführen, die vom größten Teil der Bevölkerung als reine Lachnummer betrachtet werde. Tatsächlich hatte es auch bei der Besatzung allgemeines Grinsen ausgelöst, als wir die Kampagne beim Namen nannten.

Theo blieb zwar dabei, die Spur verfolgen zu wollen, aber ich sah, dass ihn die Worte des Kapitäns verunsichert hatten. Als wir mittags an der Reling standen und zusahen, wie die Passagiere an Bord zurückströmten, sagte er plötzlich nach langem Schweigen: „Also gut. Konfrontieren wir ihn."

„Was, jetzt schon? Sollten wir nicht warten, bis die Auskunft da ist?"

„Nicht Freddy. Hansjörg Sabczynski natürlich. Heute Abend im Verhörraum. Bring's ihm schonend bei. Aber vorher sehn wir uns Constanţa an."

Auf dem Weg zum Abendessen teilte ich Hansjörg in dürren Worten mit, dass wir ihn noch einmal befragen müssten. Im Nu wich alle Farbe aus seinem Gesicht.

„Und warum?", fragte er beklommen.

„Ich denke, du weißt, warum", erwiderte ich. Dann setzten wir schweigend unseren Weg fort.

Er wusste wirklich, warum. Und als wir nach dem Essen zu dritt in unserem Verhörraum saßen, brauchte Theo keine raffinierte Vernehmungstaktik, um ihn zum Sprechen zu bringen. Gleich nach der einleitenden Erklärung, es gebe Hinweise, dass Elvira kurz vor ihrem Tod noch Geschlechtsverkehr hatte, gab Hansjörg ohne Umschweife zu, dass er – entgegen seiner bisherigen Aussage – auch in der Nacht ihrer Ermordung mit ihr zusammen gewesen war. Theo schien fast enttäuscht über den leichten Erfolg.

„Und warum haben Sie diese Kleinigkeit bisher mit keinem Wort erwähnt?", fragte er.

„Weil ich genau das hier vermeiden wollte", erwiderte Hansjörg resigniert. „Sie denken doch jetzt, ich hab sie umgebracht."

„So wie Sie sich verhalten, muss man das auch denken."

„Aber welchen Grund sollte ich denn haben?", rief Hansjörg, die Hände ringend. „Wir waren übereingekommen, uns jede Nacht zu treffen, die ganze Fahrt…"

„Vielleicht wollte ja Elvira mehr als nur die Fahrt. Vielleicht hat sie gedroht, Ihre Frau zu informieren."

„Dann hätte ich sie aber erst in Warna umgelegt", erwiderte Hansjörg so kaltschnäuzig wic logisch. „Warum sollte ich mir denn so viel Spaß verderben?"

Das saß. Theo war um eine Antwort verlegen. Und Hansjörg, als ob er spürte, dass wir ihn zuinnerst nicht für schuldig hielten, wurde zusehends offensiv.

„Ihr wollt doch meine Frau informieren!", rief er, indem er mit dem Finger auf uns zeigte. „Vor euch muss ich Angst haben, nicht vor Elvira! Ihr wollt mich in die Scheiße reiten!"

Fast begütigend sagte Theo: „Kein Mensch will Sie in die… Bredouille bringen. An Ihrer Lage sind Sie selber schuld, weil Sie immer nur das zugeben, was wir Ihnen nachweisen können. Hätten Sie uns gleich gesagt, was Sie wissen…"

„Aber was soll ich denn wissen!", brüllte Hansjörg. „Was hat meine kleine Vögelei mit eurer Mordgeschichte zu tun! Als ich

von ihr wegging, war sie quicklebendig! Sie wollte sogar noch…
" Er stockte plötzlich, als sei ihm etwas eingefallen.

„Ja?", fragte Theo gespannt.

Hansjörg schluckte und fuhr leise fort: „Sie wollte, dass wir im Pool zusammen baden. Aber mir war das zu verrückt, wegen der Nachtwache und überhaupt… Wahrscheinlich ist sie dann alleine rein. Ja, wie sie in den Pool kam, das kann ich erklären."

Doch dieses Detail blieb das einzige, das sich in der Vernehmung erschloss. Ansonsten beharrte Hansjörg mit Nachdruck und Standhaftigkeit auf seiner Version, und Theo Meerbusch unternahm keinen ernstlichen Versuch, daran zu rütteln. Er ließ sich lediglich die Einzelheiten der letzten Begegnung mit Elvira schildern. Das Pärchen hatte sich um eins auf dem Verandadeck verabredet. Dort waren vorn zwei Rettungsboote vertäut, die ausreichend Sichtschutz boten und auch sonst für die beabsichtigte Tätigkeit geeignet waren. Ich bezweifelte das insgeheim und hätte gern gefragt, ob solch ein Rettungsboot mit seinen harten Holzböden und -sitzen als Liebesnest nicht zu unbequem sei. Doch Theo ging über solche Details hinweg und beendete alsbald die Vernehmung.

Als wir zu dritt auf das Verandadeck traten, war das abendliche Bordleben in vollem Gange. Theo verabschiedete sich und ging nach oben zu den Tischtennisspielern, doch Hansjörg sagte, er brauche jetzt was zu trinken. „Kommst du mit?", fragte er leichthin.

Ich zögerte: Konnte ich mit einem Mann, dessen Aussage ich eben noch protokolliert hatte, an die Bar gehen wie mit einem guten Kumpel? Doch um die Wahrheit zu sagen, ich hatte jetzt selber Sehnsucht nach einem schärferen Getränk; und was Hansjörg bei mir loswerden wollte, würde ich früher oder später ohnehin zu hören bekommen. Also gingen wir in die Bar und bestellten uns jeder einen Cognac.

„Schöne Scheiße", sagte Hansjörg. Er trank sein Glas auf einen Zug leer und orderte sofort ein neues. Dann blickte er mich an wie ein Mann, der all seinen Mut zusammennimmt, und stellte mir die Frage, für die wir hier waren: „Da werdet ihr das Ganze jetzt wohl endgültig an die große Glocke hängen?"

„Ich glaube immer noch nicht, dass du der Täter bist!", beeilte ich mich zu versichern. „Aber du bist wahrscheinlich der Letzte, der Elvira lebend gesehen hat. Deine Aussage wirst du zu Hause auf jeden Fall wiederholen müssen."

„Na schön, aber geht das nicht ein bisschen diskret?", fragte Hansjörg in flehendem Ton. „Ist es denn wirklich unbedingt nötig, dass meine Frau davon erfährt?"

„Darauf hab ich keinen Einfluss und Theo auch nicht."

„Schöne Scheiße", sagte Hansjörg wieder, während er den nächsten Cognac kippte. „Wie seid ihr überhaupt drauf gekommen?"

„Worauf?"

„Na, dass ich mich noch ein zweites Mal mal mit Elvira getroffen hab. Das war dieser Wohlert, stimmt's? Dieser verschrumpelte Superaktivist?"

„Wa...? Du meinst...?"

„Freddy Wohlert, unser Bauernheld – der war's, der mich verpfiffen hat, oder?"

In meinem Kopf begann sich alles zu drehen. Immerhin hatte ich auch schon einen Cognac intus. „Willst du damit sagen, er war an Deck... oben an Deck in der Nacht, als Elvira...?"

„Ja, sicher", antwortete Hansjörg. „Aber was ist denn los? Du siehst ja aus, als wäre dir ein Geist begegnet."

„Hansjörg – ganz ruhig!" Ich griff mir an den Kopf, rang um Konzentration. „Wann und wo hast du Freddy gesehen?"

Hansjörg blickte mich an, als zweifle er an meinem Verstand. „Du, da ist nichts Besonderes dran", erklärte er in geradezu beruhigendem Ton. „Der Typ sitzt öfter an Deck mitten in der Nacht – immer ganz vorn auf dem Oberdeck, dick eingemummelt in seine Decke, und starrt aufs Meer raus, stundenlang. Ich hab mal gehört, er kann nicht schlafen."

„Und in der bewussten Nacht...?"

„Saß er genauso da, als ich zum Treffpunkt mit Elvira ging –
wie eine Mumie gewickelt und mit Blick aufs Meer. Ich hab mich
hinter ihm vorbeigeschlichen, hab nicht gedacht, dass er mich
bemerkt... Aber wenn der mich nicht verpfiffen hat, wer dann?"

Triumphierend stand ich auf und kippte den Rest von meinem
Cognac runter. Ich kam mir vor wie im Krimi, wenn ein Puzzle-
teil plötzlich den ganzen Fall erleuchtete und löste.

„Hansjörg", sagte ich fast feierlich, „wir müssen sofort hoch
zum Tischtennis. Kann sein, du hast dir gerade den Arsch geret-
tet."

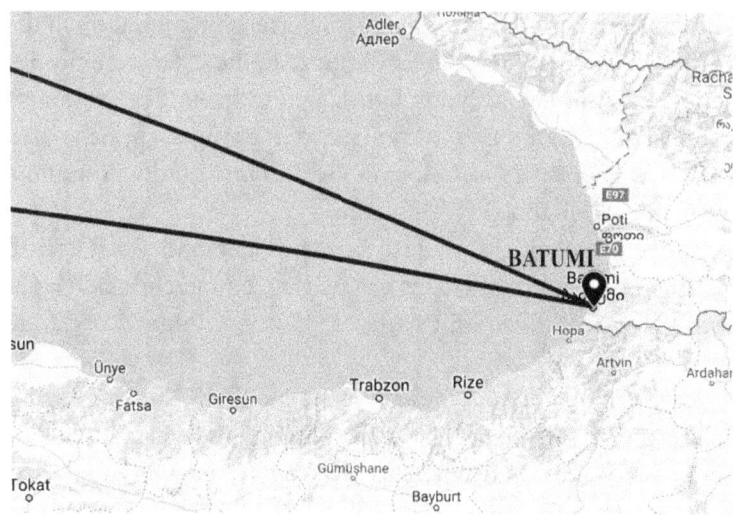

# XVII.
# Batumi

Am nächsten Vormittag saßen Theo und ich wieder mit der Schiffsleitung zusammen, aber meine euphorische Annahme, dass mit der Aussage von Hansjörg der Täter so gut wie überführt sei, wurde von den wenigsten geteilt. Man wertete diese Aussage zwar als fraglos wichtiges Indiz, doch nicht als ultimativen Beweis. Freddy Wohlerts Schlafprobleme waren bekannt; ein Offizier bestätigte, ihn mehrfach während der Nachtwache auf dem Oberdeck gesehen und einmal sogar angesprochen zu haben. Freddys Anwesenheit zur Tatzeit am Tatort war also nichts Außergewöhnliches.

Ich pflegte üblicherweise bei diesen Beratungen Theo das Wort zu überlassen, aber jetzt hatte mich eine Art Jagdfieber gepackt. Aus unserem Verhörraum holte ich die Berichte über Freddy Wohlert, fasste deren Inhalt zusammen und las ausgewählte Passagen vor. Ich bemühte mich, der Schiffsleitung das

Bild einer tragischen Biographie zu vermitteln, und sprach die Vermutung aus, dass Freddys Ehrgeiz, an die Erfolge seiner Jugend anzuknüpfen, sich durchaus zu einer fixen Idee gesteigert haben könnte. Der Erfinderaufruf, der auf uns so lächerlich wirkte, war in Freddys Welt eine Renaissance, und wer ihm die wegnahm, trieb ihn zur Verzweiflung.

„Küchenpsychologie", murrte Kapitän Thiemann. Doch ich sah nicht ohne Genugtuung, dass er unsicher und nachdenklich geworden war, und wie ihm schien es den meisten in der Runde zu gehen.

„Aber ich kann das einfach nicht glauben", murmelte die Schiffsärztin, „ein so selbstloser Mann – ein so verdienstvoller Mann... Was hab ich für den geschwärmt, als ich vierzehn war..."

„Auf jeden Fall ist das nicht mehr unsere Sache", warf der Politoffizier ein. „Wenn der Mann wirklich einen Dachschaden hat, sollen das daheim die Psychologen feststellen."

„Aber wenn er der Täter ist, dann kriegen wir das auch selber raus", ließ Theo Meerbusch sich vernehmen. Erstaunt sah ich ihn von der Seite an. War das derselbe Theo, der vor wenigen Tagen noch alles den „Profis" überlassen wollte? Auch ihn hatte das Jagdfieber gepackt.

Kapitän Thiemann hob die Hände. „Vorläufig kriegen wir noch gar nichts raus. Wir warten, bis die Auskunft da ist über diese... na, diese Erfindersache."

„Und dann?", fragte Theo Meerbusch.

Gespanntes Schweigen. Das war die Kernfrage.

„Wenn die Auskunft eure Vermutung bestätigt", sagte Kapitän Thiemann nach längerer Pause, „dann... könnt ihr in Gottes Namen Freddy Wohlert vernehmen. Seht zu, wie ihr aus ihm ein Geständnis rauskriegt."

Der Politoffizier erhob schwachen Protest – die Weisung aus Rostock laute ausdrücklich... Doch selbst er schien angesteckt von diesem Jagdfieber, das uns vorwärts drängte. Als Theo Meerbusch mit der Untersuchung des Mordes beauftragt worden war, hatte niemand ernstlich geglaubt, dass dabei etwas herauskommen werde, er selbst wohl am allerwenigsten. Doch jetzt bestand eine reale Aussicht, in Warna den Mörder zu präsentieren, und bei dieser Aussicht schwoll uns allen die Brust.

„Ich kann dich nicht hindern, das nach Rostock zu melden", sagte Kapitän Thiemann zum Politoffizier. „Aber besser wär's, wir halten jetzt den Mund und können dafür in ein, zwei Tagen einen vollen Erfolg nach Rostock melden."

Nun hing alles an der avisierten Auskunft, betreffend die Bewegung „Auch in dir steckt ein Erfinder". Aber die ließ auf sich warten, und so waren wir zur Untätigkeit verdammt. In der Spannung zwischen drängender Ungeduld und träger Langeweile verging der Tag. Theo saß unten im Vehörraum, ging alle Protokolle noch mal durch und führte auch mehrere Telefonate. Unterdessen dampfte unsere *Völkerfreundschaft* über das Schwarze Meer, die Passagiere gaben sich dem Bingo hin oder lachten über Horst Köbberts Witze... Am Nachmittag platzte Kapitän Thiemann der Kragen. Er rief von sich aus in Berlin den zuständigen Mitarbeiter an, um die Auskunft zu beschleunigen. Und er machte dabei offenbar ein solches Fass auf, dass man ihm hoch und heilig versprach, baldmöglichst den gewünschten Bericht zu senden.

Doch am nächsten Tag hatten wir schon wieder Landgang: Die *Völkerfreundschaft* legte in Batumi an. Vor unseren Augen breitete sich ein schönes Gebirgspanorama aus: Das waren die Berge des Kleinen Kaukasus, die Batumi von allen Seiten umschlossen. Draußen standen die Busse für die Stadtrundfahrt bereit, und die Passagiere drängten schon zum Ausgang, als ein Offizier Theo und mich aus der Warteschlange holte und zu Kapitän Thiemann bat. Der Bericht aus Berlin war da.

Kapitän Thiemann, der uns allein empfing – vermutlich waren die anderen mit der Vorbereitung des Landgangs beschäftigt –, gab uns schweigend die Blätter aus dem Fernkopierer. Der Bericht bestätigte in vollem Umfang, was wir vermuteten. Der Aufruf „Auch in dir steckt ein Erfinder" war in etwa nach dem Muster der Bewegung „Jeder liefert jedem Qualität" konzipiert: Ein verdienter und vorbildlicher Werktätiger ergriff spontan eine Initiative und richtete über Presse und Fernsehen einen Aufruf an die Bevölkerung, der dann ein begeistertes Echo fand und eine Volksbewegung auslöste. In diesem Fall betraf sie das Neuererwesen: Jeder Bürger sollte sich Gedanken machen, wo und wie er in seinem Arbeitsbereich eine Neuerung einführen könnte, die Zeit und Arbeitskraft einsparen oder einfach den Alltag verschönern half.

Der Aufruf sollte ursprünglich am Tag der Republik, also schon morgen veröffentlicht werden, doch man hatte ihn auf den Spätherbst verschoben, da es Unklarheiten gab, welcher verdienstvolle Werktätige als Autor des spontanen Aufrufs fungieren und damit der Bewegung das Gesicht geben würde. Vier Kandidaten waren im Gespräch: Alfred Wohlert, Elvira Brinkmann und zwei weitere, deren Namen mir nichts sagten. Zunächst war Wohlert klarer Favorit gewesen: Für ihn sprach nicht nur sein Jugendruhm als „Mähdrescherkönig von Gabelow", durch den er vielen DDR-Bürgern noch nachhaltig in Erinnerung war, sondern auch die Tatsache, dass er kürzlich mit seiner frostresistenten Rübe selbst eine Erfindung vorgestellt hatte.

Doch schon die Fotos, die in Vorbereitung der Erfinderkampagne aufgenommen wurden, weckten bei den Verantwortlichen Zweifel, ob Freddy Wohlert die richtige Wahl war. Gerade wenn man in seiner Person auf die ungebrochene Fortsetzung der großen DDR-Traditionen verweisen wollte, legte der Vergleich zwischen dem früheren und dem jetzigen Freddy Wohlert äußerst ungünstige Schlüsse bezüglich der Bestandskraft dieser Traditionen nahe. Als dann auch noch bei der Erstellung eines kleinen Presseporträts gewisse Einzelheiten aus Freddys Vergangenheit zutage traten, war seine Karriere als Initiator der neuen Volksbewegung beendet, bevor sie richtig begonnen hatte. Man teilte ihm schonend mit, er sei leider aufgrund seines sensiblen Gesundheitszustands nach ärztlicher Fachmeinung nicht in der Lage, die Reisen und Anstrengungen auf sich zu nehmen, die eine solche Kampagne erfordere, und erkor statt seiner Elvira Brinkmann zur Autorin des Erfinderaufrufs. Wann genau dies geschah, stand nicht in dem Bericht; doch es war vermerkt, dass Alfred Wohlert auf die Absage „mit starker Enttäuschung" reagierte.

Kapitän Thiemann hatte bereits genau geplant, wie es jetzt weitergehen sollte: Die Vernehmung Alfred Wohlerts, bestimmte er, finde heute Abend nach dem Essen statt. Sie sei die einzige, die wir führen dürften; aber auch wenn wir kein Geständnis erlangten, werde man Wohlert, den die Schiffsleitung jetzt mehrheitlich als mordverdächtig eingestuft hätte, direkt nach dem Verhör unter Arrest stellen und bis zur Ankunft in Warna besonders bewachen. Zum Glück wohne er in einer Einzelkabine, er hätte an Bord keine näheren Bekannten und bleibe auch den Mahlzeiten häufig fern, so dass man hoffe, ihn ohne Aufsehen für anderthalb Tage isolieren zu können.

Theo und ich hätten das Verhör gern früher hinter uns gebracht und beteuerten einstimmig, wir wären bereit, auf den Landgang in Batumi zu verzichten, doch der Kapitän wollte nichts davon hören. Am liebsten hätte er die ganze Aktion sogar erst morgen durchführen lassen, gewissermaßen in letzter Sekunde; doch morgen war Tag der Republik, verbunden mit einer großen Abschiedsfeier, da würde die Besatzung der *Völkerfreundschaft* gefordert sein bis zum letzten Mann.

„Genießen Sie den Landgang", sagte Thiemann freundlich, aber bestimmt. „Batumi ist eine schöne Stadt."

Batumi *war* eine schöne Stadt, doch dafür hatten wir an diesem Tag kaum einen Blick. Zerstreut und fast apathisch ließen wir die gebotenen Attraktionen über uns ergehen: Stadtrundfahrt, Strandpromenade, ein kümmerliches Delphinarium... Besonders enervierend war das Freundschaftstreffen mit Kulturprogramm, das am Nachmittag in einem Vorort von Batumi stattfand. Nie war ich weniger in der Stimmung für georgische Folklore gewesen, und als dann auch noch ein Männerchor gefühlvoll Stalins Lieblingslied „Suliko" sang, verspürte ich das dringende Bedürfnis, fluchtartig den Saal zu verlassen. Theo schien es nicht besser zu gehen. Er sah aus, als ob er Zahnschmerzen hätte.

Der Rest des Tages war ein einziges gedehntes und nervenzerreißendes Warten: auf die Busse, auf die Rückkehr zum Schiff, auf das Signal zum Abendessen... Selbst als ich endlich mit Theo im Verhörraum saß, hieß es wieder warten und warten. Alles war zur Vernehmung bereit, der Schreibblock, die Wasserflaschen und -gläser, sogar ein uraltes Tonbandgerät, das einer der Bordtechniker aufgetrieben hatte, nur der, den wir vernehmen sollten, kam und kam nicht. Der Kapitän hatte verfügt, dass Freddy Wohlert ganz formell von zwei Offizieren zur Vernehmung geführt werden sollte, doch anscheinend konnten sie ihn nicht gleich finden. Draußen war es mittlerweile stockdunkel. Langsam lief die *Völkerfreundschaft* aus dem Hafen von Batumi aus. Bis hierher hörte man das Nebelhorn. Ich staunte, wie ruhig Theo neben mir saß. Er schien der nahenden Entscheidung völlig souverän entgegenzusehen, ein alter Fuchs, der sein Handwerk verstand. Dagegen war mir vor Aufregung ganz schlecht.

Endlich klopfte es, und Freddy Wohlert, flankiert von zwei jungen Schiffsoffizieren, betrat den Verhörraum. Es war soweit.

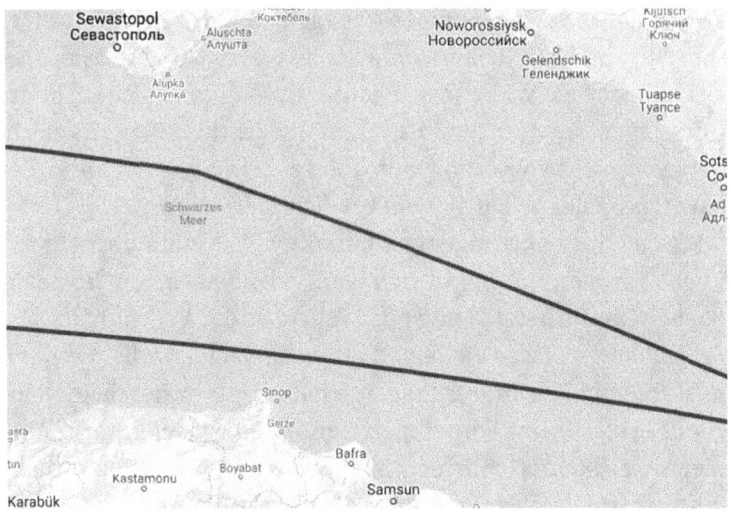

# XVIII.
## Schwarzes Meer

Das Protokoll von Wohlerts Vernehmung, das ich an diesem Abend schrieb und am nächsten Vormittag ins Reine tippte, wurde seitens der Schiffsleitung einbehalten, genau wie alle anderen Protokolle und Notizen, die im Zuge der Ermittlungen entstanden waren. Zwar führte ich während der gesamten Reise meine eigenen Aufzeichnungen weiter, doch die letzte Vernehmung zu rekonstruieren, habe ich nie über mich gebracht – sie war so lang, so hart, so quälend. Als ich den hier vorliegenden Reisebericht in Angriff nahm, forschte ich nach dem Verbleib unserer Unterlagen, doch keine Stelle, an die ich mich wandte, konnte mir darüber Auskunft geben. Es war, als hätte nie ein Fall Wohlert existiert.

Ich bin mir also nicht sicher, ob ich den Verlauf der Vernehmung richtig wiedergebe. Einige Momente haben sich tief in meine Erinnerung eingebrannt, doch anderes ist in den vergangenen Jahren verschwommen oder ganz versunken. Was ich hier schreibe, ist eine Zusammenfassung, wobei ich anmerke, dass es vielleicht gar nicht so schlecht ist, wenn man sich nicht auf Unterlagen, sondern allein auf sein Gedächtnis stützt: Es zeichnet zwar nicht vollständig auf, doch es wirkt wie ein Filter, der zuverlässig das Wichtige vom Unwichtigen trennt.

Was ich hier vorrangig festhalten will, ist mein Respekt vor Theos Vernehmungstaktik. Ich weiß, ich habe keinen Vergleich, doch meiner Überzeugung nach führte er das Verhör ganz ausgezeichnet – besser vielleicht, als es an seiner Stelle die Kommissare vom Morddezernat getan hätten, die er bescheiden für Profis erklärte. Das Vernehmen war offenbar Theos Stärke; und hier, wo es hauptsächlich um Techniken und Taktiken zur Überführung von Verdächtigen geht, können meiner Ansicht nach die Unterschiede zwischen den kriminalistischen Sparten so gravierend auch nicht sein.

Theo Meerbusch begann mit Freddys Vergangenheit: Anhand eines tabellarischen Lebenslaufes sprach er jede einzelne Station mit ihm durch. Freddy Wohlert war völlig undurchdringlich in das Verhör hineingegangen. Fraglos ahnte er, weshalb er hier war – schon die Abholung durch die Offiziere musste es ihm signalisiert haben –, doch seine Miene schien zu sagen: Ihr könnt mir gar nichts. Er antwortete so knapp wie möglich, ließ keinerlei Emotionen erkennen. Erst als Theo zu dem Punkt kam, den man heute als „Biographiebruch" bezeichnen würde, ließ Freddy erstmals Unbehagen erkennen.

„Warum wollen Sie das alles wissen?", fragte er. „Was hat das mit… mit der Sache hier zu tun?"

„Wir müssen jeden überprüfen, gegen den Verdachtsmomente vorliegen", erwiderte Theo. „Immerhin ist hier ein Mensch zu Tode gekommen."

„Zu Tode gekommen?", fragte Freddy sarkastisch. „Das letzte Mal hieß es, die Frau sei verletzt."

„Nein, sie wurde umgebracht", sagte Theo, in seinen Papieren blätternd. „Aber zurück zu Ihrer Entlassung beim Zentralrat. Nach unseren Informationen ging es dabei um Alkoholmissbrauch...? Fortgesetzten Alkoholmissbrauch...?"

„Wenn es schon da steht, warum fragen Sie dann?"

Kühl und achselzuckend gab Freddy die dunklen Punkte in seiner Vergangenheit zu: den Alkoholmissbrauch, die Arbeitsbummelei, die Chaosfahrt auf dem Mähdrescher. Doch man spürte, wie Unruhe in ihm aufstieg. In seinen Augen meinte ich ein heimliches angstvolles Staunen zu sehen. Dass wir so genau über ihn informiert waren, hatte er sicher nicht vorausgesehen. Ganz allmählich nahm das Gespräch einen anderen, härteren Charakter an, und der zunächst so gemütliche Opa Theo zeigte nun die ganze Grausamkeit des Kriminalisten. Er legte den Finger auf die Wunden, nannte ungerührt alles beim Namen, was man normalerweise taktvoll umschreibt: Freddys Absturz vom großen Volkshelden zum versoffenen Hilfsarbeiter, seine Krankheiten, seine Bindungsunfähigkeit. Das konnte Freddy nicht gleichgültig lassen. Noch immer bewahrte er nach außen Haltung, doch es war zu sehen, dass er innerlich kochte.

„Mein Privatleben geht Sie überhaupt nichts an!"

„Ihr Privatleben? Führen Sie denn eins? Wann waren Sie zuletzt mit einer Frau zusammen? Wann haben Sie zuletzt Ihren Sohn gesehen?"

„Sie können mich nicht beleidigen", sagte Freddy mit wutzitternder Stimme. „Ich habe meinen Weg gefunden..."

„Niemand will Sie beleidigen", lenkte Theo ein. „Sie hatten es nicht leicht, das kann ich mir vorstellen. Und Sie haben Ihren Weg gefunden. Die Geschichte mit dieser... dieser Rübe, alle Achtung. Das muss für Sie ja völliges Neuland..."

„Machen Sie sich ruhig über mich lustig", schnitt ihm Wohlert erbittert das Wort ab. „In dieser Rübe steckt eine Menge Arbeit, sie ist ein Meilenstein auf dem Weg in die..."

„Ja, sicher, nun beruhigen Sie sich doch! Ich wollte mich nicht über Sie lustig machen..."

Tatsächlich hatte Theo ohne jede Ironie gesprochen. Ich war es, der sich das Grinsen nicht verkneifen konnte, wie immer, wenn jemand diese Rübe erwähnte. Doch selbst das trug dazu bei, Freddy Wohlert aus der Reserve zu locken. Noch bevor Elvira und der Mord auch nur entfernt zum Thema wurden, hatte er sich in eine kalt wütende Verteidigungshaltung hineingesteigert.

„Wollen Sie nicht endlich mal zum Punkt kommen?", begehrte er auf, als Theo unverdrossen weiter nach der Rübenzüchtung fragte. „Sie haben mich doch nicht herrufen lassen, um mit mir über mein Leben zu plaudern?"

„Nein, aber eine Frage noch: Haben Sie schon Zukunftspläne?"

„Nein."

„Ich meine", sagte Theo, „diese Rübe war ja eine feine Sache, aber... Da ist doch sicherlich noch mehr drin?"

„Nein", wiederholte Freddy entschieden. „Wir befassen uns zurzeit mit... anderen Dingen."

„Sie wollen nicht weiterforschen – nicht noch mehr erfinden?"

„Nein."

„Ich frage deshalb", sagte Theo, „weil... da kommt doch demnächst wieder so ein Aufruf: Auch in dir steckt ein Erfinder... Ja, eine Genossin hier an Bord hat zufällig davon erzählt. Sie sagt, Sie werden diesen Aufruf schreiben?"

„Das steht noch nicht fest", erwiderte Freddy Wohlert nach längerer Pause.

„Nicht fest?", fragte Theo. „Woran hängt's denn? Sie wären doch da ganz der geeignete Mann?"

Wieder ließ Freddy Zeit verstreichen, bevor er langsam zur Antwort gab: „Darüber wird an höherer Stelle entschieden."

„Hm", sagte Theo, „wir haben uns natürlich auch über Elvira Brinkmann erkundigt. Genauso gründlich wie über Sie. Und dabei sind wir auf was ganz Seltsames gestoßen..."

Er nahm Elviras Charakteristik zur Hand, um langsam die Passage vorzulesen, in der von ihrer neuesten Initiative die Rede war. Kopfschüttelnd bat er Freddy um eine Erklärung: Wer sei nun als Autor des Erfinderaufrufs vorgesehen, er oder Elvira? Freddy blickte starr vor sich hin und erklärte, er hätte keine Ahnung, darüber werde an höherer Stelle entschieden, und es sei ihm auch egal. Theo Meerbusch verschärfte aufs Neue den Ton. Egal? Sei es ihm wirklich egal, ob sein Name auf allen Titelseiten prangte? Ob er als Held gefeiert werde, ganz wie in den glorreichen alten Zeiten?

„Darüber wird an höherer Stelle entschieden", wiederholte Freddy Wohlert. Es war, als klammere er sich an dem Satz fest.

„Kann es sein", rief Theo, „dass darüber längst entschieden worden ist? Kann es sein, dass Sie passé sind, Genosse Wohlert? Nicht mehr jung genug? Nicht mehr gesund genug? Nicht mehr präsentabel genug für die Zeitung?"

Wieder staunte ich, zu welcher Brutalität der sonst so freundliche Theo fähig war. Mir tat Freddy leid, wie er da vor uns saß, mühsam um Haltung ringend, während seine Augen Angst und Entsetzen spiegelten.

„Wie kommen Sie... Wie können Sie...", stammelte er. „Das steht doch alles noch gar nicht fest... Darüber wird erst an höherer Stelle..."

Theo zückte den ZK-Bericht, der heute Morgen eingetroffen war, und las gnadenlos die wichtigsten Sätze vor. Aschfahl im Gesicht hörte Freddy zu.

„Aber jetzt ist ja wieder alles offen", schloss Theo, „jetzt, wo Elvira Brinkmann... nicht mehr einsatzfähig ist..."

„Aber ich hatte keine Ahnung, dass Elvira an meiner Stelle..."

„Nicht? Wo Sie doch so gute Verbindungen in die Aktivistenszene haben?"

„Was denn für Verbindungen?", rief Freddy Wohlert. „Ich hab mit diesen Leuten überhaupt nichts zu tun!"

„Das wundert mich aber", entgegnete Theo. „Bei Ihrer ersten Vernehmung hier in diesem Raum, das war am 24. September, da haben Sie ausgesagt... Moment, wo ist denn..."

„Ich muss zur Toilette", sagte Freddy Wohlert.

Diesen Satz bekamen wir während der nächsten Stunden noch öfter zu hören. Immer wenn er nicht mehr weiterwusste, erklärte Freddy Wohlert, er müsse zur Toilette, und er sah dabei so elend aus, dass man dazu nicht gut nein sagen konnte. Also ging ich mit ihm hinaus und hielt vor der Toilettentür Wache, während Freddy sich drinnen erleichterte oder vielleicht nur so tat, als ob. Diese strapaziösen „Pinkelpausen" trugen erheblich dazu bei, dass sich die Vernehmung so lange hinzog.

Doch wie oft auch Theo Meerbusch neu ansetzen musste, er ließ sich nicht aus dem Konzept bringen. Stets empfing er Freddy mit genau der Frage, die er ihm zuletzt gestellt hatte; ja, es schien sogar, als schöpfe er selbst aus diesen Pausen neue Kraft.

Und die brauchte er auch, denn als er auf die Umstände der Reise zu sprechen kam, gewann Freddy Wohlert wieder Oberwasser. Er leugnete strikt, von Elviras Konkurrenz bezüglich jenes Aufrufs gewusst zu haben, und wies empört die Unterstellung von sich, er hätte das Zusammentreffen mit ihr zielgerichtet arrangiert.

„Ich bin mal wieder kollabiert", sagte er, „zwei Wochen vor dem Reisetermin im Mai. Das passiert mir manchmal, die Ärzte haben noch nicht rausgekriegt, warum. Drei Tage war ich im Krankenhaus, dazu gibt's natürlich auch Dokumente. Und Reisen kam damals überhaupt nicht in Frage."

„Ja, ich sehe schon, Sie sind öfter kollabiert", sagte Theo, in seinen Unterlagen blätternd. „Hier zum Beispiel, am... 17. Dezember 1982. Aber da war es offenbar nicht so schlimm, denn schon am 19. Dezember sind Sie bei der Weihnachtsfeier des VEB..."

„Fragen Sie doch meinen Arzt, wenn Sie mir nicht glauben!"

„Ich glaub ja, dass Sie krank sind", besänftigte Theo. „Aber es ist schon ein komischer Zufall, dass Sie so kurz nachdem Elvira Brinkmann mit dieser Reise ausgezeichnet..."

„Davon hatte ich keine Ahnung!"

„...Ihre eigene Reise verschieben und auf demselben Schiff mit der Dame..."

„Ich wusste nicht, dass sie auf demselben Schiff ist!"

„Und worüber haben Sie mit ihr gestritten?"

„Ich habe nicht mit ihr gestritten!"

„Haben Sie sie unter Druck gesetzt? Haben Sie ihr klargemacht, dass Sie allein der große Erfinderheld sind?"

„Nein! Wir haben uns ganz ruhig unterhalten... über die Krankheit... ihres Mannes..."

„Nun, die Chefstewardess hat ausgesagt... Moment..."

„Hören Sie... Mir ist schlecht... Ich muss zur Toilette."

Und wieder brachte ich ihn hinaus. Er simulierte nicht, ihm war wirklich schlecht. Anscheinend musste er sich auch übergeben. Während ich vor der Toilettentür Wache hielt, erschien ein Offizier am Ende des Ganges und fragte im Flüsterton: „Wie sieht's denn aus?" Ich konnte nur die Achseln zucken. Inzwischen war es schon nach zehn.

„Also die Chefstewardess hat ausgesagt", fuhr Theo fort, als wir wieder im Verhörraum saßen, „Sie hätten am 19. September nachmittags mit Frau Brinkmann eine heftige Debatte geführt... An anderer Stelle sagt sie Auseinandersetzung..."

Doch Freddy blieb bei seiner ersten Version: Elvira hätte ihm ausführlich die Krankengeschichte ihre Mannes erzählt. Eine Kontroverse sei nur aufgeflammt, weil sie sich nicht hätten einigen können, ob die Sauerstofftherapie von Ardenne in solchen Fällen etwas bewirke.

„Und warum hat Frau Brinkmann geweint?"

„Geweint?"

„Mehrere Passagiere haben gesehen, dass Frau Brinkmann am späten Nachmittag des 19. September, also kurz nach dem Gespräch mit Ihnen, auf dem Oberdeck gestanden und geweint hat. Einer sitzt sogar zufällig hier neben mir."

Theo sah mich auffordernd an, und ich gab, so knapp und sachlich ich konnte, mein letztes Gespräch mit Elvira wieder, insbesondere ihre Erwähnung eines „Aufrufs", den sie nicht hergeben wollte.

Als ich fertig war, warteten wir auf Freddys Entgegnung, aber er schwieg.

„Was sagen Sie dazu?", drängte Theo.

Freddy sah mit dunklem Blick zu uns auf und sagte leise: „Das denkt ihr euch doch aus, um mich fertigzumachen."

„Niemand denkt sich hier was aus!", donnerte Theo und hieb so wuchtig mit der Faust auf den Tisch, dass Wohlert zusammenfuhr wie unter einem Schlag. „Für alles, was wir gegen Sie vorbringen, gibt es jetzt schon Aussagen und Belege, und sobald wir nach Hause kommen, finden sich noch weitere, darauf können Sie Gift nehmen! Die Genossen werden jeden befragen, mit dem Sie in Kontakt gestanden haben, Ihre Ärzte, Ihre Kollegen, Ihre Aktivistenfreunde! Die Genossen werden jedes einzelne Faktum in Ihren Aussagen überprüfen! Die Genossen werden Ihr ganzes Leben umkrempeln, bis Ihnen kein Schlupfloch mehr..."

„Ich muss zur Toilette", sagte Freddy tonlos.

„Ja, rennen Sie nur immer zur Toilette!", rief Theo. „Das wird Ihnen auch nichts nützen! Auf diesem Schiff gibt es keinen Ort, wo sich ein Mörder verstecken kann!"

Abermals führte ich Freddy auf den Gang. Er zitterte am ganzen Leib, und sein Gesicht war leichenhaft blass. Als er die Toilettentür öffnete, drehte er sich plötzlich zu mir um und flüsterte: „Bitte..."

Ich wartete, doch im nächsten Moment erschien hinten im Gang wieder der Offizier und hob fragend die Augenbrauen. Wortlos verschwand Freddy in der Toilette. Worum er mich wohl hatte bitten wollen? Ich bedeutete dem Offizier, es sei noch immer kein Ende absehbar. Hinter der Tür erbrach sich Freddy unter würgenden und gurgelnden Lauten.

Als wir zurück in den Verhörraum gingen, fanden wir Theo nicht am Platz. War der jetzt auch zur Toilette gegangen? Oder hatte er – irgendein Problem?

Endlich kam er raschen Schrittes von der anderen Seite des Ganges herein, und sein Anblick beruhigte mich sofort. Er wirkte zwar abgespannt, doch aus seiner Miene sprach steinerne Entschlossenheit.

„Kommen wir nun zu der Nacht, in der Frau Brinkmann ermordet wurde", sagte er, kaum dass er sich hingesetzt hatte. „Das war die Nacht vom..."

„Hören Sie", unterbrach ihn Freddy erschöpft, „ich kann nicht mehr. Mir geht es... Ich bin krank. Wäre es wohl möglich, dass wir das morgen...?"

Ich sah Theo einen Moment lang zaudern. Er sah selbst aus, als sehne er sich nach seinem Bett. Doch die Weisung des Kapitäns war klar: ein einziges Verhör, eine einzige Chance. Alles Weitere lag nicht mehr in unseren Händen.

„Der eine Punkt noch, dann sind wir fertig", erwiderte Theo und nahm das Protokoll mit Hansjörg Sabczynskis letzter Aussage zur Hand. „Ich weiß, es ist schwer, sich nach fast zwei Wochen an eine bestimmte Nacht zu erinnern. Aber ich hab hier die Aussage eines Passagiers, der Sie genau in dieser Nacht vorn auf dem Oberdeck gesehen hat. Hansjörg Sabczynski – haben Sie den auch gesehen?"

Freddy Wohlert gab keine Antwort. Er hatte den Kopf tief gesenkt und wiegte sich auf seinem Platz langsam hin und her.

„Wie ich höre, kommt es öfter vor, dass Sie spätnachts noch auf dem Oberdeck sind", setzte Theo von Neuem an. „Auch die Nachtwache kann das bestätigen."

Freddy schwieg. Wir konnten sein Gesicht nicht sehen. Ich wechselte mit Theo einen ratlosen Blick.

„Sabczynski hat sich mit Frau Brinkmann um eins auf dem Verandadeck getroffen", sagte Theo mit erhobener, fast drohender Stimme. „Haben Sie die beiden dort zusammen gesehen?"

Wieder Schweigen. Ich schüttelte kaum merklich den Kopf, um Theo zu bedeuten, es hätte keinen Zweck, er solle das Verhör beenden. Doch er beachtete mich nicht.

„Haben Sie Frau Brinkmann verfolgt?", fragte er. „Haben Sie nach einer Gelegenheit gesucht, um Ihre lästige Konkurrentin für immer..."

Er stockte, weil Freddy plötzlich den Kopf hob. Sein Gesicht sah verzerrt und verzweifelt aus. „Die haben es getrieben wie die Schweine", sagte er mit einem Kollern in der Stimme.

„Wie...?"

„Wie die Schweine!", wiederholte Freddy. „Diese Frau war eine Nutte, weiter nichts!"

Ich wagte Theo nicht anzusehen, aber ich spürte, dass er genauso vor Überraschung erstarrt war wie ich. Konnte das sein – hatte Freddy gerade seine Anwesenheit am Tatort zugegeben? War dies der Durchbruch zum Geständnis? In den Krimis las oder sah man häufig, wie die Verbrecher, von superschlauen Kommissaren in die Enge getrieben, unter der Zentnerlast der Beweise oder ihres Gewissens zusammenbrachen, aber konnten zwei Laienspieler sowas schaffen, zwei biedere Opas auf Urlaubsreise?

„Wollen Sie aussagen, was passiert ist?", fragte Theo. Seine Stimme klang nicht ganz sicher.

Freddy Wohlert senkte wieder den Kopf. Es war eine Geste der Resignation.

„Ich schneide ab jetzt Ihre Aussage auf Band mit", sagte Theo, noch immer leicht benommen, und drückte die Aufnahmetaste des altertümlichen Tonbandgerätes. Er murmelte Tag und Stunde der Vernehmung sowie die Namen der Anwesenden ins Mikrofon und überzeugte sich, dass die Aufzeichnung ordnungsgemäß lief. Dann stellte er seine erste Frage, nun schon wieder ganz ruhig und konzentriert.

Ich legte den Kugelschreiber aus der Hand. Was auf dem Band lief, musste ich nicht protokollieren; es sollte später wortwörtlich abgetippt werden. Doch ich brauchte noch Minuten, um auch innerlich zu fassen, dass wir hier wirklich und wahrhaftig ein Geständnis erlebten.

Auch dieser Teil der Vernehmung zog sich lange hin und wurde von mehreren Pinkelpausen unterbrochen; doch die Gewissheit, dem Ziel entgegenzusteuern, gab uns Durchhaltevermögen. Sogar Freddy wirkte sonderbar erleichtert – vielleicht weil er sich nun endlich frei erklären konnte und gegen nichts mehr ankämpfen musste. Zwar bestritt er nach wie vor vehement, die Tat als solche geplant zu haben. Doch er gab jetzt zu, dass er im Vorfeld informiert war: Nachdem er vom ZK die Absage bezüglich des Erfinderaufrufs erhalten hatte, rief er eine Dame an, die ihm einst nahestand und jetzt als Sekretärin in eben dieser ZK-Abteilung tätig war. Die sagte ihm, dass Elvira Brinkmann an seiner Stelle als Autorin des Erfinderaufrufs fungieren sollte, und zwar gleich im Oktober, wenn sie von ihrer Auszeichnungsreise mit der *Völkerfreundschaft* zurückgekehrt war. Damals stand er gerade selbst vor einer solchen Auszeichnungsreise und ärgerte sich, dass sie nicht mit derjenigen von Elvira Brinkmann zusammenfiel. Ihm schien, wenn er Gelegenheit bekäme, ausführlich mit der Frau zu sprechen, könnte er sie zum Verzicht auf den Erfinderaufruf bewegen.

„Und wie wollten Sie das anstellen?", fragte Theo.

Freddy Wohlert zögerte. „Ich wusste, dass Elvira moralisch nicht...", sagte er mit sichtlichem Unbehagen, „dass sie nicht den Ansprüchen genügte, die man bei solchen... Wie soll ich sagen... Sie hatte eine Affäre mit... mit...."

„Dem Bezirksparteisekretär?", fragte Theo. „Und damit wollten Sie sie erpressen? Du lieber Gott, das ist ja wohl schon eine ganze Weile her."

„Wer eine solche Aufgabe übernimmt, muss in moralischer Hinsicht einwandfrei sein!", verteidigte sich Freddy, hochrot im Gesicht. „Das kann doch an die Öffentlichkeit dringen, wie diese Frau rumgehurt hat..."

Er beteuerte, nur das wäre sein Wunsch gewesen: Elvira moralisch unter Druck zu setzen und ihren Rücktritt zu erzwingen. Als er dann seinen Zusammenbruch erlitt – und er sei wirklich zusammengebrochen, da sei nichts simuliert gewesen! –, kam ihm im Krankenhaus der Gedanke, seine Reise mit der *Völker-freundschaft* auf den Herbst verschieben zu lassen. Dann könnte er drei Wochen lang mit Elvira auf ein und demselben Schiff sein, könnte jeden Tag auf sie Einfluss nehmen. Gut, er hatte sich vielleicht ein bisschen kränker gemacht, als er war. Doch allzu viel musste er gar nicht tun: Die Genossen zeigten ein Höchstmaß an Verständnis und Entgegenkommen. Nachdem er die Verschiebung beantragt hatte, klappte alles wie gewünscht; bloß um die Einzelkabine musste er ein wenig kämpfen. Oh ja, es gab noch Menschen im Land, die seine alten Verdienste zu würdigen wussten!

Doch an Bord lief es dann anders als geplant. Nur zweimal fand Freddy Gelegenheit, mit Elvira Brinkmann allein zu sprechen; und das zweite Gespräch verlief so ungünstig, dass sie sich jedes weitere verbat  und von Stund an stets die Flucht ergriff, sobald sie ihn nur von Weitem sah.

Trotzdem konnte es Freddy nicht entgehen, dass sie auch hier auf dem Schiff einen unmoralischen Lebenswandel führte. Sie tanzte, flirtete, trank Sekt in Mengen – mit einem Wort, sie verhielt sich so, als ob sie keine Bedenken trüge, ihren kranken Mann erneut zu betrügen. Wenn sie das wirklich täte und wenn er, Freddy Wohlert, die Genossen darüber informierte, mussten sie doch endlich einsehen, dass diese Schlampe nicht geeignet war, eine landesweite Kampagne in der Presse anzuführen.

Mit diesem Gedanken im Hinterkopf begann er Elviras Wegen nachzuspüren; doch dass er bisweilen spätnachts noch an Deck ging, hatte ursprünglich ganz andere Gründe. Seit Jahren war er schlafgestört, und er hatte die Erfahrung gemacht, dass ein nächtlicher Spaziergang ihm beim Einschlafen half. Hier auf dem Schiff pflegte er in seinen schlaflosen Nächten ein, zwei Runden auf dem Oberdeck zu drehen und sich dann, eingehüllt in eine Decke, vorn an der Reling niederzusetzen, bis das Rauschen des Meeres ihn entrückte und in wohlige Müdigkeit abtauchen ließ.

Diese nächtlichen Aufenthalte an Deck benutzte und forcierte er nun, um nach Elvira Brinkmann Ausschau zu halten. Er ging an der Bar vorbei, um einen Blick hineinzuwerfen, er sah nach, wer mit wem an der Reling stand, er verfolgte jedes nächtliche Lachen und Tuscheln in der Hoffnung, Elvira bei etwas Unerlaubtem zu ertappen. Hansjörg Sabczynski hatte er sofort in Verdacht, Elviras Liebhaber zu sein, schon an dem Abend, als er die beiden in der Bar zusammen Shake tanzen sah. Und in jener schicksalhaften Nacht wurde dieser Verdacht zur vollen Gewissheit. Erst hörte er, auf dem Oberdeck sitzend, wie hinter ihm jemand über das Deck schlich – oh, er hatte sofort die richtige Ahnung! Und dann, als er den Geräuschen nachging und das Verandadeck erstieg, behutsam versteckt hinter den Deckaufbauten, da konnte er alles, alles sehen: wie sie es trieben dort im Rettungsboot, wie die Schweine, wie die Schweine...

Über diesen Punkt kam Freddy Wohlert einfach nicht hinweg. Er schilderte ihn mit solcher Intensität, mit solcher Drastik und Empörung, als erkläre und entschuldige er alles, was danach geschah: die beiden alten fetten Körper, die sich widerlich vermengten, sich wanden in enthemmter Lust, die obszönen Griffe und die Laute dabei, dieses Gegrunze und Gestöhne, als sie es erst von vorn und dann von hinten trieben, wie die Schweine, wie die Schweine...

„Und dann?", fragte Theo, der ganz leidend aussah, als die Schilderung des Beischlafs gar kein Ende nahm.

„Dann ist Elvira runter zum Pool gegangen. Allein. Der Mann wollte nicht mit. Sie hat sich splitternackt ausgezogen, jeder hätte sie sehen können, da sind immer Nachtschwärmer auf dem Schiff, diese Frau war eine solche Nutte..."

„Und dann?"

Freddy Wohlert zögerte und schluckte.

„Ich wollte wirklich nur mit ihr reden. Ich hab ihr ein Angebot gemacht, ganz friedlich. Sie verzichtet auf den Erfinderaufruf, und ich halte den Mund über die... diese Schweinereien, die sie da treibt. Aber sie... Wenn Sie wüssten, wie sie mich beleidigt hat!"

„Womit, was hat sie denn gesagt?"

„Dass ich kein... dass ich nicht... Nein, bitte, ich kann das nicht wiederholen. Es war so ordinär, so beleidigend, ich... Ich hab sie bei den Armen gepackt und geschüttelt und... na ja, vielleicht hab ich sie auch ins Wasser gestoßen. Ich wusste einfach nicht mehr, was ich tat. Und da hat sie losgeschrien, sie macht mich fertig, sie lässt mich einsperren, ich wäre gefährlich, ich wäre verrückt und... und... lauter solche Sachen eben."

„Und dann?"

Wohlert wand sich auf seinem Stuhl. „Was hätte ich denn machen sollen? Sie kam schon aus dem Pool gestiegen, hat immer weiter geschimpft und geschrien... Ich wollte doch nur, dass sie endlich den Mund hält!"

„Wie lief das ab – sind Sie selbst in den Pool gestiegen? Haben Sie ihr den Kopf unter Wasser gedrückt?"

„Was weiß ich... Es hat so fürchterlich lange gedauert... Sie hat gezappelt, sie hat um sich geschlagen... Ich dachte, ich schaffs nicht, sie hatte so viel Kraft... Aber irgendwann, da war sie still... still und schlaff, wie ein nasser Sack. Und ich hab... ja, ich hab erst mal aufgeatmet. Hab gar nicht richtig begriffen, was passiert ist." Er lächelte, ein schmales, verzerrtes, unendlich verlorenes Lächeln.

„Und dann?", fragte Theo nach einer Pause. „Wie sind Sie zurückgekommen in Ihre Kabine? Sie müssen doch quatschnass gewesen sein?"

Freddy schilderte, wie er gleich am Pool die nassen Kleider ausgezogen und hektisch ausgewrungen hatte. Die Decke, die er bei sich trug, war zu seinem Glück trocken geblieben, so dass er sie nicht nur als Umhang nutzen, sondern auch verräterische Wasserlachen auf dem Gang damit aufsaugen konnte. Kein Mensch hatte ihn gesehen, als er sich in seine Kabine zurückschlich.

Am Ende fragte Theo: „Tut es Ihnen leid?" Inzwischen ging es schon auf zwei.

Freddy Wohlert dachte nach. „Ich weiß nicht", sagte er schließlich zögernd, „ich war doch in dem Moment... gar nicht bei mir. Ich denk immer, das hab gar nicht ich gemacht."

„Aber warum waren Sie so scharf auf diesen lächerlichen Erfinderaufruf?", fragte ich, erstmals an diesem Abend meine Doktor-Watson-Rolle durchbrechend. „Sie hatten doch eine gute Arbeit, hatten Ihren – Ihren Weg gefunden..."

Freddy blickte mich groß an. „Aber ich wollte mein Leben zurück", sagte er fast flüsternd, während seine Augen sich mit Tränen füllten.

„Und deshalb musste die Frau Brinkmann ihr Leben verlieren", murmelte Theo. „So absurd. So sinnlos. Dabei waren Sie doch mal... ein Vorbild für die ganze Nation..."

Freddy zuckte hilflos lächelnd die Achseln, brachte aber keinen Laut hervor. Eine einzelne Träne lief ihm über die Wange.

„Machen wir Schluss", bestimmte Theo und schaltete abrupt das Tonband aus. Sein Gesicht war fahl vor Erschöpfung. „Sagst du drüben Bescheid, Jan, dass wir fertig sind?"

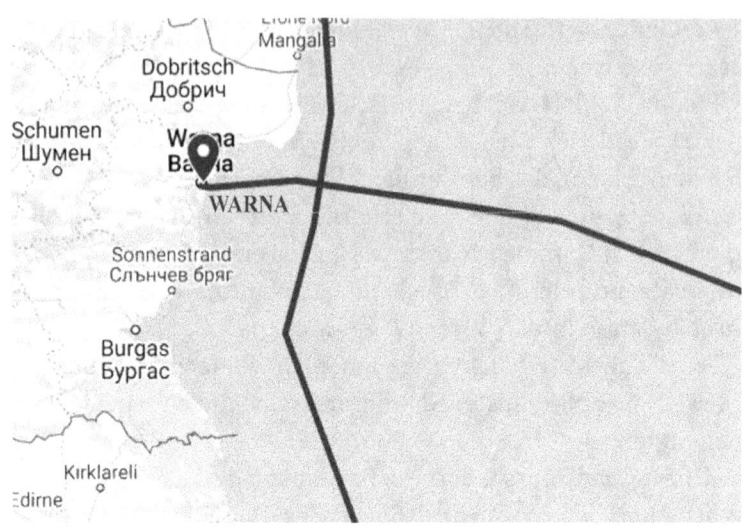

## XVIV.
## Warna

So spät wir nachts auch in die Kojen kamen, am nächsten Morgen hieß es sehr früh aufstehen. Es war der Tag der Republik, und der wurde traditionell mit einem großen Fahnenappell begonnen, von dem sich niemand ausschließen durfte. Pünktlich um sieben versammelten wir uns alle auf dem Oberdeck und schauten zu, wie zwei Matrosen feierlich die DDR-Fahne hissten. Die Besatzungsmitglieder hatten sich in ihre blauen Uniformen geworfen und standen salutierend stramm. Ich war wie gelähmt vor Müdigkeit. Der Reiseleiter brüllte über das Deck: „Unser verehrter Genosse Honecker, er lebe…"

„Hoch! Hoch! Hoch!", brüllten wir zurück. Ich sah mich wieder in Tripolis, wie ich vor der westdeutschen Botschaft saß. Das alles hier hatte ich selbst gewählt.

Nach dem Frühstück hielt Theo mich auf. Auch er hatte viel zu wenig Schlaf bekommen. Seine Augen waren vor Müdigkeit ganz klein, als er mir mitteilte, dass Freddy Wohlert versucht hatte, sich das Leben zu nehmen. Anscheinend war er ungenügend oder überhaupt nicht durchsucht worden; hier auf dem Schiff gab es ja in dieser Hinsicht keinerlei Erfahrungen. Mit einer Nagelschere, die er bei sich trug, hatte er sich die Pulsadern aufgeschlitzt. Es war reiner Zufall gewesen, dass man ihn noch rechtzeitig gefunden hatte. Doch die Schiffsärztin meinte, er werde morgen auf alle Fälle transportfähig sein.

„Armes Schwein", murmelte ich.

„Sicher", sagte Theo matt, „bloß die Frau Brinkmann hätte gerne noch weitergelebt. Ich geh gleich wieder in die Koje – das war doch ein bisschen viel letzte Nacht... Man wird nicht jünger... Wir sehen uns."

Auch ich hätte mich am liebsten noch einmal ins Bett gelegt. Aber das kam nicht infrage. Das Protokoll der gestrigen Vernehmung musste so schnell wie möglich abgetippt werden. Gleich morgen früh, wenn wir in Warna einliefen, sollten bulgarische Beamte und Polizisten zu uns an Bord kommen, um sowohl Elvira Brinkmanns tiefgekühlten Leichnam als auch unseren Arrestanten in Empfang zu nehmen und ohne Aufsehen zum örtlichen Flughafen zu expedieren, wo man unter komplizierten diplomatischen Verrenkungen eine Sondermaschine nach Berlin geordert hatte. Dann mussten die Unterlagen vollständig sein.

Den ganzen Vormittag hämmerte ich mit vor Müdigkeit brennenden Augen das Protokoll in die Schreibmaschine. Als das vertraute Ostseewellenlied die Passagiere zum Mittagessen rief, war ich gerade beim letzten Satz: „W. legt daraufhin ein umfassendes Geständnis ab, das mittels beigefügter Bandaufnahme dokumentiert ist." Ich überlas noch mal die Seite, klammerte das Protokoll zusammen und legte es für Theo im Verhörraum bereit.

Die Ermittlungsarbeit war damit beendet, und nicht lange mehr, dann würde auch die ganze Reise beendet sein. Das Mittagessen, zu dem ich jetzt ging, war schon das vorletzte hier an

Bord. Zwei Tage noch, dann ging es ab nach Hause. Keine Ostseewellen mehr, die mich zum Essen riefen, keine Reinhild Kasparek mehr am Tisch und keine Chance mehr, etwas über den Verbleib des Marxbriefes zu erfahren.

Ich fühlte, wie mich Katerstimmung beschlich. Es erschien mir nahezu grausam, nach alledem hier wieder in meinen profanen Alltag zurückzukehren – mit so vielen abgerissenen Fäden, so vielen unbefriedigenden Enden...

Ich wollte wenigstens nach dem Essen schlafen, doch schon um vier polterte Theo in die Kabine und rüttelte mich wach: Der Kapitän wollte uns beide sprechen, sofort. Verschlafen folgte ich Theo an Deck. Über den Gängen lag bereits ein fieberhaft geschäftiges Summen und Brodeln – alles bereitete sich auf die abendliche Abschiedsfeier vor. Kapitän Thiemann trug schon seine Galauniform, in der er noch gebräunter und noch stattlicher aussah als sonst. Ich konnte verstehen, dass alle Damen von ihm schwärmten. Mit Wärme drückte er Theo und mir die Hand. Erst an diesem Vormittag hatte er den Ausgang unserer Vernehmung erfahren, und er zeigte sich darüber sehr angetan.

„Heute Abend werden wir vermutlich viele Lob- und Dankesreden hören", sagte er in seiner sachlichen Art. „Aber für Sie beide darf ich leider keine halten. Ich kann Ihnen nur unter vier Augen, also unter sechs Augen Lob und Dank aussprechen, denn was Sie hier geleistet haben, darf keiner unserer Passagiere wissen – ja, ich muss Sie sogar um Geheimhaltung gegenüber Ihren eigenen Angehörigen bitten. Noch nie hat es während einer solchen Reise einen Mord gegeben. Und als es ausgerechnet jetzt passiert ist, ausgerechnet mir passiert ist, da dachte ich, das ist ein Problem, das wir aus eigenen Kräften niemals lösen können. Und nun haben wir es doch gelöst, ohne Polizei, ohne Forensik, ohne Fachleute von der Mordkommission. Wir können morgen in Warna den Behörden einen geständigen Täter übergeben, und das ist ausschließlich Ihr Verdienst. Sie haben Ihren wohlverdienten Urlaub geopfert, um kriminalistische Arbeit zu leisten, haben sogar Zusammenhänge aufgedeckt, die den Genossen an Land vielleicht entgangen wären. Sie können wirklich stolz auf sich sein. Und ich bin stolz, dass ich Sie beauftragt habe."

Nachdem wir noch die Unterlagen übergeben und die letzten Formalitäten bezüglich der Ermittlungen abgewickelt hatten – zu denen auch die Unterzeichnung einer Schweigeverpflichtung gehörte –, eilten wir zurück in unsere Kabinen. Mittlerweile war es höchste Zeit, sich für das Abendessen in Schale zu werfen. Theo, der den ganzen Vormittag und sogar das Essen verschlafen hatte, war nun ausgeruht und in bester Stimmung.

„Heute Abend geb ich dir einen aus", rief er. „Mann, ohne dich hätte ich es nie geschafft, das alles aufzuklären."

„Nicht alles", murmelte ich verdrossen.

Theo legte mir die Hand auf die Schulter. „Du wirst sehen, eines Tages klärt sich auch die Sache mit deinem Brief auf. Und bestimmt viel harmloser, als du jetzt denkst."

Ich antwortete nur mit einem Seufzer. So klug und so fair Theo sonst auch war, wenn es um seine Ideologie ging, glaubte er noch fest an den Weihnachtsmann.

Ganz wie der Kapitän es vorausgesagt hatte, wurden am Abend eine Menge Lob- und Dankesreden gehalten. Zu beiden Seiten des Speisesaales stand ein prachtvolles Festtagsbuffet bereit, bei dessen Anblick einem jeden das Wasser im Munde zusammenlief. Doch bevor wir Zugriff darauf bekamen, mussten wir uns endlos anhören, wie unser Reiseleiter jedes, aber wirklich jedes Team der Besatzung für seinen vorbildlichen Einsatz lobte. Die Schiffsärztin nebst den beiden Schwestern, die aufopferungsvoll die Kranken betreuten. Die Smutjes, die uns mit köstlichem Essen versorgten. Die Männer im Maschinenraum, die bei Temperaturen ab 45 Grad heroisch ihren Dienst verrichteten.

Wir warteten auf das Ende der Sprüche und schielten begehrlich zum Buffet. Ich selbst schielte auch noch anderswohin: Reinhild Kasparek trug zur Feier des Abends wieder dieses dunkelrote Kleid, das ihr so ausgezeichnet stand, und über dem Arm die kleine schwarze Jacke, die der Anlass für einen unserer spärlichen Dialoge gewesen war. Würde es heute noch einmal einen Dialog geben – nur ein paar Worte, bevor sie in ihre Welt zurückkehrte und ich in meine…?

Endlich war der Reiseleiter mit den Lobpreisungen fertig, die Smutjes brachten ein großes Spanferkel, und die Massen stürzten sich auf das Buffet, als hätten sie drei Tage nichts zu essen bekommen. Die Schiffskapelle begann zu spielen, erst Konzertweisen, dann flottere Rhythmen. Nach dem Essen füllte sich die Tanzfläche, und alles jubelte, als der Kapitän aufstand und eine Saalrunde Cognac spendierte. Nun schaukelte sich rasch die Stimmung hoch. An allen Tischen orderte man weitere Getränke. Ich sah Willi Kasparek ausgelassen mit einer fülligen Blondine tanzen, doch seine Frau konnte ich nirgends entdecken. Sie musste schon beim Kampf um das Buffet den Saal verlassen haben. Ob es anstößig wirkte, wenn ich sie zum Tanz bat, jetzt, da alle Konventionen sich lösten? Sie einmal in den Armen halten, ganz brav und legal vor aller Augen…

Ich ging hinaus und lief sämtliche Decks ab, aber Reinhild Kasparek war nirgends zu sehen. Dafür traf ich im Café Heinz und Katja Stern, die beiden Journalisten vom „Neuen Deutschland". Im Handumdrehen waren wir wieder in ein anregendes Gespräch vertieft. Als sie mich fragten, wie ich zu dieser Auszeichnungsreise gekommen sei, erzählte ich von meiner Arbeit und von unserem Kerosintrocknungsverfahren. Heinz Stern war sofort Feuer und Flamme: Ein Schweizer Verfahren, optimiert für die Bedingungen in der DDR! Darüber könnte man doch eine richtig große Reportage schreiben! Er ließ sich meine Telefonnummer geben und versprach, mich umgehend anzurufen, sobald er geklärt hatte, ob eine der Zeitungen, für die er schrieb, Interesse zeigte.

„Na bitte", sagte Katja, „vielleicht ist diese Reise ja doch noch gut für eine Reportage."

Heinz erklärte mir die Bemerkung: Er sei eigentlich an Bord gekommen mit der Absicht, diese ganze Fahrt in einer Reportage festzuhalten. Im Hinblick darauf hätte er sogar schon erste Interviews geführt und alles fleißig mitgeschrieben. Doch inzwischen bezweifle er, ob das tatsächlich eine gute Idee sei.

„Sowas kann man heute nicht mehr machen", meinte er. „Man kann dem Leser nicht in leuchtenden Farben vorführen, guck mal, so toll ist die Welt, wenn er selber keine Chance hat, sie je zu sehen. Auf die Art wird nur Neid und Hass erzeugt."

„Dabei wäre es so ein lohnender Stoff gewesen", fügte Katja bedauernd hinzu.

Mir ging durch den Kopf, dass auch ich den Sterns einen lohnenden Stoff für einen Zeitungsbericht liefern könnte, weit lohnender als die Kerosintrocknung von Großtransformatoren. Und Katja Stern könnte darin sogar eine aktive Rolle spielen: Immerhin hatte sie, ohne es zu ahnen, den entscheidenden Hinweis zur Entlarvung eines Mörders gegeben. Aber das würde sie nie erfahren; wie immer in der DDR blieben die lohnendsten Stoffe der Presse fern. Diese glücklichen alten Eheleute hatten in den letzten drei Wochen einfach eine schöne Urlaubsreise auf einem Rentnerschiff erlebt, ohne Mord, ohne Diebstahl, ohne Heimlichkeiten. Sie ahnten gar nicht, dass es auch hier sowas wie menschliche Abgründe gab.

Irgendwann wurden die Sterns von einem fidelen alten Herrn in Beschlag genommen, und ich suchte weiter nach Reinhild Kasparek. Die Tanzfläche war inzwischen so überfüllt, dass man dort nur noch auf der Stelle hin- und hertreten konnte. Ich strengte meine Augen an, doch nirgends sah ich das dunkelrote Kleid. Abermals schritt ich die oberen Decks ab. Vor der Bar lief ich Theo Meerbusch in die Arme. Wie die meisten Passagiere war auch er nicht mehr vollständig nüchtern. Na endlich, rief er und schloss mich in die Arme wie nach jahrelanger Trennung, er hätte mich schon überall gesucht, aber jetzt werde ich ihm nicht mehr entkommen! Jetzt gebe er mir gnadenlos einen aus!

Ich folgte Theo in die Bar, aber dort war Reinhild Kasparek auch nicht. Sollte die Reise wirklich enden, ohne dass ich wenigstens noch einmal mit ihr sprach? Dieser Abend war die letzte Gelegenheit; morgen würden wir alle mehr oder weniger mit Packen und Abwickeln beschäftigt sein. Theo traktierte mich mit teurem Metaxa und mit Schwüren ewiger Freundschaft. Ich müsse ihn unbedingt in Erfurt besuchen, es sei ein Gästezimmer im Haus, und seine Frau werde mir die besten Thüringer Klöße vorsetzen, die ich je gegessen hätte!

Ich versprach ihm hoch und heilig zu kommen, und ich meinte es vollkommen ernst. Auch ich hatte das Gefühl, in Theo einen Freund fürs Leben gewonnen zu haben. Unter dem Einfluss des Metaxa artete die Unterhaltung bald zu einem wechselseitigen Schulterklopfen aus. Jeder schanzte großzügig dem anderen die Verdienste am Erfolg der Ermittlungen zu.

„...Du hattest von Anfang an den richtigen Riecher. Ich hab den Mann für völlig harmlos gehalten..."

„Nein, wenn du nicht diese Sache mit dem Erfinderaufruf rausgekriegt hättest..."

„Das war Kommissar Zufall, Theo, ich hab da gar nichts rausgekriegt...!"

„Aber du hast diese Stelle in Elviras Charakteristik..."

„Dafür hast du sofort gerochen, dass der Wohlert absichtlich die Reise verschoben hat..."

Am Ende waren wir ganz erschöpft vom vielen Komplimentedrechseln.

„Oh Mann", sagte Theo mit wohligem Seufzer, „wenn ich das meiner Frau erzähle, dass ich auf meine alten Tage noch in eine waschechte Mordermittlung..."

„Aber du darfst es ihr nicht erzählen..."

„Richtig, ich darf nicht... Na, wir werden sehen."

Später stieß noch Hansjörg Sabczynski zu uns, der seinerseits das dringende Bedürfnis fühlte, uns allen beiden einen auszugeben. Theo hatte ihn nachmittags beiseite genommen und ihm das Ergebnis unseres nächtlichen Verhöres angedeutet. Da der Verdacht gegen Hansjörg nun vom Tisch war, bestand eine reale Aussicht, dass die Zeugenaussage, die er zuhause zweifellos wiederholen musste, diskret entgegengenommen wurde und dass seine Frau davon nichts erfuhr. Diese Aussicht hatte eine Zentnerlast von seiner Seele fallen lassen – der ganze Mann war ein einziges breites Strahlen. Immer wieder stieß er mit uns an und tönte, was für feine und tüchtige Kerle wir wären. Ich versuchte, mich zurückzuhalten, als die feurigen Getränke gleich von zwei Seiten flossen – schließlich hatte ich ja noch was vor... wenn es dafür nicht schon zu spät war...?

Gegen eins seilte ich mich entschlossen ab und trat hinaus auf das Verandadeck. Die Bordkapelle hatte sich verabschiedet, doch die Party war noch immer in vollem Gange. Ich beschloss, eine letzte Runde über die oberen Decks zu drehen. Vielleicht saß sie ja doch noch irgendwo allein und rauchte, so wie damals beim Piratenfest?

Gerade schritt ich das Sonnendeck ab, als sich direkt unter mir Lärm erhob. Menschen liefen zusammen, Stimmen riefen durcheinander, ich verstand was von „wieder hingefallen" und „jemand mal den Mann herholen". So weit ich konnte, beugte ich mich über die Reling, doch obwohl ich eine Menschentraube erblickte, konnte ich zunächst nicht erkennen, was los war. Dann aber sah ich zwischen den Leibern etwas Dunkelrotes leuchten, und mein Herzschlag setzte aus. Ich lief zur nächsten Treppe und stürmte hinunter.

Auf der Höhe der Verandacafés stand eine Gruppe von Passagieren aufgeregt raunend beisammen. Direkt davor lag Reinhild Kasparek schräg hingestürzt auf den schmuddeligen Planken und versuchte vergeblich, sich aufzurichten. Ein alter Mann wollte ihr helfen, doch sie stieß ihn wütend fort. Ihr Gesicht sah verstört und verzerrt aus.

Endlich gelang es ihr, zur Reling zu krabbeln und sich dort am Geländer hochzuziehen. Sie taumelte in Richtung Ausgangstür, jeden von sich weisend, der sie stützen wollte. Doch das Schiff nahm ziemlich flotte Fahrt, und Reinhild konnte sich, sinnlos betrunken, wie sie war, auf dem leicht schwankenden Deck nicht halten. Kurz bevor sie die Ausgangstür erreichte, verlor sie abermals das Gleichgewicht. Sie schlug hart gegen den Türrahmen und sackte zu Boden. Da lag sie wie eine zertretene Blume, und niemand wagte, sich ihr zu nähern.

Während sie erneut versuchte, sich hochzuziehen, kam Willi Kasparek herbeigerannt, hochrot vom schnellen Lauf und vermutlich auch von den geistigen Getränken des Abends; doch seine blauen Augen hatten den entgeisterten Blick eines Menschen, der auf einen Schlag nüchtern geworden ist. Er war offenbar schon informiert und von dem, was er sah, nicht überrascht. Ohne Umschweife ging er in die Hocke und zog seine Frau mit routiniertem Griff an beiden Schultern in die Höhe. Sie wehrte sich und schlug nach ihm. In ihren Augen war glühender Hass.

„Geh weg!", schrie sie mit ihrer rauchigen Stimme.

Sie versuchte, sich seinem Griff zu entwinden, doch Willi Kasparek packte ihren Arm und drehte ihn so brutal nach hinten, dass sie laut aufheulte vor Schmerz. Er schien genau zu wissen, wie er vorzugehen hatte.

„Geh weg!", schrie sie. „Geh weg! Geh weg!"

Bisher war ich vor Überraschung und Entsetzen zu keiner Regung imstande gewesen, doch jetzt trat ich vor und wollte einschreiten. Da legte sich eine Hand auf meinen Arm. Hinter mir stand Hansjörg Sabczynski.

„Lass gut sein, Jan", sagte er leise.

Im selben Moment fiel Reinhilds Blick auf mich; vielleicht hatte sie meine Bewegung bemerkt, als ich ihr zu Hilfe kommen wollte. Wir sahen einander direkt in die Augen. Ihr Blick war erfüllt von Schmerz und zugleich von einer stumpfen und finsteren Gleichgültigkeit jenseits allen Schamgefühls, als wollte sie sagen: So, jetzt weißt du's. Dann stieß Willi Kasparek, der noch immer

„Übermorgen wird sie sicher reisefähig sein", erklärte wischte sich mit einem Taschentuch den Schweiß ab. „... lass ich mir ein paar Tabletten geben."

Für einige Sekunden herrschte Schweigen. Alle blickte Reinhild an, die mit stumpfem Gesichtsausdruck, unfähig, zu regen, auf dem Bett lag. Ihr Haar war zerzaust, ihr dunke tes Kleid besudelt und an der Seite eingerissen.

Ist Ihre Frau schon lange... so?", erkundigte sich schüchter die alte Ehefrau.

„Paar Jahre", antwortete Kasparek. „Sie hat nie verwunden, dass unser Sohn..." Seine blauen Augen füllten sich mit Tränen. „Manchmal ist sie monatelang völlig trocken", fuhr er mit gebrochener Stimme fort, „und dann wieder genügt ein kleiner Auslöser, und sie betrinkt sich bis zur Bewusstlosigkeit."

„Und das... mit dem Fuß?", brachte ich mühsam hervor.

Erst jetzt bemerkte Kasparek, dass ich auch da war. Er fixierte mich, und in seine Augen trat ein harter und ironischer Ausdruck. Sekundenlang sah es aus, als wollte er sich meine Frage verbitten, doch dann beantwortete er sie knapp: „Volltrunken vor die Straßenbahn gelaufen."

„Haben Sie es mal mit einer Entziehungskur versucht?", fragte der alte Ehemann.

„Können Sie vergessen." Kasparek winkte ärgerlich ab und wandte sich an die alte Ehefrau: „Ob Sie mir mal helfen, sie auszuziehen?"

Ich verließ mit dem alten Ehemann die Kabine. An der Tür drehte ich mich ein letztes Mal um. Reinhild lag noch immer so auf dem Bett, wie Kasparek sie hingeworfen hatte. Ihre Augen waren geschlossen, doch die Lider zuckten, als wollte sie sie öffnen, und ihre Lippen bewegten sich flüsternd. Das war das Letzte, was ich von ihr sah, denn bei Tisch nahm sie fortan keine Mahlzeit mehr ein.

In dieser Nacht ging ich gar nicht mehr in meine Koje. Wozu, wenn ich doch nicht schlafen konnte. Ich stieg auf das Oberdeck und setzte mich ganz vorn in einen Liegestuhl, dorthin, wo Freddy Wohlert gesessen hatte, wenn er an Schlafstörungen litt. Es war empfindlich kalt um diese Stunde, doch ich fand eine vergessene Decke, in die ich mich einhüllen konnte. Die Nacht war pechschwarz, und das Rauschen des Meeres kündete vom ewigen Gleichmut der Natur. Vor dieser Szenerie bedeutete es gar nichts, ob ich im Westen oder im Osten lebte, ob ich meinen Marxbrief fand oder nicht, ob ich an Reinhild Kasparek interessiert war oder an einer ungebundenen, gesunden und für mich erreichbaren Frau. Schon morgen würden wir nach Hause fliegen, und die Zeit würde ihr übliches Zersetzungswerk beginnen. Der durchdringende Schmerz, der mich jetzt erfüllte, würde stückweise zerbröseln und sich unmerklich in Nichts auflösen, wie die Wellen hier, die aufschäumten und sich wieder legten. In spätestens einem halben Jahr würde ich nicht mehr an Reinhild Kasparek, sondern an irgendeine andere denken. So lief das doch nach solchen Urlaubsreisen. Aber diese Aussicht war kein Trost. Im Gegenteil, sie machte alles nur noch schlimmer.

Ich muss dann doch eine Zeitlang vor mich hingedämmert haben, denn als ich aufblickte, färbte sich der Himmel schon rot. Am Horizont waren Lichter und Berge zu sehen. Ein Blick auf die Uhr sagte mir, dass es noch nicht einmal halb sechs war. Das wunderte mich: Laut Plan sollten wir erst um acht die bulgarische Küste erreichen. Der Kapitän musste die Fahrt beschleunigt haben. Mir fiel ein, dass heute Morgen die bulgarischen Behörden an Bord kommen sollten. War das der Grund für die verfrühte Ankunft? Wollte man die Spuren des geheimen Kriminalfalls so diskret wie möglich entsorgen, damit unsere Frühaufsteher sie nicht zu Gesicht bekamen? Obwohl es nach einer Nacht wie dieser wohl kaum Frühaufsteher geben würde.

Ich zog mich hoch und trat an die Reling, leicht fröstelnd und fest in meine Decke gehüllt. Nicht lange mehr, dann ging die Sonne auf. Am Ufer unterschied man schon deutlich die Umrisse einer großen Stadt. Es war Warna, die Endstation unserer Reise.

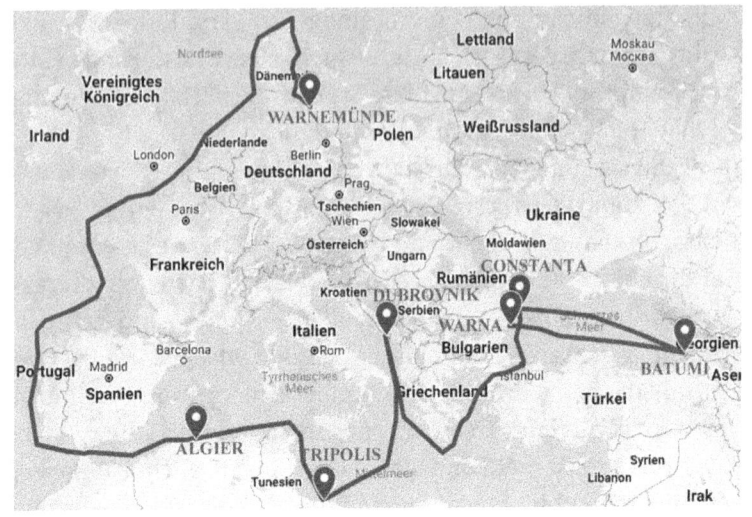

# XX.
# Nach der Reise

Ein paar Tage später trat ich wie nach einem ganz gewöhnlichen Urlaub meine Arbeit im Betrieb wieder an. „Hallo, Jan", rief Manfred Behnke, dem ich gleich am ersten Morgen auf dem Flur über den Weg lief. „Du hier und nicht am Mittelmeer? Hat wohl doch nicht so geklappt mit deiner feurigen Algerierin?" Die Kollegen beneideten mich um meine frische Urlaubsbräune und um die wunderschöne Reise, auf der ich sicher viele herrliche Eindrücke gewonnen hätte. Doch in dem Maße, wie die Urlaubsbräune verblasste, verlor das Thema an Bedeutung – Gott sei Dank, denn ich selbst brauchte weitaus länger, um die Eindrücke der Reise zu verdauen und in den Alltag zurückzufinden. Besonders die Geschichte mit den Kaspareks setzte mir in ungeahnter Weise zu. Es dauerte fast ein Jahr, bis ich mich wieder für eine Frau erwärmen konnte, die nicht Reinhild Kasparek war.

Etwa eine Woche nach meiner Rückkehr wurde ich auf das Polizeipräsidium am Alexanderplatz zitiert. Ich bekam einen Riesenschreck, weil ich dachte, jetzt werde man mir den Marxbrief vorlegen und mich wegen versuchter Republikflucht belangen, aber darum ging es nicht. Ich musste vielmehr alles zu Protokoll geben, was ich über den Mordfall Brinkmann wusste. Am Ende ließ man mich nochmals die Verpflichtung unterschreiben, über alle mir bekannten Fakten des Falles absolutes Stillschweigen zu bewahren; bei Zuwiderhandeln drohten strenge Strafen. Übrigens hatte ich ohnehin nicht das Bedürfnis, jemandem von dem Mord zu erzählen – er passte so wenig in das Bild, das sich die Leute von meiner Reise machten, dass ich es schwierig fand, auch nur davon anzufangen.

Das juristische Nachspiel hätte mich natürlich interessiert, doch dazu sollte es nicht kommen. Kurz vor Weihnachten kollabierte Freddy Wohlert in der Haft und wurde ins Krankenhaus gebracht. Nach der ersten Untersuchung ließ ihn die Krankenschwester kurz allein, und Freddy benutzte ihre Abwesenheit, um ein Skalpell mitgehen zu lassen. In der folgenden Nacht schlitzte er sich, diesmal erfolgreich, die Pulsadern auf. Ich erfuhr erst viele Jahre später davon, und der Mann, der es mir erzählte, ein ehemaliger Mithäftling, sprach die Vermutung aus, man hätte Freddy das Skalpell mit Absicht direkt vor die Nase gelegt, um einen peinlichen Prozess gegen den einstigen Produktionshelden zu vermeiden. Mir fiel es schwer zu glauben, dass sich Ärzte und Schwestern zu solchen Manövern hergeben könnten. Doch für Freddy selbst war diese Lösung sicher besser als ein Leben hinter Gittern. Er versank dann in völliger Vergessenheit und wurde auch nach der Wende von keinem unserer sonst so rührigen Historiker wiederentdeckt, obwohl sein Schicksal doch einiges über die DDR-Geschichte aussagt.

Eine Zeitlang unterhielt ich noch gute Kontakte zu meinen Bekannten von der *Völkerfreundschaft*, besonders natürlich zu Theo Meerbusch, den ich mehrmals in Erfurt besuchte. Auch mit

Harry Schmittke, dem einstigen Gewerkschafter, der ja quasi in meiner Nachbarschaft wohnte, traf ich mich manchmal auf ein Bier. Doch als ergiebigste Reisebekanntschaft erwiesen sich seltsamerweise die Sterns. Zwar hatte sich der Plan von Heinz Stern, eine Reportage über unser Kerosintrocknungsverfahren zu schreiben, ziemlich schnell wieder zerschlagen – wir steckten damals schon zu tief in den roten Zahlen, als dass man uns dem „Neuen Deutschland" hätte zumuten können –, doch mein Kontakt zu den Sterns, so oberflächlich er während der Reise gewesen war, vertiefte sich an Land und wuchs zu einer Freundschaft, die sich bald auf die ganze Familie erstreckte.

So verging die Zeit, und ich gewöhnte mich wieder an mein altes Leben. Erstaunlicherweise stellte ich sogar fest, dass ich nach der Reise weit weniger mit meinem Schicksal haderte als davor. Es war, als hätte ich mich gerade durch die Ereignisse auf der *Völkerfreundschaft* innerlich damit abgefunden, den Rest meines Lebens klaglos im trauten Käfig DDR zu verbringen. In der Gegenwart geschah damals auch so vieles, was die Vergangenheit übertönte. Manfred Behnke ging in Rente, natürlich nicht so bald, wie er mir angekündigt hatte, aber immerhin drei Jahre nach meiner Reise; und sein Nachfolger war ein übler Betonkopf, mit dem es nichts als Ärger gab. Bald war ich derart mit ihm verfeindet, dass ich abermals die Kündigung erwog. In dieser Phase dachte ich oft an den Nachmittag in Tripolis zurück, als ich vor der bundesdeutschen Botschaft gestanden hatte wie an einem Scheideweg; doch nicht einmal jetzt konnte ich bereuen, wie ich mich damals entschieden hatte.

Ohnehin kam bekanntlich alles bald ganz anders. Bevor der Streit zwischen mir und dem neuen Werkleiter eskalieren konnte, kündigte sich schon das Donnergrollen der Wende am gesellschaftlichen Horizont an. Und dann ging alles erdrutschartig schnell. Binnen weniger Wochen wurde die Werkleitung hinweggefegt und der ganze Betrieb vollkommen umstrukturiert. Quasi über Nacht ernannte man mich zum Leiter unserer

Forschungsabteilung – ausgerechnet mich, der ich zu DDR-Zeiten nie einen Leiterposten innehatte. Es begann eine fieberhafte Zeit des Umbruchs, über die ich mich hier nicht weiter auslassen will, zumal sie leider nur relativ kurz war. Aber ich bin froh, dass es eine solche Zeit in meinem Leben gab.

Damals unternahm ich einen ersten Versuch, den verschollenen Marxbrief wiederzufinden. Während der DDR-Zeit hatte ich ihn innerlich schon abgeschrieben, zumal ich von keiner Seite etwas hörte, was auf eine mögliche Erklärung hinwies; alle, die durch mich von dem Marxbrief wussten, hatten mir glaubhaft versichert, mit niemandem darüber gesprochen zu haben. Doch der Verlust wurmte mich nach wie vor, und als ich dann im Fernsehen die aufgebrachten Menschenmassen sah, wie sie in der Normannenstraße die Zentrale der Staatssicherheit stürmten, war mein allererster Gedanke, dass ebendort vielleicht mein Brief lag oder doch zumindest ein Hinweis, wer ihn mir weggenommen hatte. Ich wandte mich an eines der Bürgerkomitees, die sich für die Aufarbeitung der Stasi-Vergangenheit engagierten. Dort beschrieb ich das Äußere und den Inhalt des Marxbriefs und gab an, wo und wann er mir gestohlen worden war. Mithilfe meiner Reisenotizen erstellte ich eine Namensliste der mir bekannten Passagiere und bat um Überprüfung, ob einer dieser Leute damals im Auftrag der Staatssicherheit auf dem Schiff gewesen sein könnte.

Der junge Mann, dem ich mein Anliegen vortrug, nahm es sehr ernst und forschte dem Verbleib des Marxbriefes eingehend nach. Er überprüfte nicht nur meine Namensliste, sondern ging auch sämtliche Bestände des Imperiums von Schalck-Golodkowski durch, das sich damals bröckchenweise vor der Öffentlichkeit enthüllte – da gab es die „KoKo" und die „KuA" und noch einige andere Firmen, deren Namen mir entfallen sind. Doch nirgendwo tauchte mein Marxbrief auf, und keiner der von mir benannten Passagiere wurde als formeller oder informeller Mitarbeiter der Stasi geführt.

Ich selbst hatte bald ganz andere Sorgen: Schon Anfang der 1990-er Jahre wurde unser Betrieb verkauft, und die neuen Besitzer unterzogen den gesamten Produktionsprozess einem strikten Spar- und Rationalisierungsprogramm, das natürlich auch die Arbeitskräfte einschloss. Nur wenige Wochen, nachdem sich die neue Leitung etabliert hatte, wurde im Vorstand der Beschluss gefasst, alle über sechzigjährigen Mitarbeiter in den Vorruhestand zu entlassen – einfach so in Bausch und Bogen, ohne Ansehen dessen, was sie für den Betrieb geleistet hatten oder in Zukunft noch leisten könnten.

Als ich das hörte, entschloss ich mich, meinen drohend bevorstehenden sechzigsten Geburtstag gar nicht erst abzuwarten. Durch meine Arbeit hatte ich mit der Zeit in der Fachwelt eine Menge Kontakte gewonnen, auch auf internationaler Ebene. Ich streckte also meine Fühler aus und bekam auch gleich mehrere Angebote – Spezialisten waren so rar auf meinem Fachgebiet, dass selbst ein höheres Lebensalter nicht in jedem Fall abschreckend wirkte. Ich hätte bei einer Zulieferfirma im Frankfurter Raum unterkommen können; im Gespräch war auch ein Einsatz in Malaysia, wo der Aufbau eines Umspannwerks betreut werden sollte. Doch so, wie mein Leben verlaufen war, gab es für mich nur eine Präferenz: Es musste Macrofol in Zürich sein!

Herr Blatter, der mich einst, ohne es zu ahnen, auf das Schweizer Leben scharf gemacht hatte, war noch bei Macrofol beschäftigt und erkannte mich auch gleich wieder, als wir uns auf einer internationalen Trafo-Konferenz in Budapest trafen. Ich erinnerte ihn an unseren letzten Dialog und fragte, ob man in Zürich noch immer einen Mann wie mich gebrauchen könnte. Alles Weitere lief dann so selbstverständlich, zielsicher und reibungslos ab, wie ein vorherbestimmtes Schicksal sich erfüllt. Genau zehn Jahre, nachdem ich mit der Absicht, in die Schweiz zu flüchten, an Bord der *Völkerfreundschaft* gegangen war, siedelte ich legal nach Zürich über und begann als Technischer Berater bei Macrofol zu arbeiten.

Ich glaubte damals, das könnte nur ein kurzes Endspiel in meinem Berufsleben sein, von dem ich mich nach drei, vier Jahren in den Ruhestand verabschieden würde. Tatsächlich blieb ich noch fast dreizehn Jahre aktiv, unternahm Dienstreisen in alle Welt und konnte zusammen mit zwei Kollegen ein wichtiges Patent entwickeln, das ein neuartiges Ölfilterungsverfahren für Großtransformatoren betraf. Auch meine zweite Frau habe ich bei Macrofol kennengelernt, und zwar gleich am ersten Arbeitstag: Beatrix Pfaff-Dumont war damals 39 Jahre alt, geschieden und alleinerziehende Mutter zweier halbwüchsiger Jungen. Sie hatte eine fabelhafte Figur, trug eine schick ausgefranste Kurzhaarfrisur und sprach ausgeprägten Schweizer Dialekt – mit einem Wort, sie entsprach genau dem Idealbild, das ich mir einst in der DDR erträumte. Wie ich später erfuhr, hatten die lieben Kollegen sie mir nicht ohne Hintergedanken als Sekretärin und Assistentin zugeteilt; und das, was sie hofften, erfüllte sich dann auch genauso prompt und reibungslos wie meine Anstellung bei Macrofol. Schon am zweiten Abend ging ich nach der Arbeit mit Bea essen. Sechs Wochen später zog ich bei ihr ein. Und weitere anderthalb Jahre später wurde ich mit 63 sogar noch Vater eines Sohnes.

Ich habe also an mir selbst erfahren, dass es nie und in keiner Hinsicht zu spät ist, ein neues Leben zu beginnen und die eigenen Wünsche zu realisieren. Die Leute nennen mich einen Glückspilz. Aber sie wissen nicht, was ich weiß: dass Wünsche, sobald sie einmal realisiert und selbstverständlicher Alltag sind, rapide ihren Reiz verlieren. Das Schweizer Leben hat viel für sich, doch irgendwann bekommt man genug davon. In meinen letzten Zürcher Jahren konnte ich es kaum erwarten, wieder nach Deutschland zurückzukommen. Allein das Unerreichte und Uner- reichbare, das von einem fernen Horizont aus lockt, bleibt kostbar und erstrebenswert für alle Zeit.

1998 erhielt ich unverhofft einen neuen Anstoß für meine Suche nach dem Marxbrief, und zwar im Zusammenhang mit der

Beerdigung von Theo Meerbusch. Meine Beziehung zu Theo hatte sich in den letzten Jahren stark abgekühlt. An der räumlichen Entfernung lag das nicht; ich kam fast jedes Jahr nach Deutschland, um meine alten Freunde zu besuchen. Es lag vielmehr daran, dass Theo den Untergang der DDR für eine soziale Katastrophe hielt. In dem Maße, wie die Krankheiten und der Starrsinn des Alters Besitz von ihm ergriffen, entwickelte er sich zu einem dieser verbiesterten und weinerlichen Linken, die alles Gegenwärtige verdammen und die DDR zu einem verlorenen Paradies verklären. Früher hatten politische Differenzen kaum eine Rolle zwischen uns gespielt. Nach der Wende wurden sie unserer Freundschaft zum Verhängnis. Es kam mehrfach zu unerquicklichen Debatten, und bei unserer letzten Begegnung trennten wir uns fast wie Feinde. Trotzdem fühlte ich aufrichtige Trauer, als die Nachricht von Theos Tod mich erreichte, und ich ließ es mir nicht nehmen, zu seiner Beerdigung nach Erfurt zu reisen. Einmal war er doch ein wichtiger Mensch für mich gewesen.

Bevor ich von Berlin aus nach Zürich zurückflog, traf ich mich wie immer auf ein Bier mit Harry Schmittke, dem einstigen Gewerkschaftsmann. Der alte Knochen war mit den Jahren gleichsam in sich zusammengeschnurrt und schrumplig wie ein Trockenapfel, doch dank der zähen Konstitution, die wir schon auf dem Schiff bewundert hatten, noch immer gut zu Fuß wie auch klar im Kopf. Natürlich sprachen wir über die alten Zeiten und über unsere Schiffsbekannten, von denen viele schon nicht mehr auf der Erde weilten.

„Kannst du dich noch an den Kasparek erinnern?", fragte Harry im Verlauf des Gespräches.

„Na, sicher doch", erwiderte ich, „der saß ja mit an meinem Tisch."

„Hast du gewusst, dass der für die Stasi Immobilien verhökert hat?"

„Bitte was!?"

Harry holte weit aus: Eine Bekannte hätte kürzlich ihre Stasi-Akte gelesen und sei dabei auf einen Vorgang gestoßen, der den Verkauf einer früher im Familienbesitz befindlichen Pension betraf, wobei ein Wilhelm Kasparek... Ich konnte nicht mehr zuhören. Plötzlich hallte der Name Kasparek wie eine Alarmglocke in meinem Kopf. Aber wenn er es war, den ich suchte – wieso hatte ihn der junge Mann von diesem Bürgerkomitee nicht gefunden?

„Meinst du, dass der Kasparek damals dienstlich an Bord war?", fragte ich, als Harry endlich mit seiner Geschichte fertig war.

„Schon möglich", sagte Harry achselzuckend, „wen kümmert's?"

Ich trank von meinem Bier und dachte nach. „Ich hab mich mal gezielt nach den Stasileuten auf dem Schiff erkundigt", sagte ich schließlich.

„Warum denn das?", fragte Harry erstaunt. „Also ich will von diesem Scheiß gar nichts wissen."

Ich winkte ab. „War ein bestimmter Grund. Aber die haben keinen Kasparek gefunden."

„Vielleicht hat er ja seine Akte rechtzeitig verschwinden lassen", meinte Harry.

„Aber es gibt Querverweise", widersprach ich, „wie dort bei deiner Bekannten zum Beispiel. Und es gibt eine zentrale Kartei, da sind die Brüder alle erfasst. Du siehst nur unter K wie Kasparek nach und hast ihn."

Harry runzelte die Stirn. „Nee, nicht K", sagte er kopfschüttelnd. „Ich denke, der Mann schreibt sich mit C. Na, gönnen wir uns noch eins oder musst du schon zum Flieger?"

Ich hätte mir vor die Stirn schlagen können. Das war es – Casparek, nicht Kasparek! Unter K konnten die lange suchen in dem Bürgerkomitee. Die meisten Namen, die ich damals aufschrieb, kannte ich nur vom Hören, nicht vom Lesen. Zwar hatte ich es vermerkt, wenn ich eine bestimmte Schreibweise für unsicher hielt, aber dass Casparek sich mit C schreiben könnte, war mir nicht im Traum eingefallen. Was für Banalitäten es doch manchmal sind, die uns hindern, die richtige Spur zu finden! Denn dies hier war genau die richtige Spur, das hatte ich augenblicklich im Gefühl.

Gleich am nächsten Morgen suchte ich die jahrelang nicht mehr genutzte Nummer des Bürgerkomitees heraus. Der junge Mann, der meinen Fall betreut hatte, arbeitete schon längst nicht mehr dort, wie überhaupt das ganze Komitee in völliger Umstrukturierung begriffen und teilweise bereits in ganz anderen Institutionen aufgegangen war. Doch auch diesmal fanden sich Menschen, die mir halfen. Und diesmal stellte sich sofort der Erfolg ein, wie immer, wenn der Grundansatz, von dem man ausgeht, zutreffend ist. Nach nur zwei Tagen bekam ich, diesmal von einer jungen Dame, die Auskunft, um die ich einst vergeblich bemüht war: Wilhelm Casparek, Jahrgang 1928, seit 1962 Angestellter des MfS, wo er verschiedene Abteilungen durchlief, erst in der Bezirksverwaltung Schwerin, dann eine Zeitlang in der Ostberliner Zentrale, wo er auch eine Spezialausbildung zum Immobilienrecht absolvierte, und zuletzt in der Bezirksverwaltung Leipzig als Leiter einer Arbeitsgruppe, die sich mit Liegenschaften befasste.

Nach der Wende war er vor Gericht gestellt und in einem langwierigen Prozess zu einer mehrjährigen Haftstrafe verurteilt worden, da er in Größenordnungen illegale Grundstücksgeschäfte durchgeführt hatte; in zwei Fällen warf man ihm auch Betrug vor. Doch bereits nach einem Jahr Haft war Casparek aufgrund seines desolaten Gesundheitszustands begnadigt worden und lebte seither in einem Leipziger Pflegeheim.

Ob er noch Angehörige hatte, wusste die junge Dame nicht zu sagen, so wie sie auch nicht sicher bestätigen konnte, dass er 1983 die Reise auf der *Völkerfreundschaft* in dienstlichem Auftrag unternommen hatte. Allerdings fand sich in seiner Akte eine kleine Notiz, aus der sich das eventuell schlussfolgern ließ:

Darin war die Erstattung von „Auslagen" vermerkt, die Casparek aus eigener Kasse vorgestreckt hatte. Die Auslagen wurden zwar nicht näher bezeichnet, aber das Datum passte genau.

Willi Casparek also. Reinhilds Ehemann. Die Frohnatur mit dem meckernden Lachen, die ich so verachtet und beneidet hatte. Wie deutlich sah ich ihn noch vor mir mit seinem runden Katerkopf und seinen sieghaft leuchtenden blauen Augen. Warum hatte er meinen Brief genommen? Und warum hatte er ihn nicht an seine Genossen weitergegeben? Oder hatte er? Hatten sie gemeinsam beschlossen, meinen Marxbrief für immer verschwinden zu lassen? Wenn ich dieses Geheimnis endlich lüften wollte, musste ich es bald tun, jetzt gleich, auf der Stelle: Casparek war offenbar ein Pflegefall. Er stand an der Endstation seines Weges. Im Grunde konnte ich von Glück sagen, wenn ich ihn noch lebend antraf.

Es passte mir gar nicht, so bald schon wieder eine Reise nach Deutschland unternehmen zu müssen. Gerade steckten wir mitten in der heißen Phase unserer Patententwicklung. Aber hier ging es um die letzte Chance, ein Kapitel meines Lebens abzuschließen, das mich jahrelang beschäftigt hatte. Gleich für das nächste Wochenende buchte ich einen Flug nach Leipzig – sehr zu Beas Verärgerung, denn sie hatte für Samstag Gäste geladen. Doch die Angst, um nicht zu sagen: die Zwangsvorstellung, dass Casparek mir kurz vor der Lösung des Falles in den Tod entwischen könnte, trieb mich zu fast irrationaler Eile. Noch beim Betreten des Pflegeheimes zitterte ich vor der Möglichkeit, mit einer Todesnachricht empfangen zu werden.

Es war ein recht freundliches Pflegeheim, in dem Casparek gelandet war – große Zimmer, liebevoll gestaltete Flure. Ich hatte mein Kommen telefonisch avisiert, jedoch gebeten, meinem alten Bekannten, den ich überraschen wolle, vorerst noch nichts davon zu sagen. Da werde sich der Herr Casparek aber freuen, sagte die Pflegedienstleiterin, während sie mich zu seinem Zimmer führte, der arme Mann hätte so selten Besuch. Ich hielt den

Atem an, als die Tür aufging: Was, wenn er sich weigerte, mich zu empfangen?

Casparek saß im Rollstuhl an einem kleinen Schreibtisch und wandte sich bei unserem Eintritt zu uns um. Er wirkte keineswegs wie der hinfällige Greis, vor dessen nahem Ende ich gezittert hatte. Nein, das war noch ganz der Willi Casparek von der *Völkerfreundschaft*, stark gealtert zwar und an den Rollstuhl gefesselt, doch auf den ersten Blick wiederzuerkennen mit seinem Katerkopf und seinen wachen blauen Augen, die jetzt allerdings nicht mehr sieghaft blickten, sondern einen Ausdruck von Härte und allgemeiner Verachtung trugen.

„Da schauen Sie, Herr Casparek, Besuch für Sie", sagte die Pflegedienstleiterin munter.

„Doktor Fechner", stellte Casparek fest, „haben Sie mich also doch noch gefunden."

Seine Miene zeigte weder Unwillen noch Überraschung. Ich aber konnte mein Erstaunen kaum verbergen, nicht nur, weil auch er mich sofort wiedererkannte nach all den Jahren, sondern vor allem, weil seine Worte indirekt schon das Geständnis zu enthalten schienen, das ich ihm heute abringen wollte – oder wie sonst waren sie zu verstehen...?

„Wenn Sie vielleicht ein Tässchen Kaffee...", setzte die Pflegedienstleiterin an.

„Nein, danke", schnitt ihr Casparek das Wort ab.

Die Pflegedienstleiterin ließ uns allein. Ich setzte mich in den einzigen vorhandenen Sessel, der dem Schreibtisch schräg gegenüber stand, und sah mich in dem Zimmer um. Es war ein typisches Pflegezimmer, peinlich sauber, modern und funktionell, von einem großen Pflegebett dominiert. In der Luft hing ein Geruch nach Alter und Krankheit. Der Nachttisch lag voll mit Tablettenpackungen und medizinischen Kleingeräten. Nur auf dem Regal am Schreibtisch sah ich ein paar persönliche Gegenstände: eine Reihe Bücher, ein Fotoalbum, ein kleines Holzschiff, offenbar von einem Kind gebastelt, und eine auffallend schöne, mit

Palech-Malereien reich verzierte russische Schatulle, auf deren Deckel ein goldgelber Drache prangte.

„Anscheinend wissen Sie, weshalb ich hier bin", eröffnete ich schließlich das Gespräch. „Ich will meinen Brief zurück. Und ich will wissen, was damals passiert ist."

„Die große Abrechnung, ja?" Casparek ließ sein meckerndes Lachen hören. „Die mögt ihr gerne, die großen Abrechnungen, wie?"

„Der Brief gehört nachweislich meiner Familie." Ich versuchte, soviel Strenge wie möglich in meine Stimme zu legen. „Sie haben ihn mir widerrechtlich weggenommen. Ich könnte zur Polizei gehen und Anzeige..."

Casparek hieb mit der Faust auf den Schreibtisch, so kraftvoll, dass eine Bleistiftdose umfiel. In seinen Augen loderte der nackte Hass. „Und ich könnte einen Herzinfarkt markieren! Ich könnte Sie an die frische Luft befördern lassen, jetzt auf der Stelle! Und wenn Sie wirklich zur Polizei gehen, könnte ich sagen, ich weiß nichts von dem Brief oder meine Genossen haben ihn längst vernichtet! Und Sie würden nie erfahren, ob das stimmt!"

Ich erschrak zutiefst vor diesem Ausbruch, der mich völlig unvorbereitet traf. Verstörend war nicht, was Casparek sagte, sondern die Art, wie er es sagte, der wilde Hass in seinen Augen, der souveräne, befehlsgewohnte Ton. Es war, als hätte er sich plötzlich eine Maske vom Gesicht gerissen. Unwillkürlich musste ich an Reinhild denken. Ob es wohl in ihrer Ehe auch einen solchen Moment gegeben hatte – einen Moment der schockartigen Erkenntnis, wer der Mann an ihrer Seite war...

Casparek schob seinen Rollstuhl zum Nachttisch, griff nach einer Medikamentenpackung und nahm hastig eine Tablette ein, die er mit Wasser herunterspülte. Seine Gesichtsfarbe war jetzt bedenklich rot.

„Ich bin ein alter, kranker Mann", fuhr er nach einer Weile ruhiger fort. „Ich stehe unter Artenschutz in eurer ach so sozialen

Gesellschaft. Für mich gelten keine Drohungen mehr. Alles, was Sie mir antun könnten, haben mir schon andere angetan. Und alles, was Sie heute erfahren werden, hängt allein von meinem Willen ab. Haben Sie das verstanden, Doktor Fechner?" Mit den letzten Worten fand er wieder zurück zu seinem schneidenden Befehlston.

Ich versuchte, mich zu einer energischen Erwiderung aufzuraffen. Das kam doch wohl nicht infrage, dass ich mich dem Willen eines solchen Mannes unterwarf. Und dennoch zauderte ich, denn er hatte ja Recht – im Moment saß er eindeutig am längeren Hebel.

„Sie wollten abhauen damals, stimmt's?", fragte Casparek unvermittelt. Er hatte seinen Rollstuhl direkt vor meinem Sessel positioniert und blickte mir herausfordernd ins Gesicht.

„Was tut das jetzt noch zur Sache", protestierte ich schwach.

„Sie wollten sich in Algier abseilen und mit dem Brief in den Westen gehen", konstatierte Casparek verächtlich. „Da hätte man Sie gut dafür bezahlt. Verräter werden immer gut bezahlt."

Nicht provozieren lassen, ermahnte ich mich, nicht bevor ich weiß, was ich wissen will. „Und um diesen Verrat zu verhindern", sagte ich, bemüht, meine Empörung zu zügeln, „haben Sie mir den Marxbrief geklaut?"

„Ich wollte Sie nur von einer Straftat abhalten."

„Durch einen Diebstahl. Das ist auch eine Straftat."

Casparek zuckte spöttisch die Achseln. „Wäre es Ihnen lieber gewesen, ich hätte die Schiffsleitung informiert und Sie unter Arrest setzen lassen?", fragte er. „Es hat ja geklappt, Sie sind brav wieder nach Hause gekommen. Ist wohl doch nicht so toll, der Westen, ganz ohne Geld." Er lehnte sich zurück, um mich von oben bis unten zu taxieren. „Aber jetzt haben Sie es geschafft, nicht wahr? Sie stinken nur so nach Geld und nach Westen."

Diesmal prallte die Beleidigung an mir ab. In meinem Kopf rumorten all die Fragen, die ich nun endlich stellen konnte, doch ich wusste nicht, wo und wie ich anfangen sollte.

„Woher wussten Sie, wonach Sie suchen mussten?", fragte ich schließlich, indem ich mich für ein schlicht chronologisches Vorgehen entschied. „Wer hat Sie darauf gebracht, dass dieser Brief in meinem Besitz war?"

„Niemand. Ich hatte keine Ahnung. Sie standen einfach auf meiner Liste als einer von den Passagieren, die ich vor Ort noch mal prüfen sollte. Immerhin waren Sie geschieden, Sie waren nicht in der Partei, und Ihre Qualifikation... Man hätte Sie im Grunde gar nicht rauslassen dürfen."

Casparek lächelte plötzlich und streckte fast neckisch den Zeigefinger nach mir aus, als hätte er mich bei einem Streich ertappt. „Also wie Sie diesen Brief versteckt haben – klassische Schule, würde ich sagen", stellte er nicht ohne Genugtuung fest. „Edgar Allan Poe, hab ich recht? Der entwendete Brief, ganz offen zwischen irgendwelchen Krempel gepackt, wo kein Mensch was Wertvolles vermutet – mein Lieber, Sie sind nicht der Erste, der auf diesen Trichter gekommen ist! Warum traut uns eigentlich niemand zu, dass wir Edgar Allan Poe lesen wie andere Leute auch? Bei meinen Einsätzen hab ich grundsätzlich jedes Stück Papier untersucht, ganz gleich, ob es wertvoll aussah oder nicht."

Mit Staunen hörte ich ihm zu. Er war regelrecht in Plauderstimmung geraten, ein alter Mann, der voller Stolz von seinen beruflichen Erfolgen erzählt, von den goldenen Zeiten in seinem Leben. Seine Augen hatten sogar wieder ihren alten sieghaften Glanz bekommen. „Immer haben mich die Leute für blöder gehalten, als ich bin", sinnierte er fast träumerisch. „Sie ahnen nicht, was das für ein Kapital ist."

„Warum wurden Sie mit mir am selben Tisch platziert?", fragte ich. „Hatten Sie auch Auftrag, mich auszuhorchen?"

„Quatsch!", widersprach Casparek mit Nachdruck. „Niemand hat uns am selben Tisch platziert. Das ist reiner Zufall gewesen. Ich hatte 26 Leute auf der Liste – dass ihr euch alle immer so wichtig nehmt!"

Vorwurfsvoll schüttelte er den Kopf. Das viele Reden strengte ihn sichtlich an; und dennoch sprach er immer weiter, wie jemand, der nach jahrelangem Schweigen endlich Gelegenheit hat, sich zu entäußern.

„Von der Schiffsleitung war nur ein einziger Genosse über meinen Einsatz informiert", fuhr er fort. „Der hat mich auch gesichert bei den Überprüfungen. Den Kapitän sollte ich nur in einem Ernstfall kontaktieren. Ich wusste nicht mal, dass Sie Detektiv gespielt haben. Alle Achtung übrigens, Sie sollen ja damals einen Mörder überführt haben."

„Sie wussten nichts vom Mordfall Brinkmann?", fragte ich einigermaßen verblüfft.

„Von dem Mordfall schon, aber nicht von den Ermittlungen durch Passagiere. Davon hat unser Mann an Bord erst kurz vor Warna erfahren und ich folglich auch."

„Aber hat man Ihre Behörde nicht...?"

„Natürlich, aber das ist über eine ganz andere Abteilung gelaufen. Und bis die Sache auf dem Dienstweg bei mir ankam, saß ich längst wieder zu Hause an meinem Schreibtisch. In Wirklichkeit war das auch kein richtiger Einsatz damals auf der *Völkerfreundschaft*. Es war einfach eine tolle Gelegenheit, diese Auszeichnungsreise mitzumachen – um sowas wird man von allen Genossen beneidet. Ich meine, 26 Leute sind schnell überprüft, und ab Algier konnte ich Urlaub machen, genau wie jeder andere an Bord. Und den hatte ich mir auch redlich verdient. Jahrelang waren wir nicht rausgekommen, Reinhild und ich... Ich dachte, die Reise würde ihr gut tun..."

„Hat Ihre Frau gewusst..." Ich stockte, aber Casparek half mir nicht. „Hat sie gewusst, mit welchem Auftrag Sie auf dem Schiff waren?"

Casparek rollerte zurück zum Nachttisch und trank aus seinem Wasserglas. Er ließ sich Zeit, bevor er Antwort gab. „Natürlich nicht", erklärte er schließlich, während er mit ruckartiger Bewegung das Wasserglas wieder auf den Nachttisch stellte.

„Aber sie hat was geahnt... Sie hat ja ständig irgendwas geahnt und geargwöhnt... auch wenn es absolut idiotisch war..."

Ich schluckte. Jetzt war der Moment gekommen, die Frage zu stellen, die mir mehr bedeutete als selbst die Suche nach dem Marxbrief: „Was hat sie... Was ist aus ihr geworden?"

„Gestorben ist sie", gab Casparek prompt zurück, wobei er mich mit herausforderndem Blick fixierte, „genau an Weihnachten 1991. Aber da hat sie schon nicht mehr bei mir gewohnt. Gleich nach der Wende ist sie weg, wie eine Ratte, die das sinkende Schiff verlässt. Wollte noch mal von vorn anfangen – ha! Die dumme kleine Ratte hat nicht begriffen, dass sie ohne mich gar nichts anfangen konnte. Schön auf die Fresse ist sie geflogen. Als sie das letzte Mal anrief, war sie wieder hackedicht. Auf dem Totenschein stand nur Nierenversagen. Was genau passiert ist, hab ich nie erfahren. Ich hoffe, sie ist erstickt an ihrer eigenen Kotze!"

Wieder war seine Gesichtsfarbe bedenklich dunkelrot geworden. Mit zitternden Fingern tastete er nach seiner Medikamentenpackung. Da das Wasserglas fast leer war, riss er hektisch den Nachtschrank auf und nahm eine neue Flasche Wasser heraus. „Ich weiß, Sie hatten damals ein Auge auf sie", fuhr er beim Hantieren zu reden fort. „Seien Sie froh, dass nichts draus geworden ist. Eine wie die wäre bei euch im Westen gar nicht gut gewesen für die Karriere. Ich hab Ihren Ehering gesehen. Ist bestimmt eine 1A-Vorzeigefrau, mit der Sie jetzt verheiratet sind. Ein feiner Mann wie Sie hat noch nie im Leben einer Säuferin die Kotze vom Mund gewischt."

„Hätte ich gemacht...", hörte ich mich murmeln – gottlob so leise, dass Casparek, der gerade unter Zischen, Klirren und Rascheln die Wasserflasche öffnete, das Glas füllte und sich die nächste Tablette einwarf, mich hoffentlich nicht verstehen konnte. Ohnehin wusste ich kaum, was ich sagte. Ich war entrückt auf ein fernes Schiff, verloren an einen Blick, an den Klang einer Stimme, und ich fühlte wieder den vertrauten durchdringenden Schmerz, so stark, als hätte sich das alles erst gestern zugetragen.

Auch Casparek brauchte offenbar Zeit, um in die Gegenwart zurückzufinden. Er trank Wasser und beruhigte sich langsam, während ich mit zusammengepressten Zähnen versuchte, mich wieder auf mein Anliegen zu konzentrieren. Der Marxbrief, nur darum ging es jetzt noch. Alles andere war unwiederbringlich vorbei.

„Okay!" Ich atmete so tief aus, als könnte ich den Schmerz damit von mir stoßen. „Sie haben meinen Brief geklaut und mich daran gehindert, zum Verräter zu werden. Wie ging es dann weiter? Haben Sie den Brief bei Ihren Genossen abgeliefert?"

Casparek schaute zum Fenster hinaus. „Nein", erwiderte er unwirsch.

„Warum nicht?"

„Seien Sie froh", sagte Casparek, indem er leicht die Augenbrauen hob. „Sie hätten nichts zu lachen gehabt. Versuchte Republikflucht ist kein Pappenstiel."

„Warum haben Sie mich dann nicht meiner gerechten Strafe zugeführt? Ich war doch das, was Sie den Ernstfall nennen."

Casparek fuhr plötzlich zu mir herum. „Weil ich den Brief gelesen habe, darum!", sagte er mit sichtlichem Widerwillen. „Was übrigens ein hartes Stück Arbeit war. Der hatte eine echte Sauklaue, der Marx."

Ich begann zu ahnen, worauf er hinauswollte. „Hat Ihnen nicht so gut gefallen, was er da schreibt?"

Casparek beugte sich im Rollstuhl vor. Seine blauen Augen spiegelten jetzt den tiefen Ernst des Idealisten. „Mir hat der Gedanke nicht gefallen, dass dieser Brief in falsche Hände gerät! Für den Gegner wäre das doch ein gefundenes Fressen gewesen: Hoho, der große Marx, Heros der Arbeiterbewegung, und siehe da, er war auch nur ein schwacher Mensch! Da hätten die da drüben sich doch die Hände gerieben! Das hätten die doch nur benutzt, um unsere Idee zu diffamieren!"

„Dann verstehe ich erst recht nicht, warum Sie den Brief vor Ihren Genossen…"

„Weil die längst nicht mehr alle so dachten wie ich!", fiel mir Casparek aufgebracht ins Wort. „Die hatten doch bloß noch Devisen im Kopf! Die kannten doch gar keine Grundsätze mehr! Ihr Marxbrief wäre bei der Koko gelandet, und glauben Sie, Schalck-Golodkowski hätte auch nur eine Minute gezögert, ihn für schwere Devisen an den Westen zu verhökern? Ich kenne Schalck, ich hab mit ihm gearbeitet, ich weiß Bescheid, wie diese Koko-Leute ticken!"

„Verräter in den eigenen Reihen, wie?" Ich konnte mir ein Auflachen nicht verkneifen.

Casparek lehnte sich zurück und blickte wieder zum Fenster hinaus. „Wenn man einen solchen Brief in die Hand kriegt", erklärte er nahezu feierlich, „muss man verantwortungsvoll damit umgehen. Jemand wie Sie wird das nie begreifen."

In meinem Kopf arbeitete es: Wo war der Brief jetzt? Hatte er ihn vernichtet? Oder all die Jahre über behalten? Hielt er ihn womöglich bis heute versteckt, irgendwo in einem Safe oder Bankschließfach…?

„Hören Sie", sagte ich fast bittend, „das spielt doch jetzt alles keine Rolle mehr. Schalck-Golodkowski ist Geschichte und euer Sozialismus auch. Jetzt machen Sie Schluss mit der Heldenpose. Sagen Sie mir, wo mein Brief ist, und wir gehen friedlich auseinander."

„Das hätten Sie wohl gerne, Doktor Fechner, was?" Casparek hielt den Blick noch immer auf die Fensteraussicht gerichtet.

„Verdammt, wollen Sie den Brief mit ins Grab nehmen!" Ich sprang auf und lief im Zimmer umher. „Das ist doch ein historisches Dokument!"

„Oho, da spricht der Sieger der Geschichte", rief Casparek mit ätzender Ironie. „Ihr wisst ja auch so gut Bescheid, wie man historische Dokumente benutzt, um die Menschen gegen uns aufzuhetzen – um unsere Traditionen in den Dreck zu ziehen! Es reicht, ihr habt genug Unheil angerichtet mit historischen Dokumenten!"

Ich war vor dem Schreibtischregal stehengeblieben. Der Brief ist hier, dachte ich plötzlich, irgendwo in diesem Raum. Für Casparek gab es sonst keinen Ort auf der Welt, wo er etwas verstecken konnte. Er hatte weder einen Safe noch ein Bankschließfach, und eine Vertrauensperson hatte er auch nicht.

„Was wird das, wollen Sie mein Zimmer durchsuchen?", fragte Casparek amüsiert. „Nur zu, vielleicht hab ich den Brief ja irgendwo dort zwischen die Bücher gesteckt."

Ich betrachtete die Büchersammlung, eine Mischung von Klassikerausgaben und Revolutionsliteratur. Obenauf lag ein dickes Familienalbum. Sollte ich es vom Regal nehmen?

„Oder in die Matratze eingenäht", sagte Casparek, dessen Laune immer besser wurde. „Oder zwischen zwei Dielenritzen geschoben. Oder längst ein Feuerchen draus gemacht. Sie werden es nie erfahren, Doktor Fechner."

Mein Blick wanderte zu der Palech-Schatulle mit dem goldgelben Drachen auf dem Deckel. An der Vorderseite waren kleine Schubladen, die man aufziehen konnte. Nein, so einfach würde es nicht sein…

„Aber eins können Sie wissen", fuhr Casparek fort, „falls der Brief versteckt ist, ist er gut versteckt. Nicht so stümperhaft wie damals auf der *Völkerfreundschaft*. Im Verstecken bin ich Profi."

Von einem unwiderstehlichen Impuls getrieben hob ich den Deckel der Schatulle. Der gefütterte Innenraum lag voll mit kleinen Steinen, wie man sie am Strand als Andenken sammelt. Casparek brach in meckerndes Gelächter aus.

„Reingefallen!", schrie er und schlug sich die Schenkel wie ein ausgelassener kleiner Junge. „Kalt, eiskalt, aber such nur weiter, such, mein Hündchen, such, such, such! Wuff! Wuff! Wuff! Wuff!" Er ahmte täuschend echt das Kläffen eines kleinen Hundes nach. „Du kriegst mich nicht, du kriegst mich nicht! Wuff! Wuff! Wuff! Wuff!"

Ich schloss die Schatulle und ging wortlos hinaus. Noch auf dem Gang hallte Caspareks Kläffen mir nach, und vor meinen Augen tanzte hässlich grinsend der goldgelbe Drache auf dem Deckel der Schatulle. Zügig, fast fluchtartig schritt ich über die langen Flure und Treppen ins Freie. Erst draußen, als die kühle frische Luft mich umwehte, blieb ich stehen und sah noch einmal die Fassade des Pflegeheims empor. Nicht mal auf der Folterbank würde dieser Mann dort oben sein Geheimnis lüften; und nicht mal eine Hundertschaft von Polizisten war imstande, sein Versteck zu finden, wenn er es als unauffindbar angelegt hatte. Der Hass, der Casparek am Leben hielt, gab ihm die Kraft, der ganzen Welt zu trotzen; und bis er starb, konnten noch Jahre vergehen. Es war das Beste, das einzig Vernünftige, ich schlug mir den Marxbrief aus dem Kopf, für immer. Dass ich den Diebstahl bis zu einem gewissen Grade aufgeklärt hatte, musste mir genügen. Ein komplettes Happy End würde es nicht geben. Es war sinnlos, seine Kräfte zu verschwenden für ein unerreichbares und im Grunde auch ganz unnötiges Ziel. Doch warum ging mir dann der Verlust so nahe? Tat es mir um das Geld leid, das der Marxbrief wert war? Um den historischen Wert eines für immer verlorenen Dokuments? Um die Vergangenheit, mit der ich abschloss? Oder war da noch etwas ganz anderes, etwas Konturloses, unendlich Fernes...?

Ich schüttelte den Kopf, als wollte ich einen lästigen Spuk beiseite wischen. Bis zu meinem Heimflug hatte ich noch mehrere Stunden Zeit. Ich würde jetzt in die Innenstadt fahren und versuchen, ein paar hübsche Mitbringsel für Frau und Sohn zu kaufen. Und dann würde ich auf der Fressmeile italienisch essen – oder lieber griechisch? Ach ja, und im Dienst musste ich noch anrufen, sonst fanden die das Memo von dem Dreyer nie. Ich zog mir den Schal enger um den Hals und wandte mich ab in die Realität.

# Nachtrag der Herausgeberin

Dr. Fechners Brief an mich lag in dem Manuskriptpacken ganz zuunterst. Deshalb entdeckte ich ihn erst, nachdem ich schon etwa drei Viertel seines Textes durchgearbeitet hatte – einen handgeschriebenen Brief in einem Umschlag, auf dem mein Name stand. Wie immer war Dr. Fechners Schrift schwer zu lesen, doch ich hatte mittlerweile Routine und entzifferte unschwer die folgende Botschaft:

*Liebe Tanja,*

*wenn Sie diese Zeilen lesen, werde ich nicht mehr am Leben sein. Ich habe mir in den letzten anderthalb Jahren die viele Zeit, die ich nach meiner Pensionierung plötzlich hatte, mit den beiliegenden Aufzeichnungen vertrieben, doch jetzt weiß ich nicht so recht, was ich mit ihnen anfangen soll. Einerseits war und ist es mir sehr wichtig, die Geschehnisse von damals dem Vergessen zu entreißen. Doch sie an die Öffentlichkeit zu tragen, zögere ich aus mehr als einem Grund. Abgesehen davon, dass der Bericht Details aus meinem Privatleben enthält, deren Offenlegung mir nicht angenehm wäre, ist es auch der quasi politische Aspekt, der mich in der Enthüllung des Falles Brinkmann ein gewisses Wagnis erblicken lässt. Soviel ich weiß, ist es weder vor noch nach der*

Wende je publik geworden, dass die Völkerfreundschaft einmal der Schauplatz eines Tötungsdeliktes war. Auch das tragische Schicksal des Alfred Wohlert wurde noch von keinem Historiker oder Journalisten thematisiert. Ich möchte nicht der Erste sein, der hier womöglich Staub aufwirbelt und an Dinge rührt, die geeignet sind, noch lebende Menschen zu verletzen.

Natürlich ist mir klar, dass dieser Aspekt mit jedem Jahr an Bedeutung verliert. Schon heute sind die meisten der beteiligten Personen verstorben oder in Demenz versunken – sie waren ja schon damals nicht mehr die Jüngsten. Bald wird die Macht der Zeit den Mordfall Brinkmann auf eine historische Ebene heben, die vielleicht auch für die Nachgeborenen von einigem Interesse ist. Sie, liebe Tanja, scheinen mir von all meinen Bekannten die Richtige zu sein, um das verantwortungsvoll beurteilen zu können. Dazu befähigt Sie nicht allein Ihr literarisches und historisches Wissen, sondern auch die persönliche Beziehung, die Sie durch Ihre lieben Eltern zum Thema meines Berichtes haben. Beim Schreiben dachte ich oft an sie und an die schönen Stunden, die wir alle gemeinsam in eurem Spindlersfelder Haus verlebten. Deshalb habe ich beschlossen, meinen Bericht in Ihre Hände zu legen und es ganz Ihrem Ermessen zu überlassen, was Sie damit anfangen wollen. Für den Fall, dass Sie sich entschließen sollten, ihn der Öffentlichkeit zugänglich zu machen, übertrage ich Ihnen mit beiliegender Verfügung sämtliche Rechte an meiner Arbeit.

Eine zweite Verfügung betrifft das verschollene Autograph von Karl Marx. Wie Sie inzwischen wohl gelesen haben, ist es mir leider nicht gelungen, es wieder in meinen Besitz zu bringen. Es wurde auch nach dem Tod Willi Caspareks, zumindest laut Auskunft des Pflegeheimes, nicht in dessen Nachlass gefunden und meines Wissens nirgends zum Verkauf angeboten, jedenfalls nicht offiziell. Aber Sie, liebe

*Tanja, haben ja durch Ihre Computer- und Recherchekennt-*
*nisse weitaus bessere Möglichkeiten als ich, den derzeitigen*
*Aufenthaltsort meines Marxbriefes zu ermitteln; und sollten*
*Sie ihn wiederfinden, so ist es mein Wunsch, dass er Ihnen*
*gehört. Sie werden für eine gebührende Würdigung dieses*
*außer- gewöhnlichen historischen Dokumentes sorgen; und*
*das Geld aus einem möglichen Verkauf könnten Sie sicher-*
*lich auch gut gebrauchen.*
*Ich wünsche Ihnen ein erfülltes Leben und viele gute Einfälle*
*beim Schreiben! Erinnern Sie sich noch an unser Gespräch,*
*in dem Sie mich um die Erfüllung meiner Lebenswünsche be-*
*neideten? Aber ich versichere Ihnen, nicht immer ist es ein*
*reines Glück, wenn Lebenswünsche sich erfüllen.*
*In diesem Sinne – machen Sie die unerfüllten Lebenswün-*
*sche produktiv!*

*In alter Freundschaft*

*Ihr Jan Fechner*

Ich war so erstaunt und gerührt, dass mir die Tränen in die
Augen traten. Noch nie hatte ich einen Brief erhalten, in dem
mich aus dem Grab heraus die Stimme eines alten Freundes an-
sprach. Und was für ein Vermächtnis er mir hinterließ! Ich überflog die beiden testamentarischen Verfügungen, die dem Brief
als Anlagen beigefügt waren und mir exklusiv sämtliche Rechte
an Dr. Fechners Aufzeichnungen sowie auch an dem derzeit verschollenen Marx-Autographen sicherten, notariell beglaubigt
und juristisch dermaßen wasserdicht, dass Bea sie unmöglich
anfechten konnte.

War ich nun doch eine Erbin von Wertpapieren? Damals nach
dem Eintreffen der Sendung Dr. Fechners hatte ich Bea brieflich
versichert, sie enthalte wirklich nur ein Manuskript, anscheinend persönliche Erinnerungen, ich sei noch nicht zum Lesen

gekommen. Doch das mit den persönlichen Erinnerungen hätte ich nicht schreiben sollen, denn postwendend traf ein zweiter energischer Brief der Witwe ein, in dem sie mir jedwede Veröffentlichung der Erinnerungen ihres verstorbenen Mannes untersagte, sofern sie nicht von ihr, Beatrix Fechner, geprüft und genehmigt worden wäre. Die arme Frau! Wahrscheinlich glaubte sie, Dr. Fechner hätte sich in seinen Erinnerungen über sie beklagt. Doch dafür war er viel zu anständig, viel zu diskret. *Nicht immer ist es ein reines Glück, wenn Lebenswünsche sich erfüllen* – das war alles, was er an Klagen äußerte. Und der Mann wusste, was er da schrieb. Er wusste, wes Geistes Kind Bea war, und hatte seine geistigen Schätze sehr bewusst vor ihr verborgen. Wie sinnreich und wie raffiniert, dass er den Brief in seinem Packen ganz zuunterst legte. Nur wer sich durch den Berg des Manuskriptes fraß, gewann den Zugang zum Schlaraffenland der Erbschaft. Ich hatte es geschafft, und ich hatte es verdient.

Doch bei genauerem Nachdenken wurde meine Genugtuung stark gedämpft. Es war schon eine merkwürdige Erbschaft, die ich da gewonnen hatte. Sie konnte mehr wert sein als alles, was Dr. Fechner sonst hinterlassen hatte, sie konnte aber auch gar nichts wert sein. Was das Manuskript betraf, so fand ich es persönlich zwar sehr lesenswert und hatte ohnehin beschlossen, es zu publizieren; doch das bedeutete noch lange nicht, dass es mir auch Geld einbringen würde. Welche Aussicht auf Publikumsinteresse hatte der Bericht über einen alten Kriminalfall aus der DDR? Dergleichen würde heutzutage kaum als Mega-Bestseller durch die Decke gehen. Und dann dieser Marxbrief – wie sollte ich den noch wiederfinden nach all den Jahren? Bestimmt war er längst unter der Hand verkauft und im Besitz eines dubiosen Raritätensammlers.

Doch von wem verkauft? Nicht von Willi Casparek. Wenn ich Dr. Fechners Darstellung folgte, war der Mann zwar ein ausgemachtes Arschloch, doch den Wert des Marxbriefes wusste er auf seine Art zu schätzen. Gut möglich, dass er ihn weder verkauft noch vernichtet, sondern bis zum Ende seines Lebens irgendwo versteckt gehalten hatte. Und dann? Was geschah nach Caspareks Tod? Hatte das Pflegepersonal sein Zimmer entrümpelt und die uralten Papiere achtlos auf den Müll geworfen? Oder hatten die Erben alles abgeholt? Aber welche Erben? Willi Casparek war seit Jahren Witwer gewesen, sein Sohn im Kindesalter verstorben. Wer hatte sein Erbe angetreten?

Ich fand, es sei einen Versuch wert, dieser Frage nachzugehen. Dr. Fechner hatte ja Recht: Das Internet und die sozialen Medien boten mir ganz andere Möglichkeiten als ihm, die Wege von Menschen zu verfolgen. Zwar Ex-DDR-Bürger waren schwer zu finden – sie hinterließen kaum Spuren im Netz. Doch ich hatte schon bei mehreren Gelegenheiten zur DDR-Geschichte recherchiert und kannte allmählich ein paar brauchbare Quellen. Schnell hatte ich herausgefunden, dass Wilhelm Casparek 2002 in einem Leipziger Seniorenheim verstorben war. Ich rief dort an und gab vor – nun ja, ich gab etwas vor, was nicht zutraf. Aber ich will hier nicht meine Tricks verraten. Auf jeden Fall gelang es mir, einen Namen zu herauszufinden: Gunther Poschmann. Er war der Neffe des Verstorbenen, der Sohn seiner Schwester.

Zum Glück gab es bundesweit nur zwei Gunther Poschmanns – wäre ich an einen Müller geraten, ich hätte mit Sicherheit aufgeben müssen. So aber war es ein Leichtes, den Richtigen zu finden; und zu diesem spuckte das Netz auch einiges an Informationen aus. Er war Installateur mit eigener Firma gewesen, hatte sich jedoch seit Jahr und Tag zur Ruhe gesetzt und wohnte etwas außerhalb von Leipzig.

Per E-Mail nahm ich Kontakt mit ihm auf. Ich schrieb, ich sei Historikerin und wolle über organisatorische Strukturen innerhalb der Stasi schreiben. Bei meinen Recherchen sei ich auf den Namen seines Onkels Wilhelm Casparek gestoßen, der offenbar ein wichtiger Mann im Ministerium für Staatssicherheit gewesen sei. Falls es in der Familie noch Dokumente von und über Wilhelm Casparek gebe, würde ich sie mir gern ansehen.

Keine Antwort. Nach einer Woche versuchte ich telefonisch mein Glück. Eine Elke Poschmann meldete sich, betulich, freundlich und breit sächsisch sprechend. Nein, ihr Mann sei nicht zu Hause. Eine E-Mail? Schon möglich, sie und ihr Mann gingen nur noch selten an den Computer. Ich gab also abermals mein Verslein zum Besten: Historikerin, Stasi-Strukturen, Dokumente über Wilhelm Casparek... Was, über Onkel Willi, rief Elke Poschmann, das werde ihren Mann aber interessieren! Und sie versprach, ihm mein Anliegen gleich auszurichten.

Am selben Abend noch rief Gunther Poschmann zurück und erzählte mir alles über Onkel Willi. Der Mann redete wie ein Wasserfall und war nur schwer zu unterbrechen. Er hatte jahrelang in dem Glauben gelebt, Onkel Willi wäre Direktor bei der Post. Erst kurz vor der Wende vertraute seine Mutter ihm unter dem Siegel der Verschwiegenheit an, dass Onkel Willi im Ministerium für Staatssicherheit arbeitete. Das hatte ihn damals hart getroffen, denn er mochte seinen Onkel Willi. Ja, er mochte ihn auch noch, als er Bescheid über ihn wusste. Was die nach der Wende mit ihm machten, das hatte er einfach nicht verdient, ein so gemütlicher und lebensfroher Mann, wie er war. Dabei hatte er im Leben so viel Pech gehabt, auch vor der Wende schon, vor allem mit seiner Frau, die eine haltlose Schnapsdrossel gewesen war. Zu Oma Gerdas achtzigstem Geburtstag, da hatte die sich doch so volllaufen lassen, dass sie zuletzt auf allen Vieren...

Hier unterbrach ich ihn etwas abrupt mit der Frage, ob er nicht vielleicht noch irgendwelche Dokumente von Onkel Willi hätte, alte Akten zum Beispiel oder Fotos oder Briefe...? Aber sicher doch, rief Poschmann, auf dem Dachboden lägen noch mehrere Ordner – sogar die Personalakte von Onkel Willi bewahre er auf; und es folgte eine lange Geschichte darüber, wie er an die Akte herangekommen war. Endlich holte er einmal etwas tiefer Luft, so dass ich die Frage anbringen konnte, ob ich eventuell mal vorbeikommen und mir die Dokumente ansehen dürfe...? Ja, gern, aber nächste Woche sei es ganz schlecht, da hätte er zwei Arzttermine, und dann sei er noch bei einem guten alten Freund eingeladen, in Taucha drüben zur Goldenen Hochzeit...

Das Gespräch dauerte über eine Stunde, doch am Ende gelang es mir tatsächlich, einen Besuchstermin zu vereinbaren. Als ich auflegte, war ich erschöpft und entnervt – und dennoch erstmals von wirklicher Hoffnung erfüllt. Dieser Poschmann hatte den Marxbrief offensichtlich nicht verkauft, sonst hätte er Lunte gerochen und ganz anders auf meine Fragen reagiert. Eine derart ungehemmte Mitteilungsfreude konnte nicht geheuchelt sein. Der Mann hatte einfach keine Ahnung, dass der Marxbrief existierte, und genau das war meine Chance. Schon tauchten die abenteuerlichsten Schatzsucher-Szenarien vor meinem geistigen Auge auf. Ich sah mich auf dem Dachboden eines Leipziger Einfamilienhauses zwischen vergilbten Papieren wühlen, sah in diffusem Dämmerlicht hinter Spinnweben die Unterschrift mit dem charakteristischen, leicht verbogenen K aufleuchten... Welch ein Sensationsfund, welch ein Fressen für die Historiker und Sammler – und das im Marx-Jahr 2018! Ob ich wohl Sotheby's dafür interessieren könnte...?

Als ich ungefähr zwei Wochen später zu den Poschmanns nach Leipzig fuhr, hatte ich meinen Plan fix und fertig im Kopf. Zwar trug ich für alle Fälle eine Kopie von Dr. Fechners Verfügung bei mir, doch falls ich tatsächlich den Marxbrief fand, so wollte ich ihn möglichst einfach einstecken und keine schlafenden Hunde wecken. Die Poschmanns mochten ihre Ansprüche haben, vielleicht nicht juristisch, aber doch moralisch: Schließlich konnten sie nichts dafür, dass Onkel Willi den Marxbrief geklaut hatte, und sie waren im Begriff, mir vertrauensvoll Zugang zu seinen Unterlagen zu gewähren. Doch bevor ich das mit ihnen klärte, sollte der Brief erst mal in meinem Besitz sein.

Das Haus der Poschmanns lag in einer Reihenhaussiedlung älteren Baujahrs. Es sah sehr gepflegt aus, genau wie der Garten, in dem jeder Quadratzentimeter hingebungsvoll bearbeitet war. Die Poschmanns standen schon in der Tür, als ich aus meinem

Wagen stieg. Sie baten mich in das peinlich saubere, altmodisch eingerichtete Haus, boten mir Kaffee an und erwiesen sich im einleitenden Smalltalk ganz als das nette, sächsisch gemütliche Rentnerpaar, das ich mir am Telefon vorgestellt hatte.

„Möchten Sie noch ein Tässchen?", fragte Elke Poschmann und hielt mir die Kaffeekanne entgegen.

„Später vielleicht", erwiderte ich. „Jetzt würde ich erst mal gern, wenn Sie erlauben…"

Die Poschmanns führten mich in ihr Arbeitszimmer, wo schon alles liebevoll für meine Recherche vorbereitet war: Auf dem Schreibtisch lag ein Stapel mit Ordnern und Alben, akribisch übereinander geschichtet, dazu ein Block mit Kugelschreiber für Notizen; sogar an ein Glas Wasser hatten sie gedacht. Ratlos blickte ich nieder auf das akkurate Arrangement. Hier würde ich den Marxbrief ganz bestimmt nicht finden. Was hier lag, hatten andere schon vor mir gefunden. Aber wie sollte ich erklären, dass ich gekommen war, um auf dem Dachboden zu wühlen?

Respektvoll ließen mich die Poschmanns allein. „Wenn Sie Fragen haben, wir sind gleich nebenan." Gunther Poschmann lächelte mir zu, als er hinausging, und verkündete mit erhobenem Zeigefinger: „Nachher hab ich noch 'ne Riesenüberraschung für Sie." Mechanisch lächelte ich zurück. Eigentlich hatte ich ja gehofft, eine Riesenüberraschung für ihn zu haben. Aber es sah gar nicht gut aus.

Wohl eine Stunde lang ging ich die Dokumente durch. Ich las die Personalakte von Wilhelm Casparek. Ich fraß mich durch diverse Ordner, in denen von OV-Vorgängen oder Rückgabeansprüchen die Rede war. Ich blätterte das Fotoalbum der Familie Casparek durch, wobei ich auch, ganz wie es sich für eine Schatzsucherin gehörte, nach zusammengeklebten Seiten tastete; und minutenlang vergaß ich völlig, weshalb ich hergekommen war, als ich die Fotografie von einer jungen Frau aufschlug. Sie hielt einen schmollend dreinblickenden kleinen Jungen auf dem Arm und lächelte mit dem zärtlichen Stolz der Mutter in die Kamera.

Das musste sie sein, Reinhild Casparek. Sie sah so schön und so glücklich aus, dass es mir einen Stich ins Herz gab.

Von dem Marxbrief fand ich natürlich keine Spur. War das nun alles – Ende einer Dienstfahrt? Ich entschloss mich, die Poschmanns nun doch direkt nach diesem ominösen Dachboden zu fragen; immerhin hatte der Mann ihn am Telefon erwähnt. Und wenn die Leute stutzig wurden, musste ich sie eben einweihen. Mit der Verfügung von Dr. Fechner in der Tasche dürfte das Risiko so groß nicht sein.

Ich verließ das Arbeitszimmer und sah vom Flur aus Elke Poschmann hinten in der Küche hantieren. Sogleich ließ sie den Lappen fallen und kam mir entgegen.

„Na? Haben Sie was Brauchbares gefunden?"

„Ja, danke", sagte ich, „aber ich wollte fragen..."

In diesem Moment war ich auf der Höhe des Poschmannschen Wohnzimmers angelangt, und was ich dort sah, ließ mich verstummen. Auf dem Tisch stand eine auffällige Schatulle offensichtlich russischer Herkunft, gestaltet wie eine kleine Truhe und im Palech-Stil prachtvoll bemalt; ein besonderer Blickfang war das Motiv eines goldgelben Drachens auf dem Deckel. Und daneben im Sessel saß Gunther Poschmann, der mir verschmitzt entgegenlachte. Ich begriff: Jetzt kam die Riesenüberraschung.

„Das... ist von Ihrem Onkel Willi?", fragte ich, obwohl ich die Antwort kannte, und trat langsam näher an den Tisch heran.

„Schöne Arbeit, nicht wahr?", meinte Poschmann behaglich. „Sehen Sie hier die kleinen Fächer, die kann man öffnen – und hier den Deckel, sehen Sie, den auch. Aber wissen Sie, was man noch öffnen kann?"

„Nein...?"

„Das hier!" Poschmann griff unter die Schatulle, drückte auf einen bestimmten Punkt, und plötzlich sprang, von einer Federung ausgelöst, nach der Hinterseite noch ein Fach auf, das vorher völlig unsichtbar gewesen war. Verblüfft fuhr ich zurück. Ein Geheimfach! Sowas kannte ich nur aus alten Romanen.

Gunther Poschmann brach in Gelächter aus.

„Da staunen Sie, was?", rief er triumphierend. „Ich hab auch gestaunt, das können Sie mir glauben. War reiner Zufall, dass ich es überhaupt entdeckt hab. Ich wollte die Schatulle nämlich verkaufen, so ein halbes Jahr nach Onkel Willis Tod, und nehm die Steine raus, da waren nämlich so Steine drin, und denk, warum ist die denn jetzt immer noch so schwer, und drück ein bisschen dran rum, und da... Aber wissen Sie, warum die Schatulle so schwer war?"

„Nein...?"

„Weil da was drin lag! Wollen Sie wissen, was?"

„Ja...?"

„Jaha! Jetzt kommt nämlich das Allerbeste!"

Herr Poschmann machte eine genüssliche Pause. Seine Frau war lächelnd neben ihn getreten und weidete sich gleichfalls an meiner Überraschung. Man sah, es war nicht das erste Mal, dass sie vor Gästen diese kleine Show darboten; doch ich bin überzeugt, sie hatten niemals ein derart gespanntes Publikum wie mich.

Langsam, langsam zog Herr Poschmann die Schublade der in Reichweite stehenden Kommode auf, griff hinein und – knallte mit einem schallenden „Das hier!" eine Pistole auf den Tisch.

„Eine alte Makarov", erklärte er. „Keine Angst, sie ist nicht geladen. Und ich hab mir natürlich eine Waffenbesitzkarte besorgt."

Ich setzte mich in den anderen Sessel und strich vorsichtig mit zwei Fingern über den glatten schwarzen Griff der Pistole. Noch niemals hatte ich eine Waffe berührt.

„Wahrscheinlich hat er sie mitgehen lassen, als der Laden damals aufgelöst wurde", fuhr Poschmann in seinem Redeschwall fort. „Ich dachte, ich fall vor Überraschung vom Stuhl – springt plötzlich dieses Geheimfach auf, und da liegt das Ding zusammen mit ein paar alten Briefen. Weiß Gott, was Onkel Willi damit wollte – vielleicht Schluss machen, wenn es hart auf hart kam."

„Dürfte ich mir die Briefe mal ansehen?", fragte ich so beiläufig wie möglich.

„Welche Brie…? Ach, die da mit drin lagen! Nein, hab ich längst weggeschmissen. Schauen Sie sich hier das Zeichen an. Diese Reihe wurde noch in Suhl produziert, aber nur bis 1965, dann haben die sowjetischen Waffenbrüder alles wieder an sich gerissen. Die wollten…"

„Erinnern Sie sich noch, was für Briefe das waren… ich meine, die da mit drin lagen?"

„Die da mit…? Ach so, nein, nicht was Sie denken – die hatten nichts mit seiner Arbeit zu tun. Das waren so Liebesbriefe, von verschiedenen Frauen… Auch einer von der Schnapsdrossel, das weiß ich noch. Und dann ein ganz alter Brief, den konnte ich gar nicht lesen, muss von Uropa Karlheinz gewesen sein…"

„Und Sie haben alles – alles weggeworfen?!"

„Nicht alles. Zwei Feldpostbriefe von einem Achim, die hab ich zu Geld gemacht, so altes Zeug aus dem Krieg wird ja gerne genommen. Aber sonst war da nur Onkel Willis Privatkram, nichts von Bedeutung für Historiker wie Sie." Er griff nach der Pistole und wog sie in der Hand. „Tja, die dürfte heute einiges wert sein. Aber ich denke, ich werd sie behalten und diese Wunderkiste auch. Schon als Erinnerung an Onkel Willi."

Er legte die Waffe zurück in die Kommode und drückte das Geheimfach der Schatulle zu. Die Federung schnappte ein. Die Show war vorbei. Ich konnte nicht aufhören, den goldgelben Drachen auf dem Schatullendeckel anzustarren. So nah war Dr. Fechner seinem Marxbrief gewesen.

„Möchten Sie jetzt doch noch ein Tässchen Kaffee?", fragte Elke Poschmann ermunternd und hielt mir die Kaffeekanne entgegen.

Es dämmerte schon, als ich zur Heimfahrt wieder in den Wagen stieg. Die Poschmanns standen in der Eingangstür und winkten mir lächelnd Lebewohl. Ich winkte lächelnd zurück, bis sie außer Sicht waren. Dann trat ich erbittert das Gaspedal durch. Wie hatte Dr. Fechner so schön geschrieben: *Machen Sie die unerfüllten Wünsche produktiv!* Was für ein Hohn, wenn einem in Ermangelung erfüllter Wünsche gar nichts anderes übrig blieb. Ich atmete tief durch und biss die Zähne zusammen. War ich so lange arm durchs Leben gekommen, würde ich wohl auch den Rest noch in Armut schaffen. Wenigstens blieb mir der Trost, den Verbleib des Marxbriefes geklärt zu haben. Und vielleicht ging das Buch von Dr. Fechner ja doch als Mega-Bestseller durch die Decke.

# Über die Autorin

 Tanja Stern, geb. 1952, aufgewachsen in Ostberlin, Studium der Theaterwissenschaften in Leipzig, danach Jobs als Redakteurin, Buchhändlerin und Sekretärin. 1981-84 Literaturinstitut Leipzig. 1985 literarisches Debüt mit dem Erzählungsband „Fern von Cannes". Tanja Stern lebt als freie Autorin in Wildau bei Berlin. Sie schreibt Prosa, Kinderbücher, Essais und kulturhistorische Aufsätze mit dem Schwerpunkt Kommunismusgeschichte. In dem Erinnerungsbuch "Der Apparat und die Seele" hat sie den historischen Werdegang ihrer Familie dokumentiert. "Dem Urlaubsmord entgegen" ist ihr erster Kriminalroman.

# Inhalt

# Passend zur Lektüre

## Bonzenreise
### Auf großer Fahrt mit der "Völkerfreundschaft"

Die hier geschilderte Fahrt der *Völkerfreundschaft* im September/Oktober 1983 hat es tatsächlich gegeben, und die Journalisten Heinz und Katja Stern, die im Krimi als Randfiguren auf auftreten, haben daran teilgenommen. Heinz Stern wollte offenbar eine Reportage darüber schreiben und hielt die Eindrücke der Reise in einer Art Schiffstagebuch fest. Die Reportage wurde nie geschrieben, doch das Schiffstagebuch hat sich erhalten und vermittelt ein anschauliches Bild vom Ablauf derartiger Reisen und vom Leben an Bord der „Völkerfreundschaft".

Heinz Stern/Tanja Stern: Bonzenreise; Auf großer Fahrt mit der „Völkerfreundschaft", ISBN 978-3-938105-37-2

## Der Apparat und die Seele
### Familiengeschichte mit verdorbenem Finale

Meine Mutter Katja Stern war in der DDR eine bekannte Journalistin, doch eine heimtückische Krankheit hat ihr das Finale ihres Lebens verdorben: Sie wurde dement und starb in geistiger Umnachtung. Das Buch „Der Apparat und die Seele" soll die Erinnerung festhalten, die ihr schleichend abhanden kam. Es ist die Geschichte unserer Familie über das 20. Jahrhundert hinweg. Die meisten meiner Anverwandten waren aktive Kommunisten, und so spiegeln ihre Schicksale vor allem den Aufstieg und Niedergang der kommunistischen Bewegung. Hier wurde vielen Menschen das Finale verdorben, und auch in dieser Hinsicht war es mir wichtig, die entschwindende Erinnerung festzuhalten.

Tanja Stern: Der Apparat und die Seele; Familiengeschichte mit verdorbenem Finale, ISBN 978-3-938105-18-4

www.ingramcontent.com/pod-product-compliance
Lightning Source LLC
Chambersburg PA
CBHW071512170626
46811CB00007B/2830